베트남 탈출의 기록

베트남 탈출의 기록
차호일 소설집

도화

차례

후기

알카자쑈

그것은 태국 여행 셋째 날에 있었다. 우리는 어제 방콕에서 태국의 전통 문화를 느낄 수 있는 왓포사원과 새벽사원을 구경하였고 파타야로 와서는 수상시장을 구경하고 안마도 받았다. 그리고 오늘 오전 중에는 산호섬을 다녀왔고 오후에는 농눅빌리지와 황금불상, 그리고 코끼리 트레킹 체험을 하였다.

"이후부터는 알카자쑈를 관람하겠습니다. 아마 소문을 듣고 온 사람도 있겠습니다만 알카자란 중세에 중성자들이 모여 살던 도시 이름이었습니다. 알카자란 뜻은 버림 받은 도시라는 뜻입니다. 즉 이것도 저것도 아닌 사람들이 옛날에도 있었던 모양입니다. 이 쑈는 트랜스젠더들이 꾸미는 쑈란 뜻에서 그런 이름이 붙었는데 이런 쑈가 파타야에는 두 군데가 더 있습니다. 티파니 쑈와 콜로세움 쑈가 그것입니다. 그 중에서 알카자 극장에서 벌이는 트랜스젠더 쑈가 가장 화려하고 큽니다. 오늘 그 쑈를 보고 워킹스트리트를 걷는 것까지가 일정입니다."

가이드는 얼굴이 둥그런 호남형인 사람이었는데 이곳 태국에서 어느 정도 성공한 사람이었다. 그는 자신의 아내와 딸 둘을 소개하면서 미모의 부인을 얻은 것과 태국에서 여러 사업으로 성공한 것을 은근히 자랑하고 있었다. 어떻게 자신이 아내를 만났는지 의사소통은 어떻게 하는지 특히 딸들 소개에는 입에 침이 마르지 않았다. 우리는 어느 정도 나이가 있었기 때문에 그런 것에 큰 관심을 두지 않는다는 것을 가이드는 모르는 것 같았다. 그런데 갑자기 우리 중에 누군가가,

"태국은 성전환자의 천국이라고 하는데 왜 군이 성전환을 하려고 하는지, 그 수술비 하며 그리고 성전환을 했을 때 계속 관리받아야 할 일이 한두 가지가 아닐 텐데, 게다가 오죽이나 사회적 질시가 심할까?"

하고 묻는 바람에 일시에 버스 안이 조용해졌다. 누구나가 관심이 있었지만 앞서 말할 성질의 것이 아니었기 때문이었다. 알고 보니 이 사장이었다(여행 온 우리는 보통 사장, 대표, 박사 등으로 불렀다). 그의 말을 시작으로 트랜스젠더라는 것에 대한 이야기가 봇물처럼 터져 나왔다.

"하필이면 왜 여자로 살고 싶어하는지, 남자로 성전환한 사람은 거의 보지 못했는데……"

가이드가 설명했다.

"태국이 성전환자가 많은 이유는 역사라는 면에서 찾아야 할 것입니다. 태국에는 역사적으로 전쟁이 많았습니다. 전쟁을 위해 남자가 필요하지요. 그렇지만 누가 전장으로 자신의 자식을 쉽게 보내겠습니까? 부모들은 자식들을 전장으로 보내기 싫어 아들을 딸로 둔갑시켰습니다. 그것이 시초의 이유라고 보면 되겠지요.

두 번째는 태국이 갖는 사회적 특성 때문일 겁니다. 태국은 모계중심사회입니다. 여자 인구가 많을 뿐 아니라 여자가 누리는 권한도 많고 인구도 많습니다. 남자들은 크게 힘을 쓰지 못합니다. 결혼할 때에는 여자네에 지참금을 따로 지급해야만 합니다. 그것은 처가의 노동력을 빼오는 것과 같기

때문입니다. 여자가 시집오면 주도권을 갖고 일을 많이 합니다. 한 마디로 남자는 대접을 받지 못합니다. 그래서 사람들은 남자보다 여자로 살기를 원합니다. 그런 것이 여성 전환자가 많은 이유입니다.

셋째는 무엇보다 경제적인 이유입니다. 남성들의 돈벌이는 여성들에 비해 한정적입니다. 특히 관광산업이 발달한 태국은 남성들의 여성들로의 전환을 쉽게 유도하였다고 하겠습니다. 그밖에도 태국의 성에 차별두지 않는 자유로운 사회 분위기, 불교국가가 갖는 업보 의식(트랜스젠더로 살아가는 것이 업보라는) 등 여러 이야기가 있지만 그런 것도 한 이유가 된다고 할 수 있겠습니다."

당시 인권시장을 자처하는 서울 박원순 시장을 비롯 진보권 인사들이 동성애 합법화를 시도하려고 하던 민감한 때여서 사람들은 알게 모르게 이런 문제에 개입되어 있었다. 게다가 서울에서는 이들 성 소수자의 축제인 퀴어 축제를 서울광장에서 할 것을 허가한 상태였다. 성 소수자 문제가 심각한 수준으로 우리 사회에 깊숙이 들어와 있다는 것을 짐작케 하는 것이었다.

참 가슴 아픈 일이었다. 성 정체성을 가지지 못하고 있는 사람들이 우리 주변에 그렇게 많다니. 왜 성 정체성에 혼란을 가져오는 것일까? 일반 사람들이 보기에는 웃어넘길 일이지만 당사자에게는 정말 심각한 문제인 것만은 틀림없는 것 같다. 어떻게 하면 그런 사람들을 치료할 수 있을까? 이것이 교육으로 해결될 일인가? 그대로 교육으로 미루면서 정작 그들을 위한 어떤 처치도 방치되고 있는 것은 아닐까?

우리는 앞서 황금사원과 코끼리 트레킹 같은 남방불교 국가에 대해 색다른 경험을 하고 온 후여서 태국이 갖는 트랜스젠더 문화도 신기한 경험으로 받아들이고 있었다. 트랜스젠더라는 익숙지 않은 말과 인간 본성과 관련된 이야기를 하게 되니 궁금한 점이 많지 않을 수 없었다. 이번 팀은 20대 대학생에서부터 70대 나이 든 노인까지 연령상 다양한 스펙트럼을 형성하고 있었는데 누구도 빠지지 않고 가이드의 말에 주목하고 있었다.

"여기서는 트랜스젠더라고 해서 전혀 차별받지 않습니다. 우리가 보는 시각과 많이 다릅니다. 공무원, 교사, 교수, 자기가 하고 싶으면 얼마든지 할 수가 있습니다. 전혀 색안경을 끼고 보지 않습니다. 지금 남성과 여성의 비율이 45대 55정도됩니다. 여성이 월등히 많습니다. 그런데도 여성으로의 전환은 끊임없이 늘어납니다."

가이드는 질문에 대해 상당히 알기 쉽게 이야기해 주었다. 그런 것에 자신이 다른 누구보다 밝다는 것을 은근히 자랑하는 것 같기도 했다. 자기 친구 중에 태국의 교수들이 많아서 의심나는 것은 많이 묻고 많이 얻어듣고 그래서 이런 질문에 쉽게 답해줄 수가 있다고 말했다. 자신이 태국에서 수준 높은 생활을 하고 있다는 것을 은근히 과시하고 있었다.

"그렇다면 궁금한 것이 이들의 호적상 성별은 어떻게 표시하고 있습니까? 성 전환을 했다면 남성이 아니라 여성으로 기록이 정정되는 것인지 아니면 그대로 원래대로 인지?"

"네, 태국에서는 성전환을 했다고 해서 기본적으로 남성으로 태어난 것을 여성으로 바꾸지는 않습니다. 처음 태어났을 때 등록한 대로 여성이면 여성, 남성이면 남성, 그대로 평생 유지됩니다. 자신의 의지와는 아무런 상관도 없이 그저 부모가 제2의 성을 결정하는 대로 평생을 살아가게 됩니다. 참으로 씁쓸한 현실이 아닐 수 없습니다."

"우리나라도 성전환자가 있는데 이들의 경우도 마찬가지일까요?"

누군가가 물었다. 그러자 옆에 있던 전직 교수인 김 박사가 그것에 대해서는 자신이 잘 알고 있다는 듯 말했다.

"우리나라의 경우는 성전환자의 가족관계등록부상 성별 정정을 허용, 트랜스젠더의 결혼과 트랜스젠더 부부의 입양이 가능하도록 하였습니다. 그 대표적인 예가 바로 하리수의 경우입니다."

"대법원 전원합의체가 사회 통념상 성전환 인정기준을 만든 때가 아마 2006년 6월이었지. 오바마 대통령은 2016년 동성애와 동성의 결혼을 합법화시켰어. 말세야, 말세."

최고 연장자인 오 교수가 이어 받아 말했다. 사람들이 모두 오 교수와 김 박사를 쳐다보았다.

버스는 알카자 극장이 있는 곳에서 우리를 내려놓았다. 대부분이 한국 사람인 수백 명의 사람들이 극장 앞에서 서성이며 차례를 기다리고 있었다. 우리들은 가이드 안내에 따라 만날 장소를 약속하고 안으로 들어갔다. 제일 앞줄에 앉아 트랜스젠더들의 실제 모습, 주름 하나하나까지 뜯어볼 수 있었다. 화려한 조명 아래 분으로 피부를 가렸지만 그래도 움직일 때마다 가느다란 주름 하나하나가 드러나 보였다. 미인들이었다. 그런데 저들이 원래 남자라니? 하긴 이들의 키가 보통의 태국 여인들의 키보다 훨씬 컸다.

알카자쑈는 몇 개의 주제를 가지고 1시간 동안 계속 이어졌다. 이렇게 가까이서 트랜스젠더들을 본 적도 없었고 이런 쑈를 본 적도 없었다. 그 내용이야 어떻든지 간에 저들이 저렇게 되기까지 얼마나 훈련했을까 생각하니 가엾다는 생각마저 들었다.

쑈가 끝났을 때 그들 중 일부가 나와서 같이 사진을 찍으면서 2달러씩을 요구했다. 같이 사진을 찍는 사람을 보니 그들은 관람객들을 위해서 원하는 대로 포즈를 취해 주었다. 그리고 2달러씩을 받아가는 것 같았다. 저 짓거리를 하려고 성전환 수술을 받은 것일까?

저녁을 먹기 위해 다시 버스에 올랐을 때 사람들은 방금 본 알카자쑈 때문인지 온통 트랜스젠더에 대한 이야기로 시끌벅적 했다.

"저들 성욕은 어떻게 해결하는지?"

"우리 일반 사람들과 똑같아요. 자위도 하고 저들끼리 동성애자도 있어요."

"동성애? 동성애는 어떻게 하는 거지? 왕의 남자 같은 건가?"

우리들 중의 한 사람이 말했다. 모두가 웃었다.

"결혼은 하는지?"

"결혼도 합니다. 그들끼리 아니면 여성은 남성, 남성은 여성 트랜스젠더를 찾아 합니다. 다만 그게 희귀할 뿐이지요. 사실 저들은 혼자 사는 경우가 많아요. 대신 돈이 있으니 누릴 것은 다 누리며 살지요."

"참 남자들도 있던데 그들은 어떤 사람들인가요? 곧 성전환 수술을 할 사람들인지 아니면 그대로 남성인 채로 쑈에 참가하고 있는 것인지, 아니면 남성으로의 전환자인지 보는 내내 궁금했어요."

"앞으로 성전환할 예정자라고 보면 됩니다. 태국은 여성 전환자가 대부분입니다. 성전환 수술도 돈이 있어야 하니까 돈을 우선 벌어야 겠지요. 참고로 말하면 성전환 수술은 싱가포르가 가장 빛나지요. 그런데 비쌉니다. 다음으로는 태국이 우수합니다. 가격도 상대적으로 낮구요. 아마 성전환을 원하는 사람이 많으니까 그런 방면으로 발달한 것 같습니다."

"우리나라에서도 성전환 수술을 하는 대학병원이 있는 걸로 아는데."

"우리나라에서는 부산의 D대학 병원과 서울의 S병원, K대학 병원이 유명합니다."

누군가 아는 척했다. 성전환 수술이 있다는 것만으로도 소름이 돋고 징그러웠다.

"이들이 늙으면 어떻게 됩니까? 늙은 트랜스젠더를 본 적이 있습니까?"

갑자기 앞 자리의 젊은 유 대표가 물었다.

"이들 성전환자는 말로가 좋지 못합니다. 하늘의 뜻을 거역한 것일까? 여자로 살고 싶어하는 이들의 수명은 태국의 경우 채 50이 되지 않아요. 이들의 늙은 모습을 보면 그저 추하다고밖에 할 수가 없습니다. 그런 모습을 수시로 보는데 이를 보면서도 왜 여자로 살기를 고집하는지 저 역시 모르겠습니다. 필리핀 같은 경우는 이들의 평균수명이 40이라고 하던데."

"신에 대한 거역의 대가일까?"

"여하튼 일반 사람들보다 일찍 졸한다고 합니다. 실제 저도 보았지만 나이 든 트랜스젠더들의 모습이 너무 추합니다. 나이 들면서 본래의 모습이 나타난다고 할까요? 남성과 여성의 중간화……"

가이드는 그들이 일상이라는 듯 놀라는 우리와 달리 아무렇지도 않게 대답했다.

저녁을 먹고 이윽고 파타야의 환락가인 워킹스트리트로 들어섰다. 이제껏 보아왔던 거리와 달랐다. 화려했고 불빛도 넘쳐 났고, 어둑한 거리에 여자들도 많이 나와 있었다. 가이드가 급히 말했다.

"저기 저렇게 길거리에 나와 있는 여자들이 거리의 여자들입니다. 오늘 밤 자신들을 사줄 남성을 찾고 있는 것입니다."

그들은 한눈에 보아도 표가 났다. 약간은 화려한 모습으로, 약간은 촌스러운 모습으로 유심히 지나다니는 사람들을 눈여겨보고 있었다. 이렇게 화려한 거리인데 이렇게 한편으로는 어두운 면이 있는 것은 한국이나 다름없었다.

그날 호텔로 돌아와서 우리 팀들은 다시 로비에 모여 있었다. 모이자 단연 화제는 트랜스젠더에 관한 것이었다.

"정확히 트랜스젠더가 무업니까?"

누군가가 물었다. 닥터 박이 답했다.

"자신의 육체적인 성과 정신적인 성이 반대라고 생각하는 사람. 즉 남성이나 여성의 신체를 지니고 태어났지만 자신이 반대 성의 사람이라고 인식하고 있는 사람들을 트랜스젠더라고 해요. 특히 이들 중에서 수술이나 치료를 받아 생물학적인 성을 버리고 정신적인 성으로 살아가는 사람들을 특히 '트랜스섹슈얼(transsexual)'이라고 해요. 그러나 일반적으로 성전환 수술을 받은 사람들만을 트랜스젠더라 칭하는 경우가 많아요."

"동성애하고는 어떻게 다른 건가요?"

또다시 누군가가 물었다.

"동성애란 것은 동성의 상대에게 감정적·사회적·성적으로 이끌리는 것을 말해요. 동성애자는 이러한 감정을 받아들여 스스로 정체화한 사람을 말하고 대개 여성 동성애자는 레즈비언(lesbian)으로, 남성 동성애자는 게이(gay)로 지칭됩니다. 이는 자신이 사랑하는 사람이 동성이라는 점에서 트랜스젠더와 구별됩니다."

닥터 박이 다시 말했다. 역시 의사가 알고 있는 것이 많았다.

"그러고 보니까 필리핀 여행했을 때가 생각나네요. 그때의 가이드가 자신이 겪은 경험을 말해주는데 듣는 우리 역시 역겨웠어요. 한번은 자기가 이발소에 갔는데 이발사가 바로 자기 머리를 손질하면서 이상한 행동을 하더라는 겁니다. 몸을 더듬고 숨소리를 거칠게 내기에 놀라서 뛰쳐나오니까 그 머리를 가지고 어디를 가냐고 하면서 오히려 더 여유만만해 하더라는 겁니다. 할 수 없이 머리를 그 게이에게 다시 맡길 수밖에 없었다고 해요. 이발하는 동안 내내 역겨워서 혼났다는 거였어요. 끝나자마자 당장 나와버렸다고 했어요."

"동성애자들도 그렇고 트랜스젠더들도 그렇고 아무튼 이상하게 동남아 국가에 그런 애들이 많아요. 이상하잖아요. 혹 동남아에 풍부한 자외선하고 관련 있는 것이 아닐까요? 이들 국가는 덥지만 굽굽함을 느끼지 못해요. 자외선이 강해서 습기가 없기 때문이라는 겁니다."

"그럴듯한 추측입니다. 동남아 여인들의 미인 조건은 하얀 피부라는 겁니다. 자외선이 강하다 보니 하얀 피부가 드물어요. 까무잡잡하거든요."

"그런데 그런 공식이 어울리려면 베트남, 라오스, 버어마도 추가해야 되는 것이 아닐까요? 그런데 이들 나라에서는 그런 소리를 들어본 적이 없거든요."

"베트남이나 버어마, 라오스도 알려지지 않아서 그렇지 다른 나라보다 분명 많을 것 같아요."

"제 생각은 달라요. 자외선 하고 무슨 관계가 있겠어요. 앞에서 태국에서 트랜스젠더가 많은 이유가 설명 되었잖아요. 필리핀도 마찬가지 일 거에요. 그냥 남성으로는 먹고 살기가 어려우니까 여성으로 변신한 거겠지요. 그래서 저는 이들을 교육적으로, 또 의학의 힘으로 치료할 수 있다고 믿어요."

곰곰 듣고만 있던 혼자 여행 온 듯한 한 젊은이가 말했다.

사람들은 저마다 자신들이 알고 있는 한의 트랜스젠더들에 대해 이야기를 뽑아내었다. 그러나 그 모든 것은 확실성이 없었다. 알고 하는 소리가 아니었다. 그냥 들은 소리를 똑같이 복사하는 것이었다.

"한번은 네델란드에 갔을 때인데 놀랍게도 그곳에는 게이와 레즈비언 같은 성소수자만이 출입할 수 있는 상점이 따로 있었습니다. 말로만 듣던 그런 문화를 실제적으로 보고 충격을 받았어요. 그런 상점들은 누구나 알아보기 쉽게 간판이 한결같이 노란색으로 이루어져 있는 거였습니다. 그걸 보고서 느낀 것은 얼마나 동성애자가 많길래 이들만을 위한 상점이 따로 있을까 싶었지요. 몸이 부르르 떨리기도 했어요. 생각해 봐요. 동성애란 말만 들어도 징그럽기조차 한데 이들만을 위한 독립 상점이 있다니, 그들과 함께 살아가야 한다는 것이 생각만 해도 소름이 끼칠 정도인데 이들은 아무렇지도 않은 가봐요."

"아마 우리나라에서 그런 일이 벌어지면 구역질을 할 사람도 많을 거에요. 우선 나부터도 그러니까. 으 생각만 해도 소름 끼쳐."

대부분의 여자 관광객이 비명처럼 몸을 떨었다. 그러다가 우리는 잠시 한곳을 멍하니 바라보았는데 일단의 태국 트랜스젠더들이 호텔 안으로 들어서고 있었기 때문이었다. 그 모습이 화려한 것으로 보아 이제 막 공연을 끝낸 팀 같았다. 윤 선생 눈에는 그들이 트랜스젠더인지 아닌지 구분하기가 어려웠다.

"어떻게 구분하지?"

"글쎄, 보통 사람의 눈으로 보면 구분할 수 없어."

"목젖이 있는가 없는가 살펴봐. 목젖이 있으면 트랜스젠더라고 할 수 있지."

"그것도 구분할 수 없으면 어떻게 구분하지? 또 남자 트랜스젠더인 경우는?"

"그러게 말이야. 자기들끼리는 알 수 있지 않을까?"

"글쎄 호르몬 주사를 계속 맞아야 하는 것도 여간 일이 아닐 거에요. 그 비용은 또 어쩌구? 아, 생각만 해도 징그러워."

여자 한 분이 고개를 절레절레 흔들며 말했다. 돌아보니 몇 사람만 제외하고는 전부 로비에 모여 있었다. 그만큼 트랜스젠더에 대해 궁금증이 많은 것이라 생각되었다.

"그런데 트랜스젠더는 하늘의 뜻인 걸까요, 아니면 후천적인 것일까요?"

"글쎄, 아마 선천적인 것이라고 볼 수 있지 않을까요?"

"그러나 성격이라는 것을 한번 생각해봐요. 성격이란 것이 선천적인 면만일까요, 후천적인 면은 없는 것일까요?"

"만일 후천적인 것이라면 트랜스젠더를 못 고칠 이유도 없지요. 충분히 자기 노력과 학습을 통해 해결할 수 있을 거에요."

"만일 그렇다면 또 문제가 많아요. 그들은 오죽 고칠 수 없어서 그런 것일까요? 그들도 나름대로 노력했다고 보아야 하지 않을까요? 노력해도 안 되니 그런 면을 택한 것이라고 보아야 하지 않을까요?"

"그렇다면 동성애자들도 선천적인 것이란 말인가요? 그러나 동성애는 하늘의 뜻이라고는 여겨지지 않아요. 생각해 봐요. 정상적인 부모 밑에 이런 동성애자가 나온 것을 보면. 바로 이런 것이 선천적인 것이라고 보여지지 않거든요. 기후나 풍토, 주변 환경 이런 것이 분명히 작용했다고 보아요."

"그런데 어린아이가 이런 경향을 보이고 있는 것을 보면 반드시 후천적인 것으로만 볼 수 없어요."

"어릴 때야 누구나 그럴 수 있는 것이 아닐까요? 오히려 환경 탓이 커요. 예를 들어 많은 누나들 속에 자란 막내가 남성에 대한 정체성을 갖지 못하는 거."

"그런 것을 보면 트랜스젠더는 환경적인 요인이 크다고 보아야 하지 않을까요?"

"연구된 바에 의하면 이들 트랜스젠더는 호르몬의 분비나 성 정체성에 영향을 미치는 유전자 같은 생물학적 요인에 기인한다는 선천적 관점과, 둘째 프로이트가 주장하는 성 심리의 발달과정에서 일어난 갈등의 결과로 나타난다고 보는 관점, 마지막으로 후천적 학습에 의한 것이라는 설이 있어요. 그런데 최근엔 또 이들의 복합에 의해서 일어난다고 하는 복합요인설도 등장했지요. 아직까지 정설은 없어요."

닥터 박이 말했다.

"그런데 놀라운 것은 동성애의 경우는 대체로 후천적인 요인이 강한 것으로 이해되고 있는데 트랜스젠더의 경우는 사례가 많지 않아 일반화할 수는 없지만 선천적인 요인에 기인한다고 보고 있다는 거에요."

"그렇다면 동성애는 얼마든지 교육을 통해 빠져나올 수 있는 반면 트랜스젠더는 교육적 처치가 어렵다는 결론에 도달하게 되는 것 같은데."

그러나 반박이 있었다. 트랜스젠더 디엔에이가 있는 것도 아니고 보면 모두 후천적인 것이라고 보는 것도 타당한 것 같았다. 아까 젊은이가 말한 것처럼. 그래서 자신과 국가가 노력하면 모두 해결할 수 있는 하나의 질환? 아니면 장애?

말없이 듣고만 있던 가이드가 우리가 하는 이야기들을 듣고는 웃기만 했다. 가이드는 많이 보고 연구한 듯했다. 아마 경험상으로 우리 말고도 앞서 왔던 많은 팀들이 이런 문제에 관심을 가지고 있다는 것을 알고 나름대로 노하우가 쌓였겠지.

그런 이야기를 한참 하다 보니 어느새 이야기가 우리나라 트랜스젠더에 이르렀다. 윤 선생은 한때 빅뱅 탑과 함께 대마초를 핀 혐의로 집행유예를 받았던 유명 연습생 한서희의 트랜스젠더 관련 발언에, 트랜스젠더인 하리수가 직접 입장을 밝힌 글이 인터넷에 떠돌았던 것을 기억해 내었다.

자칭 페미니스트 한서희는 인스타그램을 시작하며 페미니즘에 관한 게시물들을 올리자, 일부 네티즌들이 장문의 글을 주었다고 했다. 내용의 요지는 '트랜스젠더도 여성이니 우리의 인권에 관한 게시물도 써달라'였다. 이에 한서희는 '전 트랜스젠더는 여성이라고 생각하지 않습니다. 생물학적으로도 여성이라고 생각하지 않습니다. 고추가 있는데 어떻게 여자인지…… 나원…… 저는 여성분들만 안고 갈 겁니다'라고 답했다. 이어 그들에게 '왜 여성이 되고 싶으시죠?'라고 물으면 항상 거의 비슷한 대답을 한다고 하면서, '어렸을 때부터 화장하는 게 좋았고 남자애들보다 여자애들이랑 어울리는 걸 좋아했고 구두를 신는 걸 좋아했고…… 등등' 말한다고 했다. 이에 '그럼 저는 구두 싫어하고 운동화 좋아하고 화장하는 거 귀찮고 어렸을 땐 공주가 나오는 만화영화보단 디지몬 어드벤처를 좋아했는데 그럼 저는 남자인가요?'라고 반문하며 자기가 트랜스젠더를 여성이라고 생각하지 않는 이유를 밝혔다.

이를 두고 온라인상에서 반박에 반박이 이어지자 한서희는 다시 '트랜스젠더는 여성 인권을 퇴보시키는 것 같다. 그들의 애교 섞인 말투와 풍만한 가슴과 엉덩이, 손짓과 행동이 여성스럽게 보여야 함 등은 우리가 벗으려고 하는 코르셋들을 더 조이게 하고 있다고 생각한다. 이게 여성 혐오가 아니면 뭐란 말인가. 트랜스젠더 혐오라고 날 비난하기 전에 본인도 여성이라는 존재를 어떻게 표현해왔는지 생각해 달라'고 말했다.

또 한서희는 한 네티즌과의 주고 받은 내용도 공개했는데 해당 네티즌이 '본인의 게시물로 인해 트랜스젠더의 인권이 한층 더 추락한 건 아닌지 생각해보셨으면 좋겠다. 본인께서 페미니스트라고 하셔서 더 나아질 줄 알았는데, 시스젠더 여성의 인권만을 챙기는 게 뭔 페미니즘이냐. 여기서 모두의 인권을 챙겨야 하지 않느냐'고 받자 한서희는 '트랜스젠더가 여자예요? 주민번호 2나 4로 시작해요? 트랜스젠더 자궁 갖고 있습니까? 생물학적으로 그런 게 필요 없으면 그럼 저도 남자 되네요. 고추 없어도 되잖아요'라고 쏘아붙였다고 했다.

여기에 트랜스젠더 연예인 하리수는 자신의 인스타그램에 한서희의 글에 대해 '사람은 누구나 본인의 생각을 이야기할 수 있는 자유가 있다. 하지만 본인이 공인이라는 연예인 지망생이라면 본인의 발언이 미칠 말의 무게가 얼마나 큰 가를 생각해 봐야 할 것 같다. 그냥 이 사람의 인성도 저지른 행동도 참으로 안타까울 뿐……'이라는 글을 적시했다.

이를 받아 한서희는 또 '우리가 벗으려고 하는 온갖 코르셋들을 벗지는 못할망정 더 조이기만 하고, 여성들의 여성상을 그들이 정한 '여성스러움'이라는 틀 안에 가두고 그들만의 해석으로 표현함으로써 진짜 여성들이 보기에 불편함만 조성한다고 생각한다. 마치 백인이 흑인 된다고 하는 것처럼요. 여성 인권신장에 도움이 되긴커녕 퇴보가 되게 만든다고 생각한다. 그들이 말하는 여성이란 무엇일까요? 정신적으로 여자니까 여자라고 하는데 본인이 되고 싶다고 성을 마음대로 바꿀 수 없는 것이다'고 거듭 트랜스젠더에 부정적인 입장을 나타냈다. 이어 '성을 마음대로 바꿀 수 있었으면 페미니즘이라는 것도 생기지 않았을 것'이라는 주장까지 했다.

그런데 하리수는(자신의 글에) 일부 네티즌들이 이를 비난하자 '(한서희의) 글을 보시면 아시겠지만 충분히 (한서희의) 인성이 어떻다 느껴질 만한 대화 내용이네요. 그리고 (저) 주민번호 2 맞아요. 또 병 때문에 혹은 암에 걸려 자궁적출 받으신 분들도 계신데 저 글에 따르면 그분들도 다 여자가 아닌 거죠?'라고 반박하며 한서희의 잘못된 시각을 따졌다.

또 하리수는 한 언론과의 인터뷰에서 '한서희는 모든 트랜스젠더의 인권을 무시해 버렸다'며 '주민번호, 성전환 수술에 대한 편협한 생각 등을 언급하는 등의 언행은 문제가 있다'고 비판했다.

누가 옳고 그르든 한서희의 발언은 사회에서 차별과 냉대를 받아 온 트랜스젠더들에게 곱지 않았을 것이었다. 그러나 한서희의 생각은 우리가 트랜스젠더를 바라보는 현재의 일반적인 시각을 그대로 나타내고 있는 것 같왔다.

"그런데 중요한 질문이 하나 있어 몸은 여성으로 태어났지만 정신은 남자인 트랜스젠더와 수술까지한 트랜스젠더를 성소수자로서의 인권이 먼저인지 아니면 남성으로서의 인권이 먼저인가 하는 문제는 좀 생각해 보아야한다고 생각들지 않나요?"

"글쎄, 여성화한 트랜스젠더를 여성이라고 인정할 수 있을까요? 또 이들을 여성으로서의 인권을 보호할 필요가 있을까요? 왜냐하면 그동안 남자로 살아오면서 남성으로서의 혜택을 받았는데 다시 여성으로서의 역할로 바꾸었다고 해서 또다시 여성의 혜택을 주어도 될까 말입니다."

기독교 단체에서는 동성애에 대한 것을 대단히 부정적인 것으로 보고 있었다. 동성애로부터 돌아온 선교사를 내세워 동성애는 하나님의 뜻이 아니라며 동성애 반대의견을 강력히 내세웠다. 그것을 보면 동성애란 것은 교육적 처치에 의해서 원래의 이성애로 돌아올 수 있는 것이기도 한 것 같았다. 그렇다면 트랜스젠더는 하늘의 뜻일까? 아니면 후천적인 것일까? 선천적 후천적인 것의 구별은 간단하다. 호르몬 분비, 디엔에이가 있을까? 없을까? 그 차이일 것이다. 말하자면 성 소수자들은 선천적인 것이 아니라 후천적인 면이 큰 것이라고 할 수 있을 것이다. 그런데 최근 인권주의자들은 이들의 것을 너무 선천적인 면에 비중을 두어 이들의 권리도 존중받아야 한다는 것을 주장하고 있었다. 더군다나 이들은 치료보다는 성소수자 모든 이들을 하늘의 뜻으로 받아들이려는 경향이 강하다.

"태국에서는 이들이 활동하는데 아무런 문제가 없다고 하는데 한국에서 유독 이들에 대해 용서 않는 이유가 어디에 있을까요?"

"글쎄 거역이라고 보기 때문이 아닐까요? 더욱이 보수적 기독교 입장에서야 하늘의 뜻을 거역하는 것이라고 절대 반대 입장을 표하지요."

"성적소수자로 차별받는 것은 옳지 않아요. 분명 평등은 인류가 지향할 소중한 가치임에 틀림없어요. 그러나 또한 그 평등을 들고 타인의 자유와 권리를 일방적으로 희생케 해선 안되지요."

그날은 너무 늦었기 때문에 '그만 두고 내일 또 만납시다' 하는 누군가의 말과 함께 모두들 각자의 숙소로 들어갔다.

김 박사와는 방에 들어와서도 계속 그들에 대한 이야기가 이어졌다.

"한국의 경우는 어떨까? 한국에도 동성애자들이 있고 트랜스젠더들이 무시 못할 세력으로 알고 있었는데."

"글쎄, 그들의 성전환 수술은 어떻게 할까?"

"호르몬 주사를 계속 맞아야 하는 것으로 알고 있어. 남성의 성기를 잘라내고 그 자리에 여성의 성기를 만든다고 생각해봐. 그 고통이 오죽할까 생각만 해도 소름이 돋아. 그냥 트랜스젠더로 살지 몸 자체를 바꾸어버린다면 그게 무얼까? 생산능력도 없는 그런 석녀가 무엇이 좋다고, 차라리 수치스럽기도 한 일인데."

"몸은 바꾸어도 외부생식기 수술은 받지 않고 있는 트랜스젠더도 있어. 그래도 그럴 정도로 여성이 되고 싶어 한다는 것은 정말 병이라기보다는 하늘에서 잘못 태어나게 한 것이 아닐까 하는 생각을 들게 하거든."

"그러게 말이야. 그들은 오죽 생각했을까? 또 오죽 고민했을까? 옛날 단군 신화가 생각날 정도야. 사람이 되기를 원하는 곰의 처절한 바람이 바로 그런 것이 아니었을까?"

"맞아 우리는 이렇게 쉽게 말하고 있지만 그들이 여자로 살고 싶어하는 걸 무어로 설명할 수 있을까?"

"그래도 트랜스젠더들이 자기 몸을 통째로 바꾸어버리려는 수술은 그만 두어야 할 거야. 수술이란 것이 그렇잖아 한번 해버리면 회복할 수 없거든. 언제 생각이 변할지도 모를 일일 터인데."

"그런데 우리나라도 드러나지 않아서 그렇지 은근히 이런 사람들이 많은 것 같아. 얼마 전에 부산 해운대에 간 적이 있었는데 글쎄 바닷가 앞에 트랜스젠더 바가 있더라구. 누구나 알아볼 수 있게 버젓이 간판을 걸고 있는데 그런 것을 처음 본 나로서는 참 충격적이었어."

"서울에도 이태원을 비롯 곳곳에 있어. 우리가 모르고 있다 뿐이지."

"이해는 하면서도 쉽게 다가갈 수는 없어."

"어느 날 갑자기 남자가 여자가 되어 온다면? 만일 군대 같은 데서라면 귀신이라도 본 듯 깜짝 놀라겠지. 인권도 중요하지만 군대 자체가 혼란에 빠질 거야."

"그런데 그들이 그렇게 고생을 해 몸을 바꾸어놓고 사회 적응을 못해 자살하는 경우도 있다지. 죽기는 왜 죽지? 악착같이 싸워야지. 그래서 이 사회가 하나가 아닌 둘도 있다는 것을 증명하는 증거여야 할 텐데."

"아직 우리 사회가 일반이 아닌 이반을 인정할 수 없었던 거겠지. 그런 시대에 오죽 상처를 받았을까?"

윤 선생은 그날 밤 누워서도 이상하게 그 생각이 떠나지 않았다. 이들은 어디에서 살고 있고 또 어떤 일에 종사하는지? 여자가 되려는 몸부림, 그 몸부림 속에서 태어나 이들의 직업인 알카자쑈에 서기까지, 그들은 왜 여자로서 살아가기를 원하는 것일까?

이튿날 다시 로비에 모여 버스를 타기 직전까지도 또다시 그런 이야기가 계속되었다. 사람들은 알고 있는 말을 다 털어놓으니까 이상한 말까지 하게 되었다. 알면 입을 조심하게 될텐데 모르니까 이런 자리에서 책임지지도 못할 말을 아무렇게나 지껄이고 있는 것이다. 모르니까 용감하다는 말이 사실이었다. 실제보다도 훨씬 과감하거나 있을 수 없는 이야기까지 상상력을 발휘해 말하고 있었다. 그만큼 제3의 성 문제는 곧 우리에게 닥쳐올, 아니 이미 닥친 문제라고 말하고 있는 것 같았다.

우리는 다음날 악어농장을 관광하였다. 이 세상 악어는 크로커다일, 엘리게이터, 가비알 등 3가지 종류가 있다고 했다. 악어 쑈가 시작되기 전까지 농장 한 바퀴를 돌며 코끼리, 백호, 원숭이 등을 둘러보았다. 악어 쑈란 것이 별개 아니었다. 악어가 있는 곳에서 악어 쑈를 부리는 사내 하나가 나와 몇 가지 묘기를 보여주었다. 압권은 역시 악어 입속에 자신의 머리를 집어넣는 것이었다. 때때로 하품을 하는 듯 입을 벌리고 있는 악어가 입을 다물 때가 있는데 그때 순간적으로 얼굴을 빼내어야지 그렇지 않으면 그대로 악어 밥이 되는 게임을 하는 것이었다. 그것을 보며 나는 그에게 '매일 죽을 뻔한 사람'이라는 그럴듯한 닉네임을 붙여주었다. 매일같이 목숨을 담보로 하는 일인 만큼 그가 시작할 때도 끝났을 때도 부처님에게 비는 모습이 독특했다. 악어 쑈를 끝으로 우리는 파타야에서 다시 방콕으로 돌아왔다. 오늘 밤 야간비행기로 인천으로 날아가기로 되어 있었다.

여행에서 돌아오고 나서도 태국에 대한 것은 잘 느껴지지 않았다. 대신 알카자쑈에서 보았던 트랜스젠더에 대한 생각만이 머리에 가득 들어와 있었다. 태국 여행하면 떠오르는 것이 곧 트랜스젠더쑈인 알카자쑈였던 것이었다. 더욱이 우리나라에 그들만을 위한 유튜브 방송마저 있다는 것을 알고는 윤 선생은 깜짝 놀라기조차 했다. 우리가 아는 것보다 이들은 우리 사회 훨씬 깊숙이 밀착해 있었다.

태국 여행을 끝내고 며칠이 지난 어느 날이었다. 김 박사가 윤 선생을 불렀다. 서울 광장에서 퀴어축제가 있다는 것이었다. 윤 선생은 그것이 무엇인가 싶어, 어떻게 진행하고 있는가 싶어 찾아가 보았다. 나름 진행자들이 애쓰고 있었다. 그들은 사람들에게 다가서며 자신들이 특별한 것이 아니라 우리 사회 구성원 중의 한 부분이라는 것을 알리려고 애쓰고 있었다. 그들은 아이들에게 다가가 자신들의 특징을 나타내는 무지갯빛 봉지로 싼 사탕을 나누어주고 있었다. 아무 것도 모르는 아이들은 그들이 나누어주는 사탕을 거리낌 없이 받아 먹었다. 그러나 그들을 구경하고 있는 사람 중 어떤 사람들은 그들이 자기 몸에 닿을까 봐 질겁을 하고 물러났다. 인권주의자들은 그들을 보호하려고 하지만 또 그것이 이상한 것이 아니라고 하지만 그러나 아직까지는 두 발로 걷는 사회에 익숙해 있는 우리에게 그들은 세 발로 걷는 것 같은 모습이었다. 세 발로 걷거나 두 발로 걷는 것이 모두 정상적인 것이라 하여도 두 발로 걷는 사회에 익숙해 있는 우리 눈에 세 발로 걷는 그것은 저어되는 일이 아닐 수 없었다. 더욱이나 마뜩잖았던 것은 그들이 표가 나지 않는 지극히 평범한 모습을 하고 우리 주변에 있다는 데서 보통 시민인 윤 선생은 소름마저 느꼈다.

통도사 반야용선도

중생이 극락정토를 향해 반야의 지혜에 의지하여 용선을 타고 바다를 건너는 모습을 그린 그림을 반야용선도般若龍船圖라고 한다. 반야선은 미륵정토나 연화장 세계로 나아가는 운송수단을 말하는 것으로 모든 중생을 구제하고자 한 아미타불의 사십팔 대원을 나타낸 것이라 할 수 있다. 반야용선도는 보통 도상이나 벽화에 남아 있는데 모두 의미에 충실해 있을 뿐 미적인 면과는 거리가 있었다. 그러나 유독 통도사 극락보전의 뒷벽 벽화에 있는 반야용선도는 매우 사실적이고 특히 그 용선도에 탄 삼십여 명의 사람들 가운데 뒤에서 일곱 번째 사람은 다른 사람은 모두 앞을 보고 있는데 이 사람만은 뒤를 바라보고 있어 신비성을 더해주고 있다.

　　통도사를 방문한 것은 여러 차례 있었지만 극락보전 뒤편 벽의 그 용선도를 방송에 올릴 생각을 한 것은 그때가 처음이었다. 우리가 사천왕문을 넘자 왼쪽에는 범종각이 오른쪽에는 극락보전이 있었다. 이윽고 우리는 우리가 특집을 꾸미려던 극락보전의 뒤쪽 벽에 있는 반야용선도 앞에 섰다.
　　"김 선생, 그림 한번 잘 살펴봐 뒤에서 일곱 번째 사람이라고 그랬지."

"아, 여기 있네. 모두가 앞을 바라보고 있는데 이 사람만은 유독 뒤를 바라보고 있는데."

"그래, 어디 어, 정말 그렇네."

오랜 세월 풍우에 시달렸음인지 다닥다닥 콩알 총을 맞은 듯 반야용선도는 윤곽만 남아 있었고 용선에 탄 사람들은 구분하기 어려웠지만 용케 그 뒤를 바라보는 사내만은 선명히 보였다.

"그런데 이 피디, 이 그림이 어떻다는 말인가? 쳐다보아도 모르겠는데? 도통 이런 데엔 무식해 놔서."

"실망인데, 김 선생같이 상상력이 풍부한 작가가 아무것도 느끼지 못하다니?"

"글쎄. 워낙 보이는 것이라고는 윤곽뿐이니?"

"왜 일곱번째 사람만이 유독 뒤를 돌아보고 있는 것일까?"

"아마 극락으로 가는데 그래도 인간 세상에 있는 아내나 자식이 그리워서 그러는 것 아닐까? 아니면 재산이 아까워서?"

"소돔과 고모라 정도의 이야기가 있어야 설득력이 있지. 이런 데서 뒤를 바라는 것에 대한 그런 상상이 호소력이 있을까?"

우리의 관심은 그 배 안의 사람들 중에 유독 뒤에서 일곱 번째 사람이었다. 다들 앞의 인로왕보살을 바라보고 있는데 그만이 뒤를 바라보고 있는 것이었다.

"왜 이 사람만이 뒤를 돌아보고 있는 것일까?"

다시 김 작가가 물었다.

"알게 뭐야? 그림을 그린 사람만이 알 수 있는 것이지. 사람들이 그 벽화를 그린 사람이 아닌 이상 어떻게 알 수가 있겠어?"

같이 갔던 박 시인이 참 별걸 다 물어본다는 듯이 말하였고 역시 그 말을 받고 우리에게 설명해주던 해설자가 웃으며 다시 받았다.

"맞아요. 그렇게 그린 사람만이 알지 이외에 어떻게 알 수 있겠어요?"

"그래도 불교의 모든 것이 의미 부여인데 그것도 어떤 의미를 가져야 하는 것이 아닐까? 이를테면 찐한 순애보라든가 또는 쬐끔이 아니라 적어도 재산을 1만 석쯤 쌓아 둔…… 그래야 뒤돌아봄 답지."

"허, 의미 부여라. 스토리텔링이라도 하라는 말인가?"

갑자기 국희 씨가 혼자 소리처럼 말했고 그 말을 듣고 아무도 입을 여는 사람이 없었다. 우리 모두는 그 사람은 왜 뒤를 돌아다보았을까 하는 데에 열심히 머리를 굴리기 시작하였다.

왜 그 많은 사람들 중에 그만이 돌아다보았을까? 화가는 자신의 심정을 은연중에 그가 그린 그림에 나타내기 마련이다. 혹 그 돌아다본 것은 자신의 마음을 은연중에 나타낸 것은 아닐까? 그렇다면 화가가 그를 돌아다보게 한 마음은 무엇일까?

"그러게 말이야. 하필 왜 뒤에서 일곱 번째 그만이 뒤돌아본 것일까? 7과 뭐 연관된 것이 없을까?"

"글쎄, 혹 부처님이 태어나셨을 때 사방으로 일곱발자국씩을 걷고 천상천하유아독존天上天下唯我獨尊이라는 소리를 질렀다는 그 7이 아닐까. 그것 말고는 딱히 불교와 7이라는 숫자와 관련 있는 것은 없는데."

"맞아, 아마 탄생과 죽음, 그런 것에서 일곱 번째 사람을 택한 것 같은데."

"중요한 것은 일곱 번째 사람이 아니야. 왜 그가 뒤돌아보았느냐는 거야."

사실 그것은 화공畵工 말고는 아무도 모르는 일이었다. 그는 왜 뒤를 돌아다본 것일까? 그것도 그렇지만 그림에서 그것을 발견한 사람도 참 대단하였다. 꼼꼼히 살피지 않았다면 그런 발견은 할 수 없는 것이었다.

"방송에 내보내려면 그 뒤돌아봄에 대한 이유까지 설명될 필요가 있어야 하는데……"

김 기자가 고민이 된다는 듯 중얼거렸다.

"무얼 그리 복잡하게 생각해. 화가가 보아서 적당한 위치의 사람을 뒤돌아보게 한 거라고 설명하면 되겠지. 그것이 우연히 7이라는 숫자와 일치한 것이 아니겠어. 설마 화공 자신이 7이라는 숫자를 인식하고 그렸겠어."

"그럴지도 모르지. 그래도 불교라면 어떤 의미를 부여하고 있는 것인데. 그래 한번 알아봐. 아니면 김 작가가 적절한 구실을 매겨도 되고. 한번 굳어진 것은 사실로 굳어지게 되는 거야. 그것이 사실이든 아니든. 그것이 나쁘다고 할 수도 없는 거잖아. 그것이 믿음에 도움이 된다면 얼마든지 그럴 수 있는 것 아니겠어."

우리는 모두 이 피디의 말에 공감했다. 그 용선에 탄 사람들이 스님, 양반, 기생 등 도력이 많거나 또는 밑바닥 인생 중에 착한 일을 많이 한 사람들인 것 같았지만 그 일곱 번째 사람은 다만 보통의 사람 표정이나 하는 모양을 보아 조금은 젊은 사람인 것처럼 보였다. 그런 그가 어떻게 이런 용선을 타게 된 것일까? 좀 더 살고 싶었던 세상에서 극락으로 향해 간다는 기쁨보다는 일찍 죽음을 맞이했다는 것에 대한 세상에 대한 미련 또는 두고 온 사람들에 대한 아쉬움 이런 것일까? 극락이 좋다고 해도 그래도 이승보다 나을까? 개똥밭에 굴러도 이승이 났다는데……

우리 팀은 젊게 보이는 그를 보며 도대체 왜 어떤 사유로 저승의 길에 들게 되었는지? 어떤 일을 한 사람이기에 극락으로 가는 용선을 타게 된 것일까에 컨셉을 두기로 했다. 그는 누구일까? 어떻게 하여 저렇게 벽 속 반야용선도의 뒤를 돌아다보는 사람으로 남게 된 것일까?

"곰곰이 생각해 보았는데……"

가만히 있던 윤 기자가 갑자기 생각났다는 듯 말했다.

"불화佛畵라는 것이 그 그림의 미적 우수성보다 그 그림이 갖고 있는 가치나 상징을 우선하고 있는 것이 아니겠어. 그렇다고 본다면 틀림없이 그 극락보전 뒤편 벽의 용선도도 무엇을 담고 그렸음에 틀림없을 것이야. 화공은 틀림없이 이 뒤돌아보는 사내의 이야기를 들었을 것이고 그 이야기는 불교 설화 어딘가에 있는 것이 아닐까. 아니라면 그 수많은 사찰의 불교 유래 중에 그런 사연이 들어 있을지도 모르지. 이럴 게 아니라 우리 한 번 착수해 보지."

우리는 그의 말에 공감해 반야용선도의 배경에 관한 이야기가 있을까 싶어 우리나라 사찰 사적 중에 이런 관련 설화가 있는지 살펴보기로 했다.

우리는 우선 국내에 반야용선도가 있는 사찰들을 찾아보았다. 그리고 그 용선도에도 이와 같은 특징 있는 인물이 있는지 조사해보았다. 그러나 용선도가 있는 사찰은 더러 있었지만 통도사 극락보전의 반야용선도처럼 용선을 탄 사람 중 하나가 뒤를 돌아보고 있는 반야용선도는 더욱이 발견할 수 없었다. 순간 잠깐 실망스럽기도 했지만 우리는 이런 일을 하는 것도 부처님의 일에 무의미한 것은 아닐 것이라는 생각에 힘을 냈다.

우리는 다시 이번에는 불경과 불교와 관련한 설화 속에 이 그림과 비슷한 내용의 설화가 있는지 살펴보았다. 그러나 역시 아무리 조사해보아도 이런 반야용선도의 뒤돌아봄과 관련 설화가 들어있는 것은 찾을 수 없었다. 틈이 날 때마다 자막에 반야용선도의 뒤돌아봄과 관련한 내용을 알고 있는 사람들을 찾는다는 광고를 내보내고 각 사찰에도 공문을 보냈지만 역시 이와 관련 연락을 받은 것은 없었다.

성과가 없어 잠시 주춤해 있을 때 혹 중국에는 반야용선도와 관련한 이야기가 있지 않을까 하는 생각에 우리는 이 피디가 잘 알고 있다는 항주杭州

금련사金蓮寺의 주지인 무불無不 스님에게 부탁을 해보기로 했다. 쿵후전법의 진수인 소림사의 한 말사인 금련사에 오랫동안 주석하고 있는 그는 나름 중국에서는 권법으로 꽤 세력을 가진 스님이었다.

그러나 한 달이 지나도록 그로부터도 소식은 없었다. 처음 착수할 때와는 달리 맥이 빠져 우리가 구상한 프로를 그만 그쳐야 되는 것은 아닌가 실망해 있을 때, 우리는 전화 한 통을 받았는데 바로 우리 시청자의 한 분이 한 전화였다. 반야용선도와 관련 극락으로 가는 배에 올라탄 한 남자의 기막힌 사연을 담고 있는 설화를 발견했다는 것이었다. 그리고 그것이 적힌 글을 팩스로 보내왔다.

우리는 한문에 밝은 김소옥 기자를 불러 그 해석을 부탁했다. 그러나 우리는 해석해 나가는 김소옥 기자를 보면서 좀 이상하다는 생각을 했다. 그것은 '등신불' 속 이야기와 유사했기 때문이었다. 다만 주인공이 '등신불'의 만적선사인 기耆가 아니라 바로 전처 자식인 문둥병에 걸린 신信이었다. 신이 죽으면서 욕심에 눈이 먼 새어머니가 극락에 들지 못할 것을 걱정하여 뒤를 돌아본다는 내용이었다. 우리는 순간 고전문학에 자주 등장하는 기법인 같은 내용의 상투적인 복사를 떠올렸다. 등신불의 내용이 먼저인지 아니면 이 반야용선도에 얽힌 전설이 먼저인지는 알 수 없지만 아마 이도 그런 유치한 모방일 거라고 생각한 것이었다. 우리는 기대한 만큼 실망했다.

이 일이 있고 이제 거의 포기하고 있을 무렵에 우리는 다시 제보 한 통을 받았는데 이메일로 보내온 그것은 중국의 한 시청자가 보내 온 것이었고, 하남성河南城과 산서성山西省의 경계인 태항산太行山 줄기의 한 사찰에 통도사와 비슷한 반야용선도가 있는 사찰이 있다는 것이었다. 여러모로 살펴본 결과 제보가 상당히 근거가 있다고 생각해 우리는 바로 짐을 꾸려 중국 하남성 정주鄭州로 날아갔다. 거기서 제보를 준 중국인 진유창秦諭彰씨를 만

낳고 그와 함께 반야용선도의 뒤돌아보는 사람에 관한 설화가 있다는 그 사찰을 찾아 갔다.

정주에서 족히 오백여 킬로미터나 떨어져 있는 그 절은 태항산 줄기의 한 험악한 산턱에 매달린 듯 붙어 있었다. 저 높고 험한 곳에 어떻게 이런 절이? 부처님이 하는 일은 정말 알 수 없구나 할 정도로 절은 위태롭고 가파른 곳에 있었다. 그것은 우리가 알고 있는 최악의 절이었다. 그런데 진유창 씨는 중국에는 이런 마음을 시리게 할 만큼 아슬아슬한 절이 이곳 말고도 여럿 된다는 소리를 해 우리를 한 번 더 놀라게 했다. 우리는 그의 안내를 받아 일주문도 없이 극락전 하나와 요사채로만 되어 있는 사찰로 들어갔다.

"바로 이 뒤편에 반야용선도가 있습니다. 통도사에 있는 용선도와 비슷해요. 보통 용선도를 보게 되면 그 의미만으로 도상화한 것이 많아 좀 우습기도 하고 기형적인 구도 배치 때문에 유치한데 이 용선도는 전혀 그렇지 않습니다. 매우 사실적이고 배 안에 탄 사람 하나하나 누군지 알 수 있을 정도로 선명하고 뚜렷한 개성적인 그림입니다."

진유창 씨는 자신이 알고 있는 바의 내용을 정중하고 겸손하게 성의를 다해 이야기를 했다. 우리는 그의 설명을 들으며 절을 대충 훑어 보았다. 혜원정사慧苑精舍는 까마득한 꼭대기에 그것도 결코 이백 평도 채 되지 않는 곳에 조그맣게 매달리듯 붙어 있었고, 한쪽 벽에 반야용선도가 그려져 있다는 것 말고는 별다른 특징없는 소박한 절이었다. 그것도 조그맣게 혜원정사라고 기둥처럼 세워둔 편액扁額이 아니었다면 결코 사찰이라는고도 느껴지지 않았다. 우리는 이제껏 보아온 절과 거대한 중국 대륙에 걸맞는 중국의 사찰을 연상하고는 너무도 형편없는 모습에 조금은 실망하였지만 우리가 이 먼 곳까지 찾아온 목적이 무엇인지 잘 알고 있었기 때문에 여기저기 카메라에 담을 수 있는 한 담았다.

"좀 실망하셨나요? 그래도 이렇게 작은 절이 영험하여 특히 젊은 남녀 사이의 사랑을 맺고자 하는 사람은 간난艱難을 무릅쓰고라도 이곳에 와 기도를 하는 경우가 많답니다. 자, 그러면 우선 그 반야용선도를 같이 한번 가볼까요? 듣기로는 우리 피디님들이 통도사에 있는 뒤를 돌아다보는 사람에 대해 궁금하다고 했는데 여기서도 그런 사람이 있답니다."

그는 우리를 그 그림이 그려져 있는 절의 뒤쪽으로 데리고 갔고 우리는 아슬아슬한 자칫 헛디디기라도 하면 천길 낭떠러지로 떨어질 것 같은 좁은 길로 따라갔다. 그런데 우습게도 절의 앞보다 뒤쪽은 그래도 여유가 있었다. 조금 걸어도 될 정도의 뜨락이었다.

"이 열악함 모두가 수행에 정진하고자 하는 의미라고 할 수 있습니다. 원래는 뒤 뜨락이 천인단애千仞斷崖였는데 사람들이 뒤쪽에 있는 반야용선도를 보려고 극성스럽게 모여드는 바람에 자칫 위험할 수도 있겠다 싶어 주지 스님께서 마당을 넓혔습니다. 밑에 기둥을 세우고 넓힐 수 있는 최대한으로 넓힌 것이지요. 말하자면 잔도棧道 같은 것이라고 생각하면 되겠습니다."

"그런데 반야용선도는?"

"네 가까이서 보면 잘 안보이고, 조금 뒤로 물러나 보십시오. 이쪽을."

그는 우리를 인공의 뜨락 끝부분에서 왼쪽으로 치우친 부분으로 우리를 몰았고 우리가 그가 가리키는 극락전의 뒷벽을 바라보는 순간, 우리 모두는 입을 다물지 못했다. 통도사의 반야용선도와 너무도 닮은 반야용선도가 그려져 있었던 것이었다. 카메라 담당인 윤 기자는 재빨리 카메라로 그곳을 비췄고 그것도 여러 번 반복했다. 다른 점이 있다면 혜원정사의 반야용선도는 통도사의 낡은 모습과 달리 너무 선명했다는 것이었다. 가만 들여다보니 그 벽화 위에 랩지 같은 투명한 비닐로 덮어 놓아 태풍이나 우박 등으로보터 보호하고 있었다.

우리가 더욱 놀랐던 것은 반야용선도 속의 뒤를 바라다보는 사람의 선명한 모습이었다. 울명한 눈으로 아쉬운 듯, 안타까운 듯, 뒤를 바라보는 그 사람 역시 젊은 사람임에 틀림없었고 통도사에 있는 용선도의 그 뒤에서 일곱 번째 사람과 너무도 닮아 있는 모습이었다.

"너무나 닮았네. 그리고 뒤에서 일곱 번째 사람이라는 것까지 닮았군요. 한 사람이 그린 것이 아닐텐데……"

같이 갔던 국희 씨가 맞장구를 쳤다.

"인터넷으로 통도사 반야용선도를 보았는데 매우 흡사하다는 느낌을 지울 수 없었습니다. 여기서는 아직 이런 것을 인터넷에 올릴 수준이 되지 않고 있어서 그렇지 아마 조금 시간이 지나면 이곳의 용선도도 유명해지리라 믿습니다만."

"그런데 이런 절이 있다는 것은 또 어떻게 아셨나요? 정주에서 여기까지가 그 얼마인데."

"네, 사람들은 잘 모르지요. 그런데 우연히 이 태항산의 관광자원을 발굴하라는 상부의 지시를 받고 왔다가 이곳에 소문으로만 듣던 그 절이 있다는 것을 알게 되었지요. 이 절이 이렇게 숨겨져 있었다는 것도 이상하지만 그러면서도 젊은 사람들의 발길이 꾸준히 이어지고 있다는 것도 신기하였지요. 알고 보니 아름아름으로 이 절을 찾는 사람들이 많다더군요. 보통은 나이 든 사람들이 절을 찾아오기 마련인데 이 절은 특히 젊은 남녀들이, 그것도 커플들이 많이 찾아오는 것으로 유명하답니다."

"무슨 사연이 있겠군요?"

"네, 사연이 있지요."

그러면서 그는 다시 우리를 한쪽 구석으로 이끌고 가서 앞 옆을 내려다

보게 했다. 순간 우리는 깜짝 놀라 흠칫했다. 아까는 몰랐는데 역시 이쪽도 천인단애였다. 그러니까 절은 약 이백여 평의 사방이 절벽인 마루에 올려져 있는 것이었다. 우리는 올라올 때 나선형으로 올라왔기 때문에 사방이 절벽 이라고는 생각지 않았던 것이었다.

"절을 안내하는 팜플렛이라도 하나 갖추어놓았으면 좋으련만."

박 기자가 진유창 씨의 말 이외에는 어떤 자료가 없는 것을 보고는 다소 는 실망스럽다는 듯이 말했다.

"절 안내보다는 이 반야용선도의 그림의 뜻을 알고 가자는 뜻에서 오히 려 절 소개 같은 것은 일부러 하지 않는답니다. 이 절이 어떤 절이란 것을 알면 그까짓 안내판 같은 것이 무슨 소용있겠습니까?"

그는 안내 글이 없는 것을 마치 통도사에서 부처님 불상을 모시지 않는 것과 마찬가지 이유라고 하였다. 사실 부처님의 사리를 모셔두었는데 그까 짓 불상이 무슨 소용있을까?

그렇기 때문에 우리는 이 벽화와 관련된 무언가가 더 있을 것이라고 생 각하였다. 그 좁은 곳에서 우리는 옆문으로 그를 따라 극락전 안으로 들어 갔고 앞선 그가 가리키는 곳을 바라보았다 그 어두운 법당 안에서 진유창 씨가 가리키는 방향으로 적은 빛이 들고 있었다. 우리는 법당 안의 빛이 새 어 나오는 곳으로 걸어갔다. 우리가 가까이 가자 거기에는 작은 나무로 만 든 유리 상자가 있었고 거기에는 혜원정사반야용선도유래기慧苑精舍般若龍 船圖由來記라는 겉표지를 한 낡은 책이 하나 들어있었다. 진유창 씨는 이 초 라한 이것이 이 절을 그렇게 유명하게 만든 것이라며 웃었다. 그런데 이상 했다. 이런 유래기가 그 절의 속성을 나타내는 것이라고 한다면 절에서는 그 유래기를 나타내는 것을 신비화해 놓거나 감히 범접할 수 없도록 인위적 으로 조작해놓기 마련인데 이 절에서는 전혀 그런 것이 없었다. 아니 우리가 생각했던 것보다 훨씬 더 소박했고 튀어나거나, 뛰어나거나 그런 표식이 전혀 없었다. 오히려 너무 허술해, 청춘남녀들이 많이 찾아온다는 절이라면 세전도 많을 텐데 그 세전 다 어디에 쓰고 이렇게 엉성히 해놓고 있지 핀잔할 정도로 명성에 비해 별다른 꾸밈이 없었다. 유래담을 담은 안내 쪽지도 A4 용지에 프린트해서 바구니에 담아 유리 상자 한쪽 구석에 놓아두었을 뿐 정말 반야용선도의 유래담을 가진 절이라고는 믿어지지 않았다.

"예상과는 많이 다른데."

김 작가가 말없이 사진을 찍다가 한마디 던졌다.

"글쎄, 유래담을 적은 쪽지 하나 집어넣어 둬."

"어, 간체자와 한문 두 가지가 있는데."

우리는 유래담을 담은 프린트물을 집어 들었다. 밖에 나오자 한문에 밝은 김소옥 기자가 읽으며 해석해 나가기 시작했다.

당나라 말기 때의 일이다. 낙양洛陽에서 이십여 리 떨어진 한 한적한 곳에 아들 하나를 키우며 살아가는 홀아비가 있었다. 홀아비라고는 했지만 자기가 키우고 있는 아들은 형님의 아들이었다. 형님은 그보다 이태 먼저 태어나 수도 장안長安 근처에서 술을 빚어 팔던 유복한 사람이었다. 그런데 어느 날 장안으로 쳐들어온 황소黃巢로 인해 이들 형님 부부는 아들을 남기고 죽게 되고 마는데 이때 이 죽음을 목격한 동생 태泰는 형님으로부터 자식을 잘 키워달라는 유언을 듣게 된다.

동생 태는 부모를 잃고 울고 있는 형님의 아들인 안顔을 안고 난을 피해 부랴부랴 낙양 땅으로 가게 된다. 결혼할 처지가 되었지만 태는 죽은 형님의 부탁과 어린 조카인 안을 그대로 둘 수 없어 결혼도 포기하고 안을 정성스럽게 키운다. 결혼을 하고 싶었지만, 또 그럴만한 재력도 있었지만 그럴 때마다 형님 부부의 말이 떠올라 태는 스스로 결혼에 대한 욕심을 끊었다.

아들 안은 아버지가 작은 아버지인 걸 알고 있었지만 결코 작은 아버지라고 생각하지 않고 자신을 키워준 고마운 아버지라는 것을 잊지 않고 살았다. 그런데 노총각으로 늙어가던 태에게 어느 날 어여쁜 여인이 나타난다. 딸 하나를 데리고 사는 여인은 보기에도 사랑스럽고 정이 많은 귀여운 여인이었다. 왜 여자가 재혼 않고 혼자 사는지 알지 못했지만 역시 황소의 난 때 남편을 잃었다는 것만은 소문으로 들어 알고 있었다. 이 두 사람은 서로 오가다 얼굴을 익히게 되었고 그리고 어느 때 서로를 알아본 순간 불 같은 사랑이 솟구쳐 올랐다. 이 둘은 곧 사랑에 빠진다. 안을 키우느라 그동안 자신을 잊고 살았던 태는 오십 가까이에 찾아온 황홀한 사랑에 정신없이 빠져들었고 그녀와의 사랑을 곱게 이어가고 싶었다. 서로 만나 같이 음식을 해먹기도 했고 달콤한 입맞춤도 하는 등 늦게 찾아온 사랑에 대한 분풀이라기도 하듯 둘의 사랑은 애틋했고 쉽게 갈라놓을 수 없을 정도로 깊어 갔다.

태가 그렇게 늦게 찾아온 사랑에 정신 차리지 못하고 있을 때 역시 장안으로 장사를 나간 안도 사랑하는 여인이 있다는 것을 태에게 고백했다. 태는 어서 아들인 안이 사랑하고 있다는 예비 며느리를 보고 싶다는 말을 전했고 그리고 안이 데려온 그녀를 처음 보았을 때 태는 자신의 앞에 있는 아들의 연인의 아름다움을 보고 화들짝 놀랐다. 자신이 사랑하는 여인만큼이나 아름다웠기 때문이었다. 태는 이내 안의 신부감으로 당장 그녀를 인정하고 만다. 겹경사였다. 자신에게도 안에게도 실로 꿈같은 사랑이 찾아온 것이었다. 그러나 곧 두 사람 사이의 겹사랑은 어느 한쪽이 이루어질 수 없다는 것을 알게 된다. 안이 데려온 여인은 바로 자기가 오십여 년 결혼 않고 있었다가 만난 여인의 딸이었던 것이었다.

태와 안 사이에 미지근한 신경전이 벌어졌다. 태는 양보할 수 없었다. 어떻게 이루어진 사랑인데, 안도 양보할 수 없었다. 여지껏 잘 키워준 작은 아버지, 한 번 더 저를 위해 희생해줄 수 없습니까? 태는 그런 안에게 배신감을 느낀다. 여지껏 키워준 안이 자신에게 한다는 소리가 고작 그런 거라니. 팽팽한 긴장 상태가 계속되던 어느 날 태는 안을 쫓아낸다. 더 이상 너랑 살기 싫다. 네가 그 정도밖에 되지 않는 놈이란 것이 부끄럽다. 멀리 떠나거라, 다시는 보지 말자. 그러나 그렇게 말은 했지만 태는 자신이 먼저 떠날 것을 알고 있었다.

아닌 게 아니라 어느 날 태는 안에게도 자신이 지극히 사랑한 여인에게도 아무 말을 하지 않고 간단한 봇짐을 싸들고 집을 떠난다. 태는 떠나면서 실로 아들이 자기가 데리고 온 여인과 잘 되기를 진심으로 빌었다. 그런 일이 있고 얼마 안되어 안도 아버지 곁을 떠난다. 똑같이 안도 떠나면서 자신을 위해서 여지껏 결혼도 않고 길러주신 아버지가 남은 생애 행복하게 살기를 온마음으로 빌었다.

아버지 태는 집을 나와 곧바로 부처님께 귀의했고 오로지 안이 잘 되기만을 비는 마음에 매일같이 부처님께 치성드리기를 게을리 하지 않았다. 안 역시 자신을 위해 희생한 작은 아버지가 진정으로 잘 되기를 원하는 마음으로 집과 사랑하는 연인을 떠나 불교에 귀의하게 된다. 안은 수행 중 대원사大願寺 금어화상金魚和尙인 진각眞覺 스님을 만나게 되고 이내 그의 문하로 들어가 불화를 배우게 된다. 석가모니를 비롯해 절에서 이루어질 수 있는 불화를 모두 섭렵한 안이었지만 두고 온 아버지에 대한 걱정에 잠을 이룰 수가 없었다. 부디 잘 사셔야 하는데…… 그러나 속세를 떠나온 안은 바깥세상을 알 수 없었고 자신이 할 수 있는 것이 불화를 그려 아버지의 행복을 비는 것밖에 할 수 없기에 안은 불화를 그릴 때마다 아버지의 행복을 비는 마음을 담아 그렸다. 그러다가 언제부턴가 안은 시름시름 앓게 된다. 그리고 병은 좀처럼 극복되지 않는다. 자신의 죽음이 임박함을 느낀 안은 언제 죽을지도 모른다는 생각에 마지막으로 자신의 마음을 담은 반야용선도를 그릴 결심을 한다. 이에 안은 반야용선도를 그릴 좋은 곳을 찾게 되고 이윽고 높은 곳, 극락세계인 혜원정사 뒤편에 있는 벽이 비어 있다는 것을 알게 된다. 그때부터 안은 죽음을 불사하고 이 벽에다 밤낮 자신이 그리려 했던 반야용선도를 그리기 시작한다. 그리고 그 용선 안에 늘 자신을 위해 기도하며 키워주시던 아버지가 속세에서 행복하게 살고 있는지 걱정되어 뒤를 돌아다보는 자신을 그려 넣게 된다.

유래라고는 하지만 좀 싱거운 것 같았다. 해석을 하는 김소옥 기자의 것도 투박하고 매끄럽지 않았다. 그 뒤돌아봄이 겨우 이 정도일까 하는 실망도 떠올랐다. 그렇지만 우리는 혜원정사 반야용선도의 뒤를 돌아다보는 사내의 이유를 알았고 마음에 들지 않았지만 바로 이것이 뒤돌아봄에 대한 확실한 실제적 증거였기 때문에 바로 별다른 편집 없이 올려도 괜찮다고 생각했다. 그런데 좀 이상한 부분이 있었다. 내용과 달리 이것을 찾는 사람들이 청춘남녀라는 것이었다. 반야용선도의 유래로 보아 이곳을 찾는 사람은 아들의 아버지에 대한 또는 아버지의 아들에 대한 애틋한 사랑을 그리는 것이 되어야 할 텐데 오히려 사랑을 이루려는 청춘남녀가 이 절을 찾는 것이 좀 이상했다.

"그런데 좀 이상하지 않아요. 진유창 씨. 왜 하필 청춘남녀들이 이 반야용선도를 주로 찾는다는 말인가요? 더군다나 사랑을 이루려는 남녀들이 주로 찾는다고 하지 않아요. 그들이 이곳을 찾는 특별한 이유가 있을 것 같은데."

"나도 내내 그런 생각을 하고 있었어요. 한번 우리 안에 들어가서 주지스님께 물어보지요."

우리는 진유창 씨를 앞세워 주지실을 찾아갔다. 우리는 진유창 씨를 따

라 주지 스님을 만났고 거기 주지 스님으로부터 지금까지의 사연보다 조금
더 깊은 또 다른 유래가 있다는 것을 듣게 되었다.

"앞의 기록에 담긴 유래는 모두 아버지와 아들의 입장에서 유래된 것입
니다만 그 뒤 구전으로 엄마와 딸의 입장에서 유래된 것이 더 전합니다."

사랑하는 연인 태가 떠난 것을 안 여인은 태가 떠난 이유가 바로 자신이
사랑하는 사람의 아들이 자신의 딸과 사랑하는 사이라는 것을 알자 또한 깊
은 수심의 늪에 빠지게 되었다. 자신의 사랑을 우선할 것인가, 딸의 사랑을
우선할 것인가, 고민에 빠진 엄마는 여러 고민 끝에 자신이 사랑하는 사람
이 이미 자신을 떠나 불교에 귀의했다는 사실을 알자 자신 또한 부처님께
귀의하리라 마음먹는다. 그녀는 자신이 사랑하는 사람의 뒤를 따라 불교에
귀의하는 것이 속세에서 이루지 못한 사랑하는 사람과의 사랑이 완성을 이
루는 것이라고 생각한 것이었다. 그러면서 딸만은 속세에서 사랑하는 사람
과의 사랑을 이루어 행복하게 살 것을 바랐다. 그래서 자신과 딸이 서로 승
속僧俗에서 아름답게 사랑하는 사람과의 사랑을 완성할 것을 바랐다.

딸은 어느 날 갑자기 엄마가 절로 들어간 것을 알았다. 이상한 일이었다.
왜 자기 자신으로부터 사랑하는 사람들이 모두 하나, 둘 떠나는 것일까? 그
러다가 이 모든 것이 또한 엄마와 엄마의 연인 사이와 자신과 안 사이의 관
계 때문이라는 것을 깨닫게 되고 엄마가 자신과 안의 사랑을 위해서 떠났다
는 것을 알게 되었다. 자신의 사랑을 완성하는 것이 엄마가 바라는 것이라
는 것을 깨달은 그녀는 사랑하는 그 사람 안을 찾아다니게 되고 그러다가
그렇게도 사랑하는 남자였던 소금 장수가 절에서 그림을 그리고 있다는 것
을 알게 되었다. 게다가 지금 그렇게도 원했던 안이 죽어가고 있다는 사실
도 알게 된 것이었다.

안을 찾아가기 전에 그녀는 잠시 고민했다. 자신이 출가한 사랑하는 남

자에게 어떻게 하는 것이 좋은 것일까, 마음 같아서는 당장 안을 찾아 그를 위해서 열심히 간호해주고 싶은 마음이었지만 부처님께 귀의한 그를 그렇게 해도 되는 것인지 알 수 없었다. 아니 차라리 나도 그를 따라 불교에 귀의하는 것이 좋을까, 그것이 진정 내가 가야 할 길이런가, 아니면 엄마 말대로 아픈 그를 속세로 불러내어 못다 이룬 사랑을 완성하는 것이 옳은 일일까? 그녀는 하루에도 몇 번이나 오락가락하는 마음을 다잡지 못하고 있다가 어느 날 꿈에 엄마가 나타나 속세에서 사랑하는 사람과 결혼해서 행복하게 살아가는 것이 부처님의 뜻이라는 말과 함께 너만큼은 속세에서 못다 이룬 사랑을 완성하라는 이야기를 듣는다. 그 꿈 이후 그녀는 망설이지 않고 밤낮으로 혜원정사에서 반야용선도를 그리고 있는 안의 곁에 머물며 자꾸만 밀어내려는 그를 옆에서 지극 정성을 다해 도우며 간호했다. 안이 밀어내면 밀어낼수록 그녀는 사랑을 이루라는 엄마의 말을 기억하며 또 그것이 부처님이 뜻이라는 것을 외우며 그의 곁을 떠나지 않았다. 그리고 마침내 남자가 혜원정사의 반야용선도를 완성하던 날, 딸의 지극한 간호에 건강까지 되찾은 안은 파계를 하고 속세로 내려와 아들 딸 낳고 행복하게 살게 되면서 이들의 속세에서의 사랑은 완성을 이루게 되었다.

"그래서 청춘남녀들이 모여들게 되었군요."

주지는 그렇게 묻는 결혼 않은 젊은 김 기자를 바라보며 빙그레 웃었다.

아버지의 행복을 기원하는 유래담과 어머니가 자신은 승에서 딸은 속세에서 사랑의 완성을 이룬다는 유래담은 어쨌건 반야용선도의 유래담으로 남아 있는 것이었다. 그렇지만 이 절을 찾는 사람들이 젊은이들이고 보면 기록으로 전하는 유래담은 조금 사실성, 실제성에서 밀린다고 보였다. 왜냐하면 밖에서 알고 있기로는 오히려 기록으로 전하는 것보다 구전으로 전하는 내용이 더 알려져 있고 그래서 젊은 남녀들이 많이 찾아오고 있다는 것이었다. 이 절을 찾아와 그 반야용선도를 한번 보거나 그 앞에서 사진을 찍으면 어긋난 사랑도 돌아온다는 소문이 있고 그리워만 하던 사람과도 인연이 이루어진다는 속설도 있었다. 그 바람에 우리의 뒤돌아봄 컨셉도 조금은 밀리는 듯 하였지만 우리는 여하간 방영이 될 수 있는 한의 모든 광경을 카메라에 담았다.

하남에서 돌아온 우리는 돌아오자마자 바로 방송으로 내보낼 것을 계획했다. 우선 반야용선도에 얽힌 전설을 영상화하기 위해 내용에 맞는 탤런트를 섭외했고 더할 수 있는 내용과 뺄 수 있는 내용에 대해서도 의견을 나누었다. 반야용선도의 일곱 번째 사람이 뒤돌아보고 있는 이유에 대해 설명을 했고 그리고 보다 이 그림을 그린 사람이 파계를 하고 사랑하는 사람과의 결혼을 해 행복하게 살았다는 것이 결코 부처님의 뜻을 위해危害하는 것이 아니라 오히려 부처님의 뜻을 완성하는 것임을 말했다. 아니 말한 것이 아니라 그냥 그대로 편집 없이 내보낸 것이었다. 사실적인 판단은 시청자 나름의 몫일 뿐이었다.

방송은 의외로 성공이었다. 특별한 기대를 가지고 방영한 것은 아니었는데 시청자 소감은 극락보전의 7번째 사람의 뒤돌아봄을 추적해나간 것이 참신했고 이를 위해 멀리 중국까지 가서 또 다른 반야용선도의 뒤돌아봄과 그 뒤돌아봄의 유래를 추적해나간 것은 근래 보기 드문 탁월한 수작秀作이었다고 칭찬했다. 우리는 시청률이 오른 것에 한층 고무되어 잠시 우쭐대기도 하였다.

그런데 방영 며칠 후 우리는 메일 하나를 받았다. 반야용선도의 뒤돌아보는 사람에 대한 새로운 해석이었다. 그 역시 중국에서 온 메일이었다. 그 메일을 읽어가던 우리는 참 난감해하지 않으면 안되었다. 그것은 중국의 남방인 운남성雲南省에서 온 것이었고 그 일곱 번째 사람의 뒤돌아봄은 우리가 방영했던 그런 것이 아니라 또 다른 해석이 있었던 것이었다.

"그것 참 난감하네. 어느 것이 맞는 것이지?"

"아니 무얼 그까짓 것 가지고 그래. 그렇게 다양한 해석이 있을 수 있는 것 아니겠어? 우리가 방송한 그 뒤돌아봄에 대한 것은 많은 이야기 중 하나일 뿐이지 그런 것이 얼마나 많겠어."

"그래도 이 혜원정사처럼 유래담과 절의 벽화 그것도 일곱 번째 돌아보는 사내가 있는 것까지 있는 실증적인 것은 처음이잖아. 안 믿을래야 안 믿을 수가 없잖아."

"가 봤어, 운남성에 가 봤냐구. 거기서도 반야용선도에 대한 애틋한 이야기와 반야용선도의 실증적인 흔적이 있는 줄 어떻게 알아?"

"그래, 수많은 이야기가 더 있을 수 있겠지. 중요한 것은 반야용선도가 선남선녀를 극락세계로 실어 나른다는 사실이야. 그리고 그 안에는 많은 사람들이 타고 있다는 거지. 그런데 살아있는 동안 좋은 일을 많이 해야 그런 용선도라도 탈 수 있다는 거 아니겠어? 우리 살아있는 동안 착한 일을 많이 하자구."

"속 지르는 소리만 자꾸 하네. 매일같이 아내 속만 긁는 나 같은 놈은 어디 용선도 근처라도 갈 수 있을까?"

"이 사람아, 어디 부처님이 그리 속 좁은 사람이겠어, 알 것은 다 알아. 마누라 속 긁는 것도 김 작가니까 가능한 것이지 다른 사람이었다고 생각해 봐. 그게 속을 긁는 것만이겠어?"

우리는 술을 한잔 먹고 헤어졌다. 이튿날도 어김없이 방송국에 나오고 또 다른 방영거리를 찾아 의논했다. 우리는 똑같이 우리가 이렇게 한 가정의 가장이 되어 일자리가 있고 자식을 낳고 그 자식을 교육 시키며 살아가는 것에 감사했다. 모두가 부처님의 가호 때문이라고 생각했다. 그렇게 생각이 든 순간 갑자기 부처님을 믿지 않는 우리들 모두의 입에서 똑같이 누가 먼저인지도 모르게 염불 소리가 신음처럼 새어나왔다. 나무아미타불 관세음보살.

남편기

그녀 남편은 철학관을 운영한다. 좋게 말하면 명리학자, 나쁘게 말하면 사주 관상쟁이다. 수입은 형편없지만 그녀가 잘 버니 먹고 사는 일은 걱정 없다. 그를 만난 것은 해운대 해안도로인 데크길에서였다. 서울 처녀인 그녀가 부산에서 한 달 살아보기로 작정하고 왔다가 부산이 좋아 한 달을 넘겨 몇 달을 더 살다가 '이번에는 제주에서 한 달이야' 생각하고 데크길 의자에 앉아 제주 관광지도를 펴놓고 제주에서 살 곳을 살펴보고 있는데 그때 그는 찾아왔고 우리는 그의 말대로라면 그렇게 운명적으로 만나 결혼을 하고 아들, 딸 낳고 지금껏 살고 있는 것이다.

새벽에 잠깐 잠이 깨었는데 다시 자다가 눈을 다시 뜨니 9시였다. 어김없었다. 생체리듬이란 것이 이런 것일까. 그날그날 매출액을 영업이 끝나고서야 보고받았기 때문에 자정 넘어서 잠을 든 지가 벌써 여러 달이 되었고 그러다보니 아침도 점심도 아닌 어중간한 시간에 일어나게 되었다. 게다가 한 겨울이어서 그런지 날씨도 우중충하다. 아침이라고 해도 크게 어긋난 것이 아니다. 시간을 다만 조금 뒤로 물린 것이라 생각하면 이상할 것 없다.

그만큼 저녁은 뒤로 물러나게 된다. 그녀는 일어나 늘 그러하듯 한 시간 가량 운동을 하고 와서 욕조에 몸을 담그고 양치질을 했다. 머리를 감을 때도 있다. 조금 앞까지는 매일같이 감았지만 지금은 하루를 건너 뛴다.

아침은 먹지 않고 아침 겸 점심을 먹는다. 이걸 이즘 말로 브런치라고 하는가. 그리고 보면 훌쩍 12시가 넘는다. 그녀에게 시작은 바로 그때부터다. 그녀는 늘 그러하듯 검은색 류색을 하나 어깨에 메고 나선다. 그 가방에는 사업용 다이어리, 상비약, 기차시간표, 지도, 그리고 칫솔과 치약이 들어있었다. 얼마 전부터는 마스크도 몇 개 준비했다.

그녀가 부산으로 내려와서 느낀 최대의 것은 온난한 기후였다. 날씨가 서울 날씨와는 비교할 수가 없을 만큼 따뜻했다. 자신에게 알맞았다. 바다가 있었다. 그녀는 시간이 날 때마다 바다 앞에 서서 외쳤다.

"이대로 죽을 수 없다. 이렇게 아무렇지도 않게 사라질 수 없다. 누릴 것 마음대로 누리다 가자."

혼자 살고 있는 그녀는 지금의 이 소소한 행복이 무엇보다 소중했다. 어느 정도의 자산이 있는 그녀의 관심은 오로지 이 좋은 세상 누릴 것 다 누리며 살자는 주의였다. 그래서 그녀가 하고 싶은 것은 부담없이 저지르고 다녔다. 남자에게 관심이 없었던 것은 아니었지만 남자들이 시시하게 보였고 결혼하고 애 낳고 살림이나 하고 사는 인생이 너무 하찮고 좀스럽다고 생각하였다. 그러나 갈수록 자꾸 외로워지는 것은 어쩔 수 없었다. 그래서 바다에 나와 한 번씩 발악적으로 외치고는 하는 것이었다. 그렇게 바다가 좋아 부산에 이주를 하고 나서 산 생활이 벌써 반년여가 지났다. 처음에는 서울을 떠나지 않으려 했다. 순수한 서울 토박이인 그녀는 서울을 떠나는 것이 마치 직장으로 치면 좌천을 당하는 것으로 알았다. 비록 그녀만이 그런 것은 아닐 것이다. 서울 사람들이 갖는 서울에 대한 애착, 한국의 중심에 살고 있다는 것에 대한 자부심 같은 것은 의외로 대단한 것이었다.

그러나 그녀는 사업차 부산을 몇 번 왕래하더니 곧 간단한 짐을 싸 들고 부산으로 내려왔다. 그때가 가을이었다. 온화한 기후와 인구에 알맞은 교통시설, 무엇보다 선택의 폭이 줄어들었다는 것이 오히려 복잡한 것을 싫어하는 그녀의 성정과 맞았다. 그랬다. 사실 혼자일수록 편리한 단순함과 선택을 망설이지 않아도 된다는 것은 얼마나 스트레스로부터 자유스러운 것인가?

서울은 얼마나 만원인가? 그런 말로 서울은 또 얼마나 복잡한 도시인가? 그에 비해 부산은 상대적으로 집세와 물가도 쌌고 누구나가 그렇다고 느낄 것은 아닐 터이지만 산과 바다가 조화롭게 균형 잡혀 힐링하기에 아주 좋은 도시였다. 그것은 부산만이 갖는 매력이었다. 바다를 보며 살고 싶다는 단순한 생각으로 한 달만 살아보자고 부산으로 내려온 것이 부산이 좋아 그녀는 반년째 부산에 머물고 있었던 것이었다.

6개월 가까이 있다 보니 웬만큼 부산에 대해서는 알 것은 알게 되었고 때때로 그녀가 부산사람이 되어가는 듯한 착각도 느끼게 되었다. 무엇보다 겨울옷이 필요없을 정도로 온난한 해양성 기후에 반했고 생동적인 바다에 반했다. 특히 그녀가 머문 곳은 해운대였기 때문에 해운대 바닷가를 매일 걷는다는 것은 정말 환상적이라는 생각마저 들 정도였다. 아침마다 황금빛 햇살을 타고 날아오르는 갈매기와 망망한 바다, 넓은 모래밭, 그리고 동백섬을 한 바퀴 걷다 돌아오면 그녀에게 딱 정말 어울리는 운동코스이기도 하였다. 혼자 바닷가를 걷다 보면 소녀적 감정에 충실해져 그녀 자신도 모르게 여고 시절마저 생각나고는 했다(그때 나는 참 꿈많은 소녀였는데……). 향기가 나는 훈훈한 바닷바람은 또 어땠는가?

바다를 걷다 보면 많은 다른 바다를 찾는 사람들 때문에 복잡하고 문란

한 바다가 싫었지만 겨울에 걷는 바다는 그야말로 환상적이라 할 만큼 매력적이었다. 때때로 자욱한 해무 속에 들리는 갈매기 울음과 파도 소리 그 흐벅한 느낌은 차라리 여기가 용궁이 아닌가 느낄 정도로 경이로워 마구 손뼉을 치기도 하였다. 그런데 그 손뼉 소리마저 파도를 타고 넘어 보이는 듯한 착각을 느끼게 해 그녀는 아예 용궁이 여기라고 단정해버렸다.

부산은 많은 장점을 가진 도시였지만 그와 동시에 오래전부터의 도시 모습을 그대로 간직한 도시이기도 하였다. 이곳은 과거 일제 강점기 이름을 가졌던 읍이나 도시가 세태의 변화와 함께 변신하지 못하고 있는 것 같은 모습이 여러 곳에서 발견된다. 그러나 그런 것은 그대로 좋았다. 부산의 지금의 모습이 좋고 과거의 모습도 괜찮고 지금과 과거가 혼합된 모습도 괜찮았다.

웬만큼 지리에 익숙해지고 나서 그녀는 바다가 없는 곳에서 산다는 것은 있을 수 없다고까지 생각하게 되었다. 그녀는 처음 부산에 내려왔을 때 해운대의 아침 바다를 보며 느낀 감정을 잊지 못했다. 바다가 좋아 매일같이 해운대 바다를 걸었다. 마치 이곳으로 이사 오고 나서는 그렇게밖에 할 수 없는 것 같았다. 부산에 몇 날을 살아보고 나서는 아예 서울은 이따금 한 번씩 가는 것으로 대신하였다.

그러나 한 반년쯤 지나자 그녀는 부산을 떠나고 싶다는 생각을 하였다. 딱히 부산이 싫다거나 부산을 떠나야 하는 특별한 이유가 있는 것은 아니었다. 역마살이 돋은 것일까? 그냥 이제는 부산을 떠날 때가 된 것 같은 생각이 들었던 것뿐이었다. 다음은 제주에서 한 달 살아보기로 작정했다. 아니 한 달 살아보다가 싫으면 다시 울진에서 그러다가 다시 싫으면 목포에서 한 달 살아볼 생각이었다. 그런데 그때 한 남자가 다가오며,

"운명이란 것이 있다고 믿습니까?"

하고 마치 교회의 거리 전도사들처럼 물었다.

그것은 실로 뜻밖의 질문이었다. 아니 웬 낯선 생전 처음인 남자가 내게 다가와서 그것도 결혼도 하지 않은 삼십대 중반의 여자에게 그런 말을 하다니? 그 말을 듣고 사실 그녀는 다소 남자를 경계했다. 그러나 사실 그럴 필요도 없었던 것인지도 몰랐다. 왜냐하면 그녀가 앉은 해운대 해안 길 데크 중간중간에는 간이 의자가 설치되어 있는 곳으로 그녀와 같이 길을 걷기 좋아하는 사람들이 자주 오고 갔기 때문이었다. 그렇지만 어쨌든 그녀는 낯선 남자가 그녀 곁에 앉았기 때문에 다소 그를 경계의 눈초리로 바라보았다. 그때 그 남자는 다시 한번 더 물어왔던 것이었다.

"사주팔자를 어떻게 생각하십니까? 사주팔자라는 것이 있다고 생각하십니까?"

그래도 그녀는 그 의도를 알지 못해 그의 얼굴을 빤히 쳐다보았다. 그러자 그는 그녀의 눈길이 세다고 생각했는지 갑자기 자기만의 소리에 빠지기 시작하는 것이었다.

"참 답답할 때가 많았습니다. 운명학, 사주명리학에 관해 어느 정도 이치를 알고 나자 저는 이 단계에도 상수와 하수가 있다는 것을 알게 되었습니다. 이것은 의사에도 일반 의사가 있고 전문의가 있는 것과 같습니다. 그러기에 제대로 된 고수들은 일반론에 보이지 않는 그 무엇을 끄집어내기 위해 고수들을 찾기도 하고 명리학의 심오한 학술서적을 찾아 더 읽기도 하고 때로는 자신의 도력을 높이기 위해 명상도 하고 수도를 하기도 합니다."

그녀는 깜짝 놀랐다. 이 남자가 미쳤나. 아니 무슨 이야기를 하려고 하는 거지. 그래서 그녀는 그가 다소 정신이 나갔거나 아니면 조금 모자라는 사람일지도 모른다고 생각했다. 그러나 그녀가 그 자리를 뜨지 않았던 것은 솔직히 이 남자의 외모가 범상치 않아 보였기 때문이었다. 잘생긴 얼굴이라기보다는 무슨 깊은 우수의 남자, 깊은 고뇌의 남자 뭐 그렇게 보였기 때문이다. 여자들이 사실 이런 속성의 남자 얼굴에 잘 빠진다는 것은 사실이었다. 그녀 역시 이 친구의 외모가 바로 그러했기 때문에 다소 거슬렸지만 그의 말을 들으려고 앉아 있었던 것이다. 그녀가 아무 반응이 없이 그 자리에 계속 있자 남자는 혹 자기와 잘 통하는 사람을 만났다고 생각했는지 말을 계속 이어가기 시작하였다.

"의사가 인간의 육체 병을 다스린다고 하면 명리학자는 마음을 다스린다고 할 수 있습니다. 즉 명리학자는 인간의 운명을 감정하는 것입니다. 의사와 환자의 경우는 정확한 문진을 통해 증상을 정확히 짚어 거기에 적절한 처방을 하기 마련입니다. 마찬가지입니다. 운명론도 정확한 사주와 지금의 상황을 바르게 명리학자에게 보여 그에 따른 적절한 진단과 처방을 내리는 것이 제대로 된 명리학의 일이라고 할 수 있습니다. 그러니 처방하는 분야만 다를 뿐 그 과정이 비슷하다고 할 수 있습니다. 좀 차이가 있다면 명리학은 누구나 공부하고 자격을 딸 수 있다는 것이지만 의사 자격은 최고의 수재들만이 가능한 일이라고 할 수 있습니다. 그러나 최고의 명리학자들은 정말로 많은 공부와 수행을 하여야만 높은 경지에 오를 수 있습니다.

의사들은 처방에 따라 큰 칼을 쓸 때도 있고 작은 칼을 쓸 때도 있습니다. 운명학도 마찬가지라 할 수 있습니다. 명리학에 어떤 이론, 어떤 칼을 들이댈 것인가 정말 중요합니다. 그래서 의사들이나 명리학자들이나 상대와의 래포가 상당히 중요합니다. 자신의 병명 또는 상태를 감추는 상태에서는 정확히 병명을 끄집어 낼 수도 없고 처방도 어렵습니다."

그러면서 그는 한숨을 돌리면서 그녀 얼굴을 바라보았는데 그녀는 그때까지도 그가 웬 뜬금없는 이야기를 하는가 하고 생각하고 있었을 뿐이었다. 아니 비길 것을 비겨야지, 뭐 의사가 공짜로 되는 것인 줄 아는 모양이지. 감히 사주 관상쟁이 주제에……

"그 되는 과정도 비슷합니다. 명리학자도 배우고 익혀야 하고 배우고 익힌 다음에는 여러 번의 임상을 해보아야 합니다. 의사에 인턴과 레지던트과정이 있듯이 말입니다. 모든 것이 비슷한데도 명리학은 미신으로 치부하고 있고 학문으로서는 인정 받지 못해 대학의 학과로 인정받지 못하고 있습니다."

그녀는 픽 웃었다. 대학이 뭐 그렇게 허술한 데인가 어중이떠중이가 다 학과 설립 어쩌구저쩌구 하는 데에는 가소롭기조차 했다. 사주관상쟁이를 아주 고도의 전문직이라고 착각하는 것 같았다. 그녀가 비웃는 태도를 보였는데도 그는 무슨 생각인지 줄기차게 말을 이어가는 것이었다.

"저는 어느 정도 사주학에 눈이 뚫리자 조금은 시건방져 웬만한 사주쟁이를 찾아다니며 그의 도력을 시험해보려고 하였습니다. 사실 사주 일반론은 그냥 책을 통해 얻어낼 수 있었습니다만 그러나 진정한 고수에까지는 이르지 못합니다. 일반적으로 시중의 철학관은 이런 류의 사람들이 하는 것이라 보면 되겠습니다. 인터넷에서 감정해주는 정도라고 할까. 인터넷에서는 전혀 상대방을 보지 않고 오로지 사주 명식만을 가지고 보기 때문에 정말로 일반론 이상은 아무것도 볼 수 없습니다. 게다가 그 사람들은 하찮은 자기의 명리학에 대한 고집이 세어서 크게 발전하지 못합니다. 정말 고수는 그 이상의 무엇을 발견하고 들여다 볼 수 있어야 합니다. 공부를 하면서 얻어들은 이야기는 진정한 고수는 먼저 그 사람의 아우라만을 보고서도 그 사람을 감정한다고도 합니다. 저는 저의 도력을 높이기 위해 그런 고수를 찾아다녔지만 지금껏 소문을 듣고 찾아간 고수들 중에 그런 신통력을 가진 사람은 볼 수 없었습니다. 다만 느낀 것은 진정한 고수들은 솔직하다는 것이었습니다. 그들은 자신의 한계, 아니 운명학의 한계를 정확히 인식하고 있었을 뿐이었습니다."

그런데 우습게도 그녀는 그의 말이 많아질수록 점점 그의 말에 흥미를 느껴갔다. 운명학의 한계? 운명학이 정확하지 않다는 것이겠지. 그러나 사실 인간의 심리를 또는 미래를 다루는 학문이 정확한 것이 어디 있겠는가? 그런 정확한 것을 알았다면 그 학문은 폭발적으로 발전할 것이고 자신의 운명과 자신의 미래를 알기 위해 구름같이 사람들이 몰려들 것이라고 생각했다. 그렇지 못하니까 사주학이 대학의 학과로서 자리를 잡지 못하는 것이겠지.

"고수를 찾아다닐 때의 일이었습니다. 아는 형님으로부터 청학동의 한 도사를 소개받아 찾아간 적이 있었습니다. 그를 소개한 김형은 부산 범일동에서 철학관을 운영하고 있었는데 우연히 어찌 살고 있는지 궁금해 들른 것이었습니다. 철학관이란 것이 그랬습니다. 우중충하고 인생의 패배자나 실패자, 이런 사람들이나 드나들거나 또는 그런 사람들이나 하는 것처럼 느껴지는 것은 예나 지금이나 다름없었습니다. 저는 김형을 찾아 좀 더 명리학에 관한 지식을 얻으려 하였습니다.

'김형, 아직도 여전하우. 김형 같은 사람이 이런 일에 매달리니 아깝다는 생각밖에 들지 않아요.'

김형은 소위 명문대를 졸업하고 대학강의도 하다가 어느 날 갑자기 스님이 되더니 어느 날 또 갑자기 이런 철학 관상장이가 되어 나타난 것이었습니다. 그와 같은 학자가 명리학을 공부하는 것을 보니 명리학이 보통 학문이 아니구나 하는 것을 생각했어요.

'자꾸만 파고들게 되구 끝이 없어. 이 세계도 자꾸 발전하게 되구 세상이 변하니 명리학도 변하는군. 그리고 영역도 자꾸 세분화 되어가고 있어. 제일 중요한 것은 미래예측인데 그 예측을 위해 부단히 명리학도 변하더군.

자꾸만 새로운 이론을 끌어들이게 되지. 따라가기도 힘들어.'

'그래도 형님만큼 밝은 사람이 없는데 이런 구석에 있는 것이 아깝다고 밖에 할 수 없네요.'

철학과 출신인 제가 철학의 한 방향으로 명리학을 겨우 접근한데 비해 김형은 처음부터 이 명리학을 파고 들었으니 김형이 만약 다른 방향으로 그렇게 노력했다면 김형은 그 어느 방향에서도 성공할 수가 있었을 것이었습니다. 그런 것을 보면 명리학이란 것도 끝이 없다는 것을 알 수가 있었습니다. 그때 적어도 어느 정도 고수라고 생각해서 찾아간 김형은 내게 자기 대신 청운거사를 소개하는 것이었습니다. 자신은 그보다 한수 아래라는 것이었습니다. 진정한 도인은 그일 것이라고 했습니다. 김형이 소개한 청운거사를 찾아 내가 지리산으로 들어갔던 것은 곡우를 하루 앞둔 날이었습니다.

김형의 소개를 받고 찾아간 청운거사는 참 내가 생각한 것과는 전혀 다른 사람이었습니다. 보통 우리가 거사라고 하면 그에 맞는 옷과 지팡이, 백발, 수염, 이런 것이 연상되는데 그는 그런 모습과 너무 달랐습니다. 내가 그를 찾아 마주 앉아 철학에 관해 이야기를 나누고 있었는데 그때 우리를 찾아온 처자가 있었습니다. 여인은 내가 안에 있자 쭈볏거리며 들어오기를 망설였는데 그때 도사가 소리치는 것이었어요.

'옆에 붙어 있는 놈 누구야?'

내 눈에는 분명 여인 하나밖에 없는데 거사는 여인 옆에 누가 있는 것처럼 말하는 것이었습니다. 그러자 당황하는 것은 여인이었습니다. 여인은 자신의 주변을 둘러보며 먼지를 털 듯이 자신을 탈탈 터는 것이었습니다. 거사는 얼마 후 여인을 들어오라고 하였습니다. 그리고 그녀의 사주를 묻고 그 사주를 사물을 빗대 들려주는데 어찌나 귀에 속속 들어오는지, 그러나 알고 보면 그것까지는 누구나 알 수 있는 일반론이었습니다. 그러자 여인은 더욱 그를 신뢰하는 것 같았고 꽤 거금을 내놓는 것이었습니다. 아, 순간 저는 알았습니다. 이 거사가 트릭을 썼다는 것을. 보이지도 않는 귀신을 보이는 것처럼 말해서 자신의 도력을 높게 보이게 했고 여인은 속아 넘어가 그를 꽤 도력이 높은 도사로 느낀 것이었습니다.

그곳에서 돌아오면서 저는 곰곰 생각하였습니다. 내가 지금 무슨 짓을 하고 있는가? 고수를 찾아 비법을 들으려고 한 나의 이런 행동이 바른 것인가? 그리고 그런 비법을 들으려 하는 것은 무슨 이유 때문인가? 그리고 내가 왜 운명학을 공부하고 있는가? 이런 생각이 들었습니다. 그러다가 문득 이런 명리학을 공부하는 이것이 과연 인간의 운명과 얼마나 관련이 있는 것일까 하는 생각에 이르렀습니다. 그렇게 생각하다 보니 고수를 찾아다니는 일이 부질없다는 것을 느꼈습니다. 그래 고수를 찾아다닐 것이 아니라 화두 삼아 한 번 내가 운명학 고수에 대하여 생각해보자.

사주를 공부하고부터 끊임없이 화두처럼 내 마음을 흔드는 것은 운명은 있는 것일까 운명이 있다면 그 운명대로 살아갈 뿐인데 사람들은 왜 이렇게 아둥바둥대고 치고 받으며 싸우는 것일까. 그래 보았자 자기 운명대로 살아갈 뿐인데. 높고 낮게 되는 것이 노력에 의해서도 되지 않는 것은 도대체 그 이유를 어디서 찾아야 할까? 그런 생각들이 머리에서 떠나지 않았습니다. 그러다가 운명이란 것이 있다는 것도 알게 되었고 그 반대에 있는 입장도 있다는 것을 알게 되었습니다."

"그렇다면 사주학은 운명이 있다는 쪽이겠지요?"

처음에는 시큰둥했지만 들어갈수록 그의 말에 빠져 그녀는 자신도 모르게 물었다. 사실 그런 것은 그녀뿐만이 아니라 많은 사람들이 알고 싶어하는 바이었지만 아주 근본적이면서도 그것에 대한 뚜렷한 생각이 없기 때문에 대부분의 사람들은 그냥 잠깐 생각하다가 넘어가는 것이었다.

"운명을 보는 관점은 크게 두 가지로 봅니다. 운명이란 있다. 그래서 사람들은 그 운명대로 살아갈 뿐이다. 이 운명론은 다시 세 이론이 있습니다. 신이 우리 운명을 결정한다는 이론은 신은 작가이고 인간은 꼭두각시로서 인생이라는 무대에서 각본에 따라 움직이다가 때가 되면 무대에서 내려온다는 것입니다. 두 번째는 태어날 때 생년월일시가 인간의 운명을 결정한다는 이른바 사주팔자론입니다. 사주명리학은 미리 운명을 알고 대비한다는 의미에서 큰 의의를 가진다고 하겠습니다. 운명론의 근간을 이루는 또 하나는 인도 철학에서 말하는 전생에 지은 업보에 따라 운명이 정해진다는 것입니다. 인도에 왜 계급제도가 있는지 쉽게 알게 해주고 있지요. 전생에 지은 업보가 자신을 그렇게 결정했기 때문이라는 것입니다."

"그렇다면 그 반대의 입장은 무엇입니까?"

그녀는 점점 그의 말에 빠져들었고 그래서 평소 가지고 있던 의문을 그에게 던졌다.

"운명론의 대척점에 서 있는 것은 운명은 없다는 논리입니다. 불교에서는 운명은 정해져 있지 않고 다만 자신의 업, 까르마에 의해 정해진다는 입장입니다. 부처는 인도철학과 같이 이전에 해온 까르마 곧 업식, 습관이 자신의 운명을 지배한다고 하였습니다. 다만 인도 철학의 까르마가 절대적인데 비해 불교에서 말하는 까르마는 자신의 노력으로 얼마든지 까르마를 변화시킬 수 있다는 것입니다. 따라서 운명은 끊을 수 있다는 것입니다. 운명론과 비운명론은 아직 어느 쪽이 결론이 난 것은 없고 각각의 이론들이 세력을 이루고 있다고 하겠습니다. 그 하나하나의 생각은 긍정과 부정 두 가지가 작용하고 있습니다."

그는 한참을 그렇게 거의 도취하여 말하고 있었지만 어느 정도 시간이 지나 그녀가 별로 흥미를 가지지 않고 일어서려 하자 대뜸 물어왔다.

"혹 생년월일시를 알 수가 있습니까?"

"왜요? 왜 남의 정보를 빼내려고 드세요? 정보법 위반인 걸 모르세요?"

"자신의 미래에 대해 궁금하지 않으신가요?"

그는 그녀가 까칠하게 굴었는데도 그런 말은 흔한 일이라는 듯 아무렇지
도 않게 받았다.

"운명학의 기본은 미래를 예측하는 것에 있지 지난 날을 반추하는 것에
있지 않습니다. 사주를 알아 자신의 인생을 개척해가는 것은 실로 멋진 일
이 아니겠습니까?"

그 말이 그녀의 마음을 끌어 그녀는 일어서 가려다가 그냥 앉았다. 그는
매우 적극적이었다. 그런데 그런 적극성이 딱히 '저 여자를 내 여자로 만들
겠다'거나 '너를 찜했으니 꼼짝 말어' 같은 그런 의미가 아니라 '운명학을
모르는 가여운 중생, 내 운명학을 가르쳐줄 터이니 나를 따라와 내 운명학
을 믿어. 그래서 미래의 운명을 개척해가도록 해' 뭐 그런 종류의 것이었다.
내가 만일 '너를 찜했어. 너, 내 꺼야' 그런 것으로 그를 이해했다면 그녀는
자신의 사주는커녕 당장 '별놈 다 보겠네' 싶어 그를 떠났을 것이었다(감히
사주쟁이가 어디다 들이밀고 그래). 그러나 그는 운명학의 교주같이 '사주
팔자를 모르는 가여운 중생, 내 말을 들으라'는 그런 뜻으로 이야기를 했기
때문에 그녀의 호기심을 자극하고 있었다.

"○사년 ○오월 을 ○일 경 ○시입니다."

"아니 사주를 좀 압니까?"

"사주를 아는 것이 아니라 제 중요한 문제를 두고 이태 전에 철학관에 한
번 다녀온 적이 있어요. 그때 말하더군요. 내 사주명식이 그렇다고."

사실 그랬다. 그때 그녀는 직장을 그만 두고 시작한 사업이 잘 되어 2호

점을 낼 것인지 고민을 하고 있었다. 하도 고민이 되어 혼자 골똘히 생각에 빠져 있자 밑의 직원들이 철학관을 권하는 것이었다. 그 바람에 생전 처음 철학관을 찾아간 적이 있었는데 그때 사주쟁이는 그녀에게 말했던 것이었다. 그녀 운수가 때가 아니라고. 그래서 지금은 그냥 현상 유지하는 것이 좋겠다고. 그 사주쟁이는 그녀가 원하는 것과 정반대의 처방을 내렸다. 그것도 단정적으로, 조금 기분 나빠서 그녀는 다른 철학관을 찾아갔다. 그는 좀 젊은 사람이었는데 자신이 성균관 대학교를 나왔고 사주학을 한 지 5년이 되었으며 사주가 정말 좋아 직장을 그만두고 이 사주업에 본격적으로 뛰어들었다고 하였다. 그래서 그런지 그는 아는 만큼만 말한다고 하면서 꽤 사실적으로 그녀의 고민을 들어주었는데 그는 그때 말했다.

"혹 어디로 떠날 계획이 있습니까? 사주를 보니 이동수가 있어요. 소위 역마살, 역마살이란 것은 본인의 의지에 의한 이동보다 어쩔 수 없어 떠나야 한다는 의미가 있어요. 예를 들면 계약이 끝났거나 어떤 상황이 종료되었거나 아니면 이혼 같은 어쩔 수 없이 떠나야만 하는 경우를 말하지요. 새로운 것을 찾아 떠나야 하는 것입니다. 그래서 항상 마음에는 불안감이 있습니다. 그러나 나쁘다고만 볼 수는 없습니다. 모든 것이 그렇듯이 새로운 것을 얻기 위해서는 그런 위험한 부담은 맡아야 당연한 것이지요."

"2호점을 낼 계획으로 있는데……"

"결혼은 하셨습니까? 결혼운이 바로 들어와 있습니다. 지금 만나는 사람이 있다면 내후년을 넘기지 마시고 또 만나는 사람이 없다면 올해부터 내후년 안으로 귀인이 나타나고 있으니 놓치지 마십시오. 아무리 늦어도 내후년을 넘겨서는 안됩니다. 내후년을 넘기면 다시 역마살이 도지게 됩니다. 결혼을 하여 정착을 하던지 아니면 애를 낳아서 아이와 함께 역마살이 강한 이 대운의 시기를 넘기는 것이 좋습니다."

"결혼 생각없는데……"

"실례가 되지 않는다면 혹 무슨 일을 하는지 물어도 되겠습니까? 아니 말씀하지 않아도 대충 짐작이 갑니다. 이 사주는 결코 자격증과 관련 없는 일을 하셔야 합니다. 그런 일을 한다면 앞으로 잘 되실 것입니다. 만일 일을 계획하고 있는 일이 자격증과 관련 없는 일이라면 제가 잘 안내해도 되겠습니다. 지금 자격증과 관련 있는 일을 하고 있거나 자격증을 따신다고 노력하고 있는 중이라면 노력한 것에 대한 성취와 보상이 크지 않으니 그만 두는 것이 좋을 것입니다. 말하자면 이 사주는 정통적인 사주보다는 변방의 사주에 해당합니다."

"자격증과 관련 없는 일을 하는데……"

"사주라는 것을 다 믿지 마십시오. 육십퍼센트만 믿으면 됩니다. 전혀 믿지 않아도 안되고 그리고 중요한 것은 그 사주의 판단은 결국 자기 자신입니다."

그러면서 그녀가 궁금해하는 것을 말해주는데 앞의 나이 든 사람과 조금 달랐다. 그녀가 2호점을 내어도 괜찮다는 것이었다. 사업운이 있다고 하면서 내가 하고 싶은 사업명까지 맞추는 것이었다. 그녀는 그의 말대로 2호점을 열었고 그리고 그녀가 1년 만에 매장을 다른 직원에게 맡기고 이렇게 여행 같은 삶을 살 수 있을 정도로 성공시켰다. 그때 그녀는 왜 같은 사주를 두고 이렇게 처방이 다른 거지 하며 나름대로 운명에 대해 생각해본 적이 있었다.

운명은 있는 것일까? 혹 내 뒤의 큰 누군가가 있어서 나를 조정하고 있는 것은 아닐까? 내 몫은 딱 정해져 있어서 아무리 발버둥쳐도 그 이상을 달성하기가 어려운 것은 아닐까?

아직까지 운명은 있는 것일까에 대한 답은 얻지 못하고 있다. 정말 운명은 있는 것일까? 있다면 그 구체적인 모습은 무엇이며 없다면 운명처럼 여겨지는 많은 사건들은 왜 일어나는 것일까?

　'운명' 하면 우리는 보통 사주팔자를 떠올리게 된다. 사주팔자란 무엇인가. 운명학에서 운運은 앞으로 일어날 수 있는 기운, 명命은 태어날 때 이미 정해진 몫이라고 정의한다. 이들이 함께 작용하면서 정해진 시간과 공간 속에 놓여 있는 인간을 간섭하는데 이때 간섭의 인자가 내가 가진 사주팔자라는 것이다. 그런데 두려운 것은 이것이 인간의 의지와는 상관없이 작용한다고 한다는 것이다. 내 의지는 운명에 아무 관련이 없다는 말인가? 아니 내 인생에 내 의지가 들어갈 자리가 있기는 한 것일까? 그렇다면 나는 왜 존재하는가?

　불과 몇 달 되지 않지만 사주에 관심을 가져 철학관을 찾아다니며 내 운명을 몇 번이고 물어본 적이 있었다. 거참 신통했다. 그 사주팔자에서 한 치도 벗어나지 않고 있는 자신을 보며 두렵기조차 했다. 그래서 누군가는 인간의 꼬락서니를 부처님 손바닥 위에서 노는 꼴이라는 말로 표현한 것이었을까. 날고 뛰어 보았자 결국은 주어진 시 공간 안에서 주어진 대로 논다는 것이었다. 도대체 사주팔자가 무엇이길래 우리의 삶을 이렇게 정확히 말하고 있는가? 곰곰 생각 끝에 내린 결론은 사주란 통계학이 아닐까 라는 생각을 했다. 오늘날 통계학은 학문으로 매우 정교하게 다듬어져 있다.

　그렇다면 사주팔자라고 하는 것은 믿어야 하나 믿지 말아야 하나? 내가 찾은 한 노사주쟁이는 80을 살고 보니 사주팔자라는 것은 없더라고 하였다. 있더라도 그 영향이 미미하다는 것이었다. 사람은 자신만 노력하면 어느 정도 성공을 이룰 수가 있다고 하였다. 그러면서 그는 운명은 있다고 생각하면 있는 것이고 없다고 생각하면 없는 것으로 생각과 믿음의 문제라고 말했다. 반대로 또 내가 찾은 몇몇 사주쟁이들은 한결같이 사람에게는 운과 명이 있고 그 길을 따라 가야지 그렇지 않으면 실패하기 십상이라고 말하고 있었다. 그들은 사주는 인생 전부라고 말하였다. 인간은 사주팔자대로 산 다는 것이었다. 아무리 발버둥쳐도 사주팔자를 벗어나지 못한다는 것이었 다. 보다 많은 철학쟁이들이 운명의 존재를 인정하고 있었다.

이렇게 본다면 운명은 있다고 하는 쪽에 손을 들어주어야 할 것 같다. 그 러나 한편 운명이 있다고 한다면 우리 인생은 그 얼마나 삭막할까. 예를 들 어 '운명'을 쓴 김성연 같은 사람은 세상에 태어날 때에는 뿌리, 잎, 줄기, 꽃 으로 태어날 사람이 정해져 태어난다는 것이었다. 아무리 뿌리로 태어난 사 람이 노력해도 꽃이 될 수 없고 줄기가 잎이 되고 싶다고 해도 되는 것이 아 니라는 것이다. 이 이야기를 들으면 참으로 기분이 나쁘다. 한 번뿐인 인생, 꽃이 되고 싶은데 줄기라서 꽃이 되지 못한다면 아니 그 하고 싶은 것을 하 지 못하고 한세상 마친다면 그 얼마나 섭섭한 인생일까? 정말 억울해서라 도 운명에 대한 반기를 들고 싶은 심정이다.

이 혼란 속에 그렇다면 우리는 운명을 어떻게 받아들여야 할까? 이 험악 한 세상에서 자신의 앞날을 헤쳐가는 방법은 무엇일까?

운명을 믿든, 믿지 않든 우리에게 중요한 것은 운명을 대하는 태도라 할 것이다. 모든 것이 운명인 것일까? 그저 운명의 뜻에 따라 살다 한세상 마치 는 것이 인간일까? 김동리의 '역마' 속 성기같이 운명은 피할 수 없는 것일 까? 운명으로부터 벗어나는 길은 없는 것일까? 우리는 운명에 대해 어떤 생 각을 가지고 있어야 하나?

그래서 내린 결론은 운명을 믿든, 믿지 않든 운명을 뛰어넘자는 것이었 다. 조물주가 나를 이 세상에 내보낼 때 어떤 그릇으로, 어떤 운명을 지닌 존재로 태어나게 했든 상관없이 그 그릇을 차버리자는 것이다. 짧은 인생

길다고 해도 고작 100여 년인데 출세해야 얼마나 출세하고 가난해야 얼마나 가난할까? 모든 것 벗어나서 내 의지대로 내가 하고 싶은 대로 마음껏 살다가 한세상 마치는 것이 오히려 운명에 대한 올바른 예의가 아닐까. 설사 그 길이 악의 길, 운명을 거스르는 길이라 할지라도 그것은 내가 선택한 길, 내가 내 의지로 선택한 길을 가는 것은 이 세상 무엇보다 아름다운 것이라고 생각한 것이었다. 물론 그 사주쟁이의 말을 따라 가게를 내어 성공시키기는 하였지만 그것은 결코 내 운명 때문에 성공한 것이 아니라 내 노력 때문에 성공한 것이라고 생각한 것이었다.

그런데 지금의 이 남자는 마치 운명학이 인생의 전부인 것처럼 말하는 것이 그녀가 내린 결론과는 정반대였다. 그녀는 철학관을 돌아다니며 얻어들어 자신의 사주를 어느 정도 알고 있었지만 이 친구는 무어라고 하는지 들어나 보자며 외우고 있는 사주명식을 순순히 말한 것이었다. 그는 잠깐 그녀 사주를 들여다보더니 풀이하는데 정말 그녀가 내린 운명에 대한 결론이 그것을 뛰어넘자는 것이었음에도 그의 처방은 신통할 정도로 그녀 마음에 울림이 있었다.

"이 사주는 말하자면⋯⋯"

거참 신통했다. 남자의 처방이 지금의 상황과 딱 들어맞는 것이었다. 그리고 그 젊은 성균관 대학교 출신의 동양철학자와는 또 다른, 물상적으로 그녀 앞길을 예언하는데 솔깃했다. 제주로 떠나고 싶다는 것까지 족집게처럼 맞추는 것이었다. 그리고 그곳을 역마살 운이 더욱 강하게 들어오는 내년 봄쯤에 계획하라고 조언까지 하는 것이었다.

그녀는 여지껏 결혼에 관한 한은 자기가 내린 운명에 대한 결론과는 달리 운명론에 빠져 운명처럼 그녀 곁을 지켜줄 사람이 있다고 생각하여 그런 사람을 만날 때까지 결혼을 하지 않으리라 생각하고 있는 터이었다. 서른 중반을 넘기고부터는 더욱 그런 생각을 더하여 지금처럼 혼자 사는 것이 편할지도 모른다고 생각하고 있었다. 운명론을 믿지 않는다고 하면서도 결혼만은 순전히 운명론에 기울어 있었던 것이었다. 그런데 그날 그녀는 그의 말에 푹 빠져 그와 동백섬을 거닐게 되었고 그 뒤로 저녁을 함께 하게 되었고 술도 한 잔 하는 사이가 되어버렸다. 그러다가 그에게 빠져 제주 한 달 살아보기를 다 접어버리고 부산에 그냥 눌러앉게 되어버렸고 종내는 그와 한 이불을 덮기까지 되었다.

사업을 하다 보니 그녀는 사람을 믿는 것에 대해 상당히 저어하는 습관이 있었다. 남을 대할 때 냉정히 객관적으로 평가했고 쉽게 믿으려 들지 않았다. 그런 관점에서 그를 들여다보면 그는 좀 물렀고 우유부단했고 사업적 기질도 없는 좀 내성적인 사람이었다. 부산대학교를 나왔다고 하였지만 그녀 자신도 그렇고 서울 유수의 대학 출신들만을 기억하고 있던 그녀가 보았을 때 남편은 그리 똑똑한 편은 아니었다. 그런데 그런 것이 오히려 장점이 되는 것이었다. 그녀와는 달리 그의 우유부단함은 그녀가 판단을 상당히 신중하게 하는 것이 되었고, 그의 느긋한 성격은 그녀의 까칠한 성격을 보완하는 것이 되었다. 그의 두루뭉수리한 무던함은 경쟁력을 강조하는 우리 사회의 덕목에 반하는 것이었지만 때때로 더할 나위 없이 크게 필요한 덕목이기도 하였다. 느긋한 성격 탓에 화를 내지 않고 그녀를 잘 도와주니 그와의 트러블은 거의 없었다. 아이까지 둘을 낳고 살다 보니 어럽쇼, 이 남자 보소. 별로 똑똑하다고 생각지 아니했던 이 남자가 어느 순간엔 아무런 조건도 없이 까칠한 그녀를 오히려 자기 뜻대로 움직이게 하고 있는 것이 아닌가?

참 좋은 당신, 당신의 그 무른 듯 강한 그 무던함을 칭찬합니다. 여보, 저와 결혼해주어서 고마워요. 사랑합니다.

사형 집행인

나는 사형 집행인이었다. 정확히 말해 식민지 유대 지방을 다스리는 가이사랴 로마군 사령부 휘하 예루살렘 안토니아 분견대 소속의 군인이었다. 우리의 주요 임무는 식민지 유대의 치안을 유지하는 것이고, 혹여 질서를 어지럽히거나 반란 또는 독립을 획책하는 무리가 있다면 그들을 잡아 십자가형과 같은 엄벌에 처하는 것이었다. 내 손에 의해 십자가에 못 박혀 죽은 무리는 헤아릴 수 없이 많다.

지금 나는 예순을 넘겼고 병상에 누워 지난날들을 돌아보고 있다. 왜 내가 사람을 죽이는 일에 발을 들여놓았을까? 참 저주스럽기도 하고 후회되기도 한다. 그러나 때로는 누군가는 해야 할 일을 그들 대신에 내가 했을 뿐이라는 생각을 하면 조금, 아주 조금은 위안이 된다. 그러나 역시 사람을 죽이는 일, 특히 십자가형을 지운다는 것은 정말 사람으로서는 못할 노릇이다. 그러나 어쨌건 나는 지금은 은퇴했지만 사형집행인이었고 아직도 그런 일에서 완전히 발을 빼지 못하고 있는 그런 삶을 살고 있다.

많은 사람들이 내 손에 의해, 아니 우리 사형집행인들 손에 의해 십자가형을 당했다. 처음 이 일을 시작할 때는 내가 사람들 죽이는 일에 가담한다는 것 때문에 천벌을 받을지도 모른다는 생각에 두렵고 떨리기도 해서 눈을 감고 일했다. 그러다가 엉뚱하게 사형수의 손이 아닌 그냥 십자가에 못을 박아 상급자들로부터 혼이 난 적도 있었다. 살아 있는 사람의 손에 못을 박는다는 것은 차마 인간으로서 못할 짓이었다. 그런데 나는 그런 일을 했고 손에다 못을 박을 때 튀어나온 핏방울이 내 얼굴에 묻는 바람에 놀랄 때도 한두 번이 아니었다. 그러나 그것도 어느 정도 지나자 요령이 생겨 못을 박을 때 기술적으로 피가 내 몸에 묻지 않게끔 하는 경지에까지 이르게 되었다.

십자가에 못을 박는 처형은 로마 식민정치에 저항하는 정치범들이나 독립당원들에게 흔히 처하는 방법이었다. 이런 방법은 매우 현실적이고 효과적이어서 로마가 유대 지방을 다스리는 데에 매우 유용하게 쓰였다. 이 식민지 유대 지방의 로마 행정관들의 최대목표는 모쪼록 반란이나 지하 독립운동 같은 것이 없이 무사히 식민통치를 해나가는 것이었고 그 다음 많은 세금과 이곳 지방에서 나는 산물을 걷어 끊임없이 로마로 보냄으로써 식민통치관으로서의 자리를 유지하고자 하는 것이었다.

아닌 게 아니라 유대인들의 독립운동은 가끔 산발적으로 있어서 행정관들을 골치 아프게 하기도 했고 그들의 정치적 생명을 위협하기도 했다. 그들을 지키는 로마군 병력은 그렇게 많은 것은 아니지만 그럼에도 유대인들이 쉽게 독립을 쟁취하지 못하고 있는 것은 로마 행정관들의 통치기술이 뛰어남을 보여주고 있는 것이라 할 수 있다. 조그만 잘못도 도저히 용서치 않는 로마식 공포정치는 아예 유대인들의 독립운동을 발붙이지 못하게 했을 뿐만 아니라 적은 병력으로도 이 거대한 땅을 효과적으로 다스리게 할 수 있었던 것이었다.

많은 독립당원들이 우리 손을 거쳐 죽음에 이르렀다고 했지만 사실 로마의 통치 기간에 비해 그렇게 많은 사람이라고는 말할 수는 없다. 그것은 그만큼 유대인들의 독립운동이 활발치 못했다는 것을 말하는 것이라 할 수 있다. 다른 말로는 로마의 통치기술이 뛰어났다고 말할 수 있는 것이었다. 좀 감시가 심했는가. 로마가 정복한 땅을 그리 호락호락 내줄 정도로 만만한 국가였겠는가.

많은 사형수를 대하다 보면 처음엔 두렵고 고독하고 외롭다는 생각이 들기도 했다. 그러나 그것도 잠시뿐 빈번히 사형을 집행하다보니 그냥 무감각하게 되는 것이었다. 우리는 그냥 시키는 대로 할 뿐이며 그 일을 함으로써 나는 녹을 받고 내 자식, 내 마누라가 살아가고 있는 것이었다. 사형수들은 일종의 우리에게 일거리를 주는 고마운 대상일 뿐 그들이 인간이라는 생각이 들지 않았다. 도축꾼처럼 그들이 소, 돼지처럼 느껴질 뿐이고 그냥 우리는 집행할 뿐이었다. 그리고 경력이 좀 붙자 나는 그 일을 내 뒤에 들어온 부하에게 물려주고 다만 이것 저것 지시하기만 했다. 그러나 어쨌건 나는 사형집행인이었고 내 손으로 직접 집행을 한 사형수만도 수십 명에 이른다. 그 많은 사형수들을 집행하면서 나는 때때로 그들의 선한 눈동자도 보게 되고 그들의 발악도 보게 되면서 이 짓은 못할 짓이다는 생각에 빨리 이일을 벗어나야겠다고 생각했지만 그러지 못하고 연전에야 이 일을 은퇴하게 되었다. 딴은 로마군으로 사는 매력이 싫지 않았기 때문이었다. 그러나 죽음에 가까운 지금 나는 내가 해 온 일에 대해서 처절히 후회하고 있는 것이다.

사형은 특별한 날을 정해 집행되지는 않는다. 사형수가 있으면 그때그때 수시로 집행되었다. 다만 명절을 당하면 백성들이 구하는 대로 죄수 하나를 놓아주는 전례가 있긴 했다. 워낙 많은 사람을 집행하다 보니 특별히 기억에 남는 사람은 없었다. 더군다나 나 자신 빨리 그런 끔찍한 일이 기억에서 사라지도록 지워버리려고 하는 경우가 많았기 때문에 하루쯤 지나면 내 속은 평상시처럼 치유되었다. 그러나, 그러나 아무리 내 기억을 무의식 속으로 몰아 넣으려고 해도 지워질 수 없는 한 사람이 있었으니 나사렛 출신 예수라는 이름을 가진 사람이었다. 그는 그를 따르는 무리 중에서 그리스도, 또는 하나님의 아들로 불리워졌던 인물이다. 그들에게는 신이었다고 할 만큼 그는 많은 이적과 신화를 남겼다는 것을 나는 듣고 있었고 또 그가 십자가에 못박혀 죽을 만큼 커다란 죄를 짓지 않았다는 것도 나는 알고 있었다. 그러나 그들의 명절 유월절을 앞둔 어느날 우리 경비대에게 그의 십자가형 집행이 통보되었고 우리는 그 일을 하지 않으면 안되었다.

사실 우리는 사형수들이 왜 어떤 죄를 지었는가에 대해서는 알 필요도 없었고 알려고 들지 않았다. 알면 더욱 괴로웠기 때문이었다. 그래야 십자가형 집행을 쉽게 할 수 있었기 때문이었다. 잔인한 로마 병사라고는 하지만 우리도 인간인 것이었다. 왜 인정이 없고 도리가 없겠는가? 사형수의 신상은 알면 알수록, 또 그 죄목을 구체적으로 알면 알수록 그 연민으로 더 이상 십자가형 집행이 어려워질 수도 있다. 사형 집행인은 잔인해야 했다. 사형수에게 십자가를 지워야 했고 십자가를 지지 못하면 소, 말에게 채찍질하듯 채찍을 휘둘러야 했다. 그래야 했기 때문에 연민을 느낄만한 사연을 안다는 것은 금기시되어 있기도 했다. 그때 나는 이미 나이 40줄에 들어서 집행자의 서열 첫 번째 자리인 백부장에 올라 있어 집행관으로서 역할을 해야 했기 때문에 예수라는 사람의 사형 집행을 처음부터 끝까지 진두 지휘하고 있었다.

그의 죽음을 시종 지켜보면서 나는 그에게 어떤 특별한 감정을 가지지는 않았다. 다만 그의 죄목이 유대인의 왕이라는 점이었고 또 그가 많은 이적을 행했음을 익히 알고 있었기 때문에 사형 집행시 혹 그가 어떤 이적을 베풀어 자신을 구원할 수도 있는 것이 아닐까 하는 그런 생각은 한 적이 있었다. 그에게 특별한 관심을 가졌다거나 그를 동정하는 생각은 전혀 없었다. 이것은 이들 지역의 문제일 뿐 로마 병사인 우리와는 하등 관계가 없었기 때문이기도 했다. 사실 말이 나온 김에 이야기지만 이런 문제에 우리 대로마 병사들의 손에 피를 묻힌다는 것은 썩 기분 좋은 일은 아니었다. 그냥 위에서 명령이 있으니 식민지를 다스려야 하는 병사로서 임무를 수행하고 있을 뿐이었다.

지금도 불가사의하게 느끼고 있는 것은 이것이 어떻게 십자가 사형으로까지 귀결된 것인지 알 수 없다는 것이었다. 이 사건은 십자가형이 될 수 있는 성질의 것이 아니었다. 이것은 종교적인 문제였고 종교적으로 다루어야 할 사안이었다. 그런데도 반역 모반의 사건으로 다루어지는 십자가형으로 예수를 처단한다는 것은 이해할 수 없는 일이었다. 그것은 예수에게는 참으로 억울한 일이었고 변호해주고 싶은 일이기도 했다. 그러나 당시의 기득권층인 대제사장, 서기관, 장로, 바리새인들, 사두개파들에게는 자신들에 도전하는 예수의 이단 세력을 잠재우고 자신들의 기득권을 유지하기 위해서는 예수의 처형은 필수적인 것이었다.

그날 아침 내가 오늘 해야 할 일을 보고하기 위해 막사로 갔을 때 나의 상관인 경비대 책임자인 참모장은 오늘 처형할 사형수가 한 명 바뀌었다는 말을 하였다. 무슨 소리를? 어제까지 우리는 강도 살인을 저지른 도노반과 사울, 그리고 바라바를 사형시키기로 되어 있었던 것이 아닌가?

"바뀐 사람은 도대체 누구입니까?"

"바라바 대신 예수라는 자칭 유대인의 왕이라는 자라네."

"아니 그 사람이 왜?"

"나도 몰라 위에서 시키는 일이니 아무튼 빨리 서두르게나."

사실 나는 이 일에 관여하지 않을 수도 있었다. 그날 일을 맡은 집행관은 내가 아니었기 때문이었다. 내가 좀 더 과감하게 그의 부탁을 거절했더라면 나는 그의 죽음과 관련없을지 몰랐지만 그날 당직사관인 친구 부백부장 아라미의 부탁을 거절할 수 없었다. 아라미는 갑작스럽게 아내가 산통을 호소한다면서 진료소를 다녀와야 한다는 것이었다. 그 바람에 나는 예수의 죽음과 참으로 마음에 없이 엮이게 되었던 것이었다.

이해할 수 없는 것은 그가 왜 갑작스럽게 사형되어야 하는 것인가 하는 것이었다. 더욱이 그는 사람들에게 이적을 베풀고 믿음을 주고 용기를 줌으로써 유대인들에게 새로운 희망으로 떠오르고 있는 사람이었다. 더욱 놀라운 것은 그 고발자가 제사장인 가야바를 비롯 그의 장인인 안나스 일당이라는 것이었다. 유대인이 같은 종족을 고발하다니? 그런 일은 웬만해서는 있지 않았다. 생각해보라. 아무리 흉악한 사람일지라도 같은 민족을 고발한다는 것이 말이 되겠는가? 더욱이 같은 식민통치를 받는 입장에서. 이상하다는 생각을 했지만 나는 위에서 시키니 명령에 따를 수밖에 없었다.

내가 아라미를 대신해 참모장 막사에서 나오자 밤새 취조를 받은 듯 퀭한 한 사내가 관정官庭 한쪽에 물건처럼 놓여 있는 것을 볼 수가 있었다. 밤새 시달림을 받은 듯 그의 눈은 충혈되어 있었고 몸은 피투성이가 되어 허허롭게 보였다. 나는 곧 그가 사형수인 예수라는 것을 직감했다. 나는 바로 사형집행에 필요한 준비를 서두르기 시작했다. 그날 이 일을 담당할 조는 29명이었다. 원래 1명이 더 있었지만 예수가 십자가형을 당한다는 이야기를 듣고 그는 아프다는 핑계로 나오지 않았는데 그가 로마 군인이면서 예수당의 일원이라는 사실은 나만이 알고 있었다. 나는 그의 핑계를 이해했다.

나는 우선 십자가를 점검했다. 십자가형은 보통 세로대는 골고다 언덕에 그냥 놓아두었기 때문에 가로 형틀만을 메고 가게 하면 되었다. 그렇지만 그것이 결코 쉬운 것이 아니었다. 무겁기도 했지만 자기가 묶일 십자가를 들고 가는 그 사형수들의 심리를 헤아려 보라. 그것이 얼마나 역겹고 힘든 일인지. 만일 그렇지 못하다면 그 십자가를 주변에 있는 또 다른 누군가가 대신 지어야 했다. 골고다 언덕까지는 성 밖에서 그리 멀지 않았다. 그렇지만 그 눈에 빤히 보이는 언덕길이 이들에게는 그렇게 멀리 느껴질 수가 없을 것이었다.

십자가형은 끔찍해서 보통 매단 사람이 완전히 죽기까지는 이삼일이 걸렸다. 사흘이 지나도 살아있는 경우가 있는데 이때에는 우리가 급소라 할 수 있는 곳을 찔러줌으로써 쉽게 죽음에 이르도록 하였다.

그날은 유대인의 안식일 전날이었다. 십자가형을 받아 처형하는 절차는 누구에게나 똑같았다. 우리는 넘겨받은 예수와 감옥 속에 있는 사울과 도노반을 끌어내어 가로 십자가틀을 지웠다. 골고다 언덕으로 가는 도중 예수는 힘에 겨웠는지 도중에 쓰러졌다. 우리는 예수 처형 모습을 보기 위해 따르는 무리 중 시몬이라는 사람을 불러내어 대신 지게 하였다. 병사들은 사형수들에 대해 욕하고 침 뱉고 조금이라도 자신들의 시각에 어긋나면 사정없이 채찍을 들었다. 나는 그것을 모른 체 하였다. 병사들에게 잔인성을 길러주기 위해서였다.

우리는 절차에 따라 큰 대못을 예수의 손목과 발목에다 박았다. 그리고 십자가를 올렸다. 예수의 머리 위에는 총독 빌라도가 직접 쓴 "유대인들의 왕 나사렛 예수"라는 죄명이 붙어 있었다. 그러나 예수는 자신을 비웃으며 조롱하는 이들을 미워하거나 저주하지 않았고, 오히려 십자가 위에서도 그들을 위해 하느님께 용서의 기도를 바쳤다.

예수의 처형을 구경하려는 수백여 명이 넘는 이 무리들 중에는 예수를 사형에 처하라고 앞장섰던 장로, 서기관, 제사장들도 있었다. 그들의 관심사는 예수가 어떻게 하나 보자는 것이었다. 십자가 틀에 매달린 자신을 구원할 수 있는가? 만일 자신을 구원하지 못하면 자기도 구원하지 못하는 것이 남을 어떻게 구원하는가 하는 비아냥거리는 심보가 있었지만 한편으로는 두려워하는 마음도 있었던 것 같았다. 자기가 죽으면 사흘 만에 부활할 것이라는 예수의 말을 익히 들었기 때문이었다. 다른 무리들도 마찬가지였다. 신이라니? 한번 두고 보자. 정말 십자가에서 내려질 것인가? 그들 모두의 생각엔 그런 심보가 있었다. 참 우스운 일이다. 사람이 죽어가는 것을 구경삼아 바라보고 있다니? 우리 사형집행인들은 그것이 하는 일이니 어쩔 수 없지만 사람이 처형당하는 모습을 구경하는 사람들은 도대체 무엇이란 말인가? 이것은 사람의 본성이 원래부터 잔인하다는 것을 증명하는 것이라 할 수 있다.

내 고향은 로마에서 얼마 떨어지지 않은 산체스라는 평범한 시골 마을이었다. 내가 막강한 로마군단의 병사가 될 수 있었던 것은 로마군단의 한 책임자인 이스타 대령 밑에 있었던 이종사촌의 권고에 의해서였다. 로마군단의 병사가 되면 한평생 풍족하게 먹고 살 수 있는 재산을 모을 수 있다는 것 때문이었다.

당시 로마 병사가 될 수 있는 길은 몇 가지가 있었는데 징집제와 그리고 식민지 통치를 위해 스스로 자원한다는 전제 아래 뽑는 모병제가 그것이었다. 그런데 징집제는 꽤 까다로웠다. 물론 까다로운 만큼 주어진 혜택이 컸지만 로마를 중심으로 한 제국 본토 사람과 그 인근의 사람들로 이들은 로마의 1등 시민이었다. 1등 시민인 만큼 국방의 의무를 지고는 있었지만 많은 혜택을 받기도 했다. 나 같은 경우는 이에 해당되지 않았다. 그래서 식민지 지배를 위한 로마병으로서 지원을 했다. 대우는 좋았다. 권력도 막강했다. 식민지 백성들은 우리를 두려워했다. 우리들은 탐나는 것이 있으면 그것을 빼앗아도 식민지 백성들은 아무 말도 못했다. 따라서 나는 이런 파견군 지위를 이용해 적잖은 재산을 모았다. 그러나 어느 세월 지나서는 이런 것을 함부로 할 수가 없게 되었다. 왜냐하면 식민지 백성들의 기류가 심상치 않았고 이들을 자극함으로써 반란 같은 것이 일어나지 않기를 바라는 총독을 비롯한 행정관들의 엄명이 있었기 때문이었다

파견 로마병사로서 제일 안타까웠던 것은 소통이 잘되지 않는다는 것이었다. 때로 공용어인 그리이스어와 라틴어로 일부 소통이 가능하기도 했지만 이들은 그들이 조상 때부터 써온 히브리 언어 계통 방언인 아람말을 쓰고 있었기 때문에 중간에 통역을 내세우지 않고는 그 뜻을 완전히 이해하기 어려웠다. 그렇지만 한편으로는 이것은 우리 로마제국의 우월감을 느끼게 해주는 것이기도 했다. '나는 라틴어를 쓰는 대로마제국의 병사야.' 또 한편으로는 이런 이들의 말을 알아들을 수 없다는 것은 우리가 사형을 집행하는 데 있어 편하기도 한 것이었다. 왜냐하면 우리는 그들 말을 알아들을 수 없기 때문에 그들의 사정을 이해할 수가 없었고 우리 일만 충실히 하면 되었기 때문이었다. 그런데 예수가 바로 우리 손으로 죽임을 당해야 할 줄은 꿈에도 몰랐다.

그러나 그가 정말 이적을 행하는가 아닌가 하는 것은 냉정한 사형집행인이었지만 관심있는 일이었다. 그는 좀 다르지 않을까? 그가 진정 유대민족이 말하는 메시아라면 말이다. 생각해 보라. 그를 따르는 무리들에게서야 그가 어떻게 비칠지 몰라도 우리 로마 병사들에게서야 그냥 단순히 사형수에 지나지 않았다. 그럼에도 한편으로 나는 그가 해왔던 이적을 소문을 들어 잘 알고 있었기 때문에 그가 이 십자가형을 빠져나갈 수 있을지도 모른다고 생각했다. 그리고 제발 그래주기를 간절히 원했다.

이런 것은 나뿐만이 아니라 거기 모인 모든 사람의 관심이기도 했다. 그

가 과연 이 십자가형에서 그 자신을 구원할 수 있을 것인가? 말이 나온 김에 하는 이야기지만 사람들이란 참 잔인했다. 특히 유대인들은 더욱 배은망덕한 천하의 몹쓸 종자들이었다. 아무리 흉악범이라고 해도 사형 당하는 사람들에게 욕을 하거나 돌을 던지는 경우는 없었던 것이었다. 그런데 유대인들은 그를 향해 돌을 던지고 침을 뱉고 욕을 하는 것이었다. 그는 흉악범도 아니고 그리고 그가 동족들에게 그렇게 큰 잘못을 저지른 것도 아니잖는가?

식민지 주둔 군대는 로마에서 파견된 병사 말고도 식민지로부터 징발된 병사가 일부 있었다. 이들은 그야말로 로마 병사 못지 않게 로마에 충성하는 사람들로 그 지역의 최고의 엘리트들로만 뽑았다. 사실 자기 종족을 탄압하는 일에 앞장서야 하는데 아무나 쉽게 뽑을 수 있겠는가?

식민지에서 불러들인 병사들에는 사마리아인도, 갈릴리 사람도, 유대 출신도 있었다. 조국 독립을 위해 애쓰는 사람들을 그들의 손에 죽인다는 것은 아무리 로마 정신에 투철한 사람일지라도 매우 꺼림칙한 일이었다. 그렇기 때문에 그 사형수가 누구인가에 따라 병사들의 색깔도 달리해야 했다. 가령 그 사형수가 사마리아인이라면 유대 출신을 동원했고 유대 사형수라면 사마리아인 출신을 사형집행인으로 썼다. 유대인들은 사마리아인이나 갈릴리 사람을 자기들보다는 못한 하류라고 보았다. 유대와 사마리아인 간의 지역 감정은 우리가 생각하는 상상 이상이었다. 그래서 우리는 이 감정을 적절하게 이용한 것이었다.

백부장이나 참모장을 할 수 있는 것은 결코 로마인이 아니면 할 수가 없었다. 물론 내 밑 계급까지 올라온 식민지 사람도 있었지만 결코 그들에게 백부장 자리는 주지 않았다.

사형집행인으로서 사형수들의 마지막 모습을 보아왔던 나는 대부분의 사형수들이 어떤 마음을 가지는가? 못을 박을 때 어떤 행동을 하는가? 어떤 반응을 하는가? 익히 알고 있었다. 손목에 못을 박을 때 그때 의식이 있는 그의 반응은 어떨까? 그리고 뜨거운 태양 아래 목이 마를 때 또 어떻게 할까? 십자가에 매달리고 얼마 만에 죽는가? 대체로 이런 것을 백부장인 나는 알고 있었다. 유대인의 왕 예수는 이런 내가 일반적으로 알고 있는 것과 달리 그가 이적을 보여줌으로써 그래서 그가 유대인의 모든 사람들이 그를 메시아로 받아들이기를 나는 은근히 기대하고 있었다.

그러나 시간이 지나도 그는 조금도 그런 이적을 보여주지 못하고 있었다. 나는 그것이 안타깝고 그런 그가 싫었다. 남에게는 그렇게 잘하면서 왜 자기에겐 그런 이적을 행하지 못하는가? 나는 이런 심보가 되어 그가 숨이 질 때까지 뜨거운 태양 아래 서서히 잦아 들어가는 그의 숨을 지켜보고 있었을 뿐이었다. 제발 지금이라도 그가 이적을 베풀어 그 고난의 십자가로부터 내려지기를 바랐다. 그러나 그의 목숨이 경각에 왔을 때까지도 그런 기적은 없었다. 오히려 그는 일찍 지쳐 목숨이 경각에 달림을 보여주고 있었다. 그래서 나는 생각했다. 그의 이적은 한갓 우연에 지나지 않았던 것이고 그래서 그의 사형도 흔히 있는 것 중의 하나로 생각되었다.

사실 그는 다른 사형수들과도 한 치도 다름이 없었다. 앞서의 사형수들이 해왔던 그런대로 그는 고통을 호소했고 목마름을 호소했다. 다만 그가 다른 사람과 달랐던 것은 그는 그의 죄를 순순히 받아들이고 이 십자가형에 대해 어떤 비난을 하지 않았고 억울함도 호소하지 않은 것이었다. 처음 호기심에 끝까지 지켜보았던 사람들도 별다른 기적이 일어나지 않는 것을 보자 하나 둘 자리를 뜨기 시작했고 오후 세 시경, 이들 시간으로는 구 시경에 마침내 그는 운명을 다하였다.

그가 운명의 순간까지 십자가에 매달려서 했던 일련의 행동들은 역시 십자가에 매달린 일반 사형수들의 과정과 다르지 않았다. 그는 목말라 했고,

처진 몸으로 인해 숨 쉬기를 곤란해 했고, 고통으로 얼굴을 일그러뜨렸다. 그리고 사경에 다달아 몇 마디 로마인인 내가 알아들을 수 없는 말로 외쳤다.

"엘리 엘리 라마 사박다니?"

그때 누군가가 솜에다 포도주를 적시어 그의 입에다 가까이 대주었다. 그래서 나는 그것을 목이 마르다는 것으로 이해했다. 그런데 나중에 사마리아 출신 병사한테 들으니 그것은 이 지역에 널리 쓰이는 아람말로,

"나의 하나님, 나의 하나님, 어찌하여 나를 버리셨나이까?"

라는 뜻이라고 했다. 그밖에도 다른 말도 있었다고 하나 내가 분명코 들은 말은 바로 그것뿐이었다. 그와 가깝게 있었기에 나는 누구보다 똑똑히 들을 수 있었다. 그리고 그의 다른 제자들이 말하는 죽기 전 마지막 그가 했다는 다른 말들은 믿을 수 없다.

그러나 그것이 중요한 것이 아니었다. 나는 끝까지 믿고 싶었다. 그가 죽어서 바로 부활할 것이라는 것을. 그가 인간으로서 죽었음에도 그가 부활하여 자신이 신의 아들임을 증명할 것을 끝까지 믿었다. 그래서 모여선 많은 사람들이 그의 일이 헛된 것이 아니었음을 보여주기를 바랐다. 그러나 시간이 가도 가도 기적은 일어나지 않았다.

우스운 것은 그것을 바라보는 식민지 백성들의 비열함이었다. 예전이나 지금이나 마찬가지지만 그들은 조국의 독립을 위해서 싸우는 것은 그들 독립당원들의 몫이지 자기들과는 아무런 상관이 없다고 생각하는 것 같았다. 오히려 자신의 영달을 위해 우리 로마에 협력하려는 사람들이 많았다. 그 방법을 몰라서 그렇지 협력하는 방법을 알면 그들은 로마에 협력하기 위해 더 날뛰었을 것이다. 자신의 이익이라면 그것이 그들 말로 율법에 어긋나는 것일지라도 상관 않았다. 그러다가도 자신에게 불리해지면 자신이 정당하

다는 것을 알리기 위해 대신 다른 사람을 비난함으로써 자신을 정당화하는 것이었다. 유대인, 너희가 그러니까 로마의 식민지가 된 것이야. 진실로 유대인은 비겁하고 졸렬했다.

마침내 그는 죽었다. 그리고 한 추종자에게 인계되어 돌무덤에 장사를 지내게 된 것 같았다. 그것은 참모장이 빌라도에게서 들었다면서 내게 이야기해주었기 때문에 확실한 이야기라고 할 수 있다. 그 후 그가 어떻게 되었는지는 모른다. 아니 빌라도가 그의 죽음을 계기로 유대인의 반란이 일어날 것이 두려워 그의 무덤에서 몰래 사체를 옮겼다는 소문이 있기는 했다. 그를 따르는 사람들 사이에 그가 부활했다는 소리도 들리고 그가 살아나서 갈릴리 바다를 건넜다는 소문도 있지만 그것이 있을 수 있는 일이겠는가? 다 그를 신비화하려는 헛된 소문이라고 생각할 뿐이다.

그런데 예수의 죽음은 갈수록 그를 따르는 제자들에 의해 부풀려졌다. 그리고 그 불길은 끝없이 넓혀져 갔고 나중에는 그것이 사실인 것처럼 되어버리는 것이었다. 어떤 사람은 그가 숨을 거둘 때 성소의 휘장이 갈라지고 하늘이 검게 변했다고 과장되게 말하는 경우도 듣게 된다. 맞다. 그날 그가 운명할 무렵 되어서 그렇게 되었던 것은 맞다. 그러나 그것을 예수의 죽음과 관련해 말하는 것은 옳지 않다. 그런 일이 흔치는 않지만 있을 수 있는 일이기 때문이다. 이성적으로 생각해 보라. 예수의 죽음과 그날 날씨와 성소의 휘장이 무슨 관련이 있겠는가? 나는 당시 사형을 집행한 책임자인 백부장으로서 분명히 말할 수 있는 것이다. 그것은 그를 믿는 사람들이 그의 죽음과 관련하여 그를 신비화하기 위해 말하는 것일 뿐이다.

또 심지어 그의 무리 중 어떤 자는 또 내가 '그가 하나님의 아들이 맞다' 하고 말했다고까지 부풀려 말해지기도 했다. 그러나 거듭 말하지만 그것은 진실이 아니다. 그의 죽음은 여느 사형수와는 달리 순응적이었고 우리가 아무리 괴롭혀도 반응하지 않았다. 사형 집행인인 우리들에게 욕을 하지도 않았다. 똥을 지린다거나 하늘을 원망한다거나 하는 짓거리를 하지 않아 나는 혼잣말로 '참 대단한 사람이군' 이런 말을 했던 것으로 기억된다. 그런데 이런 내 혼잣말을 유대인 누군가가 들었던지 그 말을 부풀려서 백부장인 내가 그가 '하나님의 아들이 맞다'고 말했다고까지 말하게 되고 그것이 사실처럼 사람에게 회자되는 것이었다. 그들이 로마 표준어를 쓰는 내 말을 어찌 알아듣겠는가? 분명 백부장인 내가 말하지만 나는 그가 신이라는 말을 하지 않았다. 내가 본 그는 하나님의 아들도 아니고 동정녀 마리아에게서 난 사람도 아니었다. 그는 분명 여자와 남자 사이에 본능적 교접을 통해 생산된 사람의 아들일 뿐이었다. 그리고 예수의 이적은 일어나지 않았고 그는 다른 사형수들처럼 평범하게 그의 최후를 마친 것이었다. 그는 신이 아니었던 것이었다.

거듭 거듭 분명코 다시 강조해 말하지만 그는 분명 사람의 아들일 뿐이었다. 눈 먼 자 눈뜨게 하고 귀머거리 귀 열게 한 신이 아니었다. 그것은 아주 우연일 뿐이었을 것이었다. 예수가 무슨 능력이 있어서 그렇게 할 수가 있겠는가? 그리고 죽은 자를 살렸다는 것도 우스운 이야기일 뿐이다. 그는 철저히 인간에 충실했고 그리고 인자로서 하늘에 대한 충실한 믿음을 가지고 있었던 것일 뿐이다. 이것은 당시 사형을 직접 집행했던 백부장인 내가 증명할 수 있는 일이다.

그러나 도무지 이해할 수 없는 것은 십자가형을 당한 사람이 한두 사람이 아니건만 유독 그의 처형이 그 당시부터 내가 은퇴한 지금까지 아직도 이 유대 거리를 회자하고 있는 것이었다. 빌라도 총독도 로마 본국으로 돌아갔고 지금은 그때 당시의 사람은 아무도 남아 있지 않았다. 나는 고향을 떠나 이곳에서 아내를 얻고 자녀를 낳으며 정착했다. 이곳에 남은 것은 이곳에 있으면 내가 우월한 로마 국민으로 살아갈 수 있었기 때문이었다. 앞서 말했듯 내가 다른 사람과 특별히 차별하여 그를 더 고통 속에 죽게 한 것은 없었다. 나는 사형집행인으로서 또 사형집행의 책임을 맡은 백부장으로서 나의 역할에 충실했을 뿐, 그에게 사형집행인으로서 다른 사형수들보다 덜하거나 더한 것은 없었다.

더욱이 이상한 것은 나는 나의 업무를 다한 것이었음에도 불구하고 그의 죽음이 다른 사람들의 처형과는 달리 수십 년이나 지나도록 계속 기억나는 것이었다. 처음에는 좀 신기한 일이구나 하고 생각을 했다. 그런데 그의 이야기가 내내 죽지 않고 계속 회자되자 오히려 점점 두려워지기 시작하는 것이었다. 다시 한번 거듭 분명히 말할 수 있다. 나는 그의 사형을 집행한 사형집행인일 뿐이다. 그리고 그를 다른 사형수 이상도 그 이하로도 대하지 않았다.

그런데도 이렇게 온 전신으로 나를 압박해오는 두려움은 무엇인가? 나를 공포에 떨게 하는 이 두려움은 무엇인가? 내가 사형을 집행했던 다른 사형수들은 떠오르지 않는데 유독 그만이 살아나 나를 압박하고 있느냐는 것이다. 나는 물론 그를 죽였다. 그렇지만 나는 사형집행인일 뿐 정작 사형을 명령한 것은 빌라도인 것이다. 책임을 져도 빌라도가 져야지 나는 괴로워할 필요가 전혀 없는 것이다. 그런데도 왜 유독 그가 내 머릿속에서 떠나지 않고 나를 두려움에 떨게 하고 있는가? 왜 내가 괴로워해야 하는가 말이다. 어디 내 손에 사형을 당한 사람이 한두 사람이란 말인가?

더욱 이상한 것은 내가 나이가 들어 죽을 때가 가까워오자 점점 어쩌면 그가 신일지도 모른다는 생각이 들었고 내가 죽은 다음 있다는 그 천당과 지옥, 어디에서 그를 보게 될지도 모른다는 생각이었다. 그런 생각은 날이 갈수록 더욱 더해지는 것이었다. 게다가 나는 사람을 죽이는 사형집행인이었기 때문에 이런 죽음에 대한 두려움은 상상을 초월할 정도로 커지는 것이었다.

그것은 정말 정말 괴이한 일이었다. 그 이외의 다른 사형수는 기억 속에 전혀 떠오르지 않았다. 오직 그만이 머릿속에 떠올라 나를 두려움에 떨게 하고 있다. 그의 말대로 정말 죽음 다음의 세계는 있는 것일까? 그는 정말 신의 아들인 것일까? 그러나 내 이 두 눈으로 보지 않았는가? 그가 틀림없는 사람이라는 것을, 사람에게서 난 아들이라는 것을, 그런데 그런데 왜 갈수록 그의 제자들, 그의 신도들이 계속 늘어만 가는 것일까? 왜 나는 그들이 늘어나는 것을 두려워하고 있는 것인가? 만일 예수 일당이 지금의 상태를 계속한다면 나는 그들에게 영원히 그들이 신이라고 믿는 예수를 죽인 인물로 남을 것이 아닌가? 그러나 그것보다 더 두려운 것은 시간이 갈수록 그가 신의 아들일지도 모른다고 자꾸만 생각되어지는 것이었다. 철면피, 인정도 사정도 모르는 냉정하고 잔인한 인간이었던 내가 그를 이토록 두렵게 생각하다니……

나는 다시 한번 곰곰이 그가 사형당했을 때의 모습을 더듬어 보았다. 확실했던 것은 생각해보고 또 생각해보고, 앉아서도 생각해보고 누워서도 생각해보고, 또다시 생각해보아도 그는 분명 세 사람의 사형수 중 한 사람이었고 사형집행의 총책임자인 나 백부장 사형집행인으로서 볼 때도 결코 그의 죽음에 이적이 일어났거나 문제가 있었다거나 특별히 달랐던 것은 없었다. 그는 못을 박을 때도 분명히 고통의 신음을 질렀고 뜨거운 태양 아래 십자가에 매달려 있으면서도 목이 말라 했다. 그의 죽음을 확인하기 위해 옆구리를 찔렀을 때도 똑같이 피가 났던 것이다. 그는 생물학적으로나 과학적으로나, 외면상으로나 틀림없는 사람의 아들이었고 그가 죽은 것도 분명하였다.

그런데 그런데 이상했다. 지금 이 순간에도 자꾸만 그가 살아나 신의 아들일지 모른다고 생각하게 되는 것은 웬일일까? 아니 신의 아들이라고 단정하게 되는 것은 웬일일까? 그리고 죽음을 얼마 남겨두지 않고 있는 지금 그에게 기대보고 싶다는 생각이 들게 하는 것은 무엇이란 말인가? 그는 진정 신의 아들이었다는 말인가? 그는 오늘 밤에도 또다시 나를 찾아올 것이다. 아니 지금도 나는 그 앞에 선 사람처럼 떨고 있다. 아아, 나는 누구이고 어디서 왔다가 지금 어디로 가고 있는 것일까? 이 길이 끝난 뒤에는 나는 또 어떤 길을 걷게 되는 것일까? 아, 이 죽음 다음의 삶이 무섭다. 두렵다.

'주여, 어찌 하오리까. 나를 구원하여주소서.'

순간 나는 내 입에서 나온 소리를 듣고 소스라치게 놀랐다. 냉혈한이었던 내가, 백부장에 가장 빠르게 승진했을 정도로 잔인했던 내가, 내가 죽인 그를 찾다니…… 오 오, 그는 정녕 신의 아들이란 말인가? 그는 진정 신의 아들이었단 말인가? 신의 아들을 내가 죽인 거야. 저기 저 십자가 위에서 텁수룩한 얼굴을 한 그가 나를 울먹하게 내려다 보고 있었다. 아 아, 주님, 도와주소서. 제가 당신을 죽였나이다. 제가 주님을 죽였나이다. 용서하소서. 용서하옵소서. 당신은 진정 신이었나이다. 나는 침상에 고개를 묻고 미친 듯이 울부짖었다.

깊고 먼
－이 가을을 넘기지 못하고 가버린 어느 선생님 이야기

죽음이 두렵다. 내 머리 위로 검은 구름처럼 덮여 있는 이 죽음의 공포. 내 나이 아흔네 살, 살 만큼 산 나이였고 이제 병상에 누워 죽음을 기다리고 있는 것이다.

　나는 지금 어디에 있고 어디로 가고 있는 것일까? 이 길이 끝나고 나면 그 뒤는 또 어떤 길이 놓여 있는 것일까?

　내게 주어진 병은 폐암 말기였고 더 이상의 가망이 없다고 판단이 내려진 뒤 이곳 호스피스 요양 병동으로 옮겨오게 되었다. 3개월의 판정이 내려졌지만 그러나 나는 여기서 한 해 이상을 버티었고 다시 또 한 번의 가을을 맞고 있는 것이다. 내가 누워있는 이 병실에는 나 이외에도 또 한 사람의 나와 같은 말기암 환자가 있다. 그 환자 이전에는 신장암에 걸린 사람이 있었지만 그는 3개월 전에 이 병실을 떠났고 그 자리에 새로운 환자가 들어와 있는 것이다.

　내 곁에는 지금 아무도 없다. 나는 결혼을 하지 않았다. 이 나이껏 이 세상에 와서 결혼이라는 것을 하지 않고 혼자 살아왔던 것이다. 왜 결혼을 하지 않았을까? 무엇이 부족해서? 결혼을 하려고도 했다. 결혼하고 싶은 여자도 있었다. 그러나 상대가 너무 고결했다. 가난, 부족한 학벌과 능력, 이런 내가 가진 콤플렉스들은 그냥 그녀를 놓아주어야 한다는 생각이 들었다. 그리고 이런 모든 것을 어느 정도 극복했을 때는 이미 그녀는 남의 아내가 되어 있었다. 결혼이라는 것도 때가 있어야 한다는 것을 그때처럼 절실히 깨달은 적은 없었다. 용기라는 것도 필요한 때가 있다는 것이라는 것을 몰랐다. 그녀를 놓치고 얼마나 울었던가. 용기가 없음을 얼마나 탓했던가. 그러나 그 후 안 일이었지만 나는 그녀를 그렇게 절실히 생각했지만 그녀는 내가 그렇게 생각한 만큼 나를 생각하지 않았다는 것을 알았을 때 그 또한 나를 실망스럽게 했다(그렇다고 후회하는 것은 아니다. 내가 이 세상에 와서 한 사랑의 대가일 뿐이다). 그러나 내가 조금만 용기만 있었다면 나는 내가 좋아하는 그녀를 나의 것으로 만들었을 것이고 지금쯤 이렇게 쓸쓸한 죽음을 맞지 않아도 되었을 것이다.

그 후에도 여자에 대한 관심을 가지지 않은 것은 아니었다. 더욱이 내가 가진 교사라는 신분은 썩 괜찮은 것이어서 같이 근무하는 선생님들이나 대학원에서 공부할 때 나를 아는 동료나 여교수 등 나를 좋아하는 여자들도 많았지만 그러나 그들이 이상하게 와닿지 않았다. 그녀와 같은 여인이 다시 나타난다면 나는 무조건 결혼을 했을 텐데 그러나 더 이상의 그런 여인은 내게 나타나지 않았다. 그렇게 그렇게 혼자 살다 보니 부모님 모두 돌아가셨고 누님 두 동생들도 나보다 먼저 갔다. 그리고 그 안의 자식들은 한 단계 건너 뛰다 보니 자연 소통이 없게 되고 그들이 지금 어떻게 되었는지 알 수 없다.

돌아보면 안타깝고 후회스럽기도 하지만 시인 누구의 말마따나 이 세상에 소풍 나왔다가 그냥 잠깐 놀다 가는 것이라는 생각을 한다면 아무 회한이 없다. 결국 우리는 빈손으로 왔다가 빈손으로 돌아가는 존재 아닌가?

내가 처음 3개월 시한부 선고를 받고 생각한 것은 이제 갈 때가 된 것인가 하는 것이었다. 그러나 정작 그런 소리를 아무도 내 곁에 없이 나 혼자 들어야 했을 때 나는 왠지 견딜 수 없는 외로움을 느꼈다. 이런 외로움을 이기려고 사람들은 결혼도 하고 자식도 낳고 하는 것일까?

사람들은 내가 결혼을 않고 있는 만큼 부나 명예라도 얻었겠지 하는 생각을 할지 모른다. 그러나 결혼을 하지 않고 살았을 뿐 나는 지극히 평범한 생활을 해왔을 뿐이다. 사십 여 년에 가까운 교사 생활을 한 것 말고는 아무 것도 한 것이 없다. 승진을 한 것도 아니고 그렇다고 좋은 기억될만한 제자를 남긴 것도 아니다. 그냥 평범한 하루하루가 굴곡 없는 시계추 같은 그런 생활을 이어왔던 일생이었다.

다만 명예라면 할 말이 없는 것은 아니다. 감수성이 예민해서 음악이면 음악, 미술이면 미술 남다르게 볼 수 있는 것은 장점이면 장점이랄 수 있었다. 남이 보지 못하는 것, 듣지 못하는 것을 나는 보거나 들을 때가 있었다. 그런 방면으로 성공하고 싶은 때도 있었다. 그러나 좋아하는 것과 소질 있다는 것은 엄연히 달랐다. 하늘로부터 별로 받은 것 없는 평범한 인간이기에 일찌감치 포기했지만 지금 생각해보니 조금 아쉽기는 하다. 나보다 못한 환경, 나보다 못한 배경을 가지고도 자신을 훌륭하게 일으켜 세운 사람들이 그 얼마나 많은가. 내가 그렇지 못한 것은 내가 그만큼 노력이 부족했다고 밖에 할 수 없는 것이다.

이 병동으로 옮겨오고 한 번도 나와 관련된 사람이 찾아온 적은 없었다. 외로움은 익숙하기 때문에 그런 것에 크게 마음 두지 않았지만 그런데 이즈음 갑자기 나를 억누르는 것이 있다. 죽음이라는 커다란 먹구름이 내 머리를 덮고 있는 것이다. 이미 죽음 선고를 받고 또 살 만큼 살았기 때문에 죽을 것이라는 생각에서 초월해 있다고 생각했는데 그렇지가 않았다. 죽음이라는 것이 정말 내 앞에 있다고 생각하자 견딜 수 없이 죽음이 두려워지는 것이었다. 앞으로 얼마나 더 살 수 있을까. 내 몸의 암세포는 내 몸을 갉아 먹고 나는 하루에도 몇 번씩 진통제 없이는 잠을 이룰 수 없지만 그런 생활이 벌써 1년을 넘긴 것이다.

이상했다. 다른 사람 같으면 나는 벌써 죽고도 남을 시간이었다. 그러나 나는 끈질기게 살아남아 아직 투병을 계속하고 있다. 병원에서는 죽지 않는 내 몸 상태를 살펴보기 위해 한 달에 한번씩 엑스레이를 찍고 피검사도 하지만 그때마다 더 이상의 전이는 없다는 것이 의사의 소견이었다. 그러다 보니 한 번쯤 다시 MRI를 찍어 정확한 진단을 받아보고 싶다는 생각이 든 것도 최근의 일이다. 혹여 진단이 잘못된 것은 아닐까. 그래서 현대과학의 힘을 빌어 인간 최대의 목표인 죽음을 극복하는 기술이 개발될 때까지 살고 싶다는 생각을 해보기도 한다. 그러나 진통제가 없으면 고통을 참을 수가 없고 낮에도 누워있는 날이 많다. 죽을 때가 가까워 온 것만은 틀림없는 것 같은데 그런데 오히려 죽음이 가까이 다가올수록 더 살고 싶다는 생각이 강하게 드는 것은 무슨 심보일까? 산다고 해도 지금보다 더 나은 것도 아닐 텐데 그런데 왜 이렇게 살고 싶다는 생각이 부쩍 드는 것일까? 이 나이에 바랄 것이 무엇 있겠는가? 꼭 해야 할 일이 남아 있으면 어떻게든 살아 그 해야 할 일을 해야 하겠지만 더 해야 할 만한 일이 있는 것도 아니다. 그렇지만 나는 살고 싶다. 모든 것을 내려놓고 이대로 죽음을 맞기가 싫다.

그러나 죽음의 순간은 하루하루 내게 다가오고 있다. 아침에 깨어나면 온통 내가 살아있다는 환희에 젖는다. 아, 오늘도 살아 있구나. 모든 것이 새로워짐을 느낀다. 아침에 창문으로 보이는 나무의 잎사귀도, 하늘도, 병원 건물도 그리고 새소리도 모두가 새롭게 느껴진다. 오늘 나는 또다시 살아 있구나. 간밤의 그 고통을 이겨내고 역시 나는 살아있구나. 이 살아있다는 환희……

　나는 지금 마음껏 오늘의 이 환희를 담아두기 위해 이리저리 요란하게 눈동자를 굴린다. 아프지 않을 때는 거들떠보지도 느껴보지도 못하는 그것이 지금은 눈에 보이고 느껴지고 심지어는 신비롭기까지 하다. 개미 한 마리가 병원에서 기어 다니는 것을 보아도 신기롭게 느껴지고 개미가 어떻게 하는가를 놓치지 않고 보게 된다. 그러나 이렇게 침대 속에서 누워만 있는 내게 이렇게 해보아야 무슨 소용일까? 앞날의 희망은 없고 지난날에 대한 후회만이 밝을 뿐이다.

　돌이켜 보면 후회 아닌 시대가 그 얼마였던가? 소심하고 아무것도 몰랐던 내가 첫 발령을 받고 산골 학교로 갔을 때 그곳 아이들과 스스럼없이 놀고 즐겼던 일(그 아이들도 살아있는 아이들이 지금은 몇몇 되지 않는다. 얼마 전까지 서로 연락을 주고 받았지만 지금은 연락이 끊겼다). 시행착오도 많았고 별다른 능력도 갖지 못했던 내가 그들에게 상처주기 얼마였던가? 2년을 가르쳤어도 정말 괴로움밖에 주지 않았을 그들을 생각하면 죽음을 앞에 둔 이 순간에도 부끄럽고 참담하기 이를 데 없다. 나는 부끄럽고 괴로워 이불을 뒤집어 쓴다.

　아아, 나는 또 덕이 얼마나 부족했던가? 아, 상준아, 너는 어드메 꽃같이 숨었느뇨. 학교를 갔다 온 너는 그날 집에서 사라진 뒤 아직껏 나타나지 않고 있다. 내 가르침이 너에게 맞지 않았던가? 그런 것이 어디 상준이 뿐이었을까. 많은 아이들이 내가 기억도 못하는 일들로 상처 입었을 것을 생각하면 후회 또 후회 뿐이다. 나는 일부러 생각을 닫는다. 하고 또 하고 또 해도 그냥 후회뿐인 세월, 그러면서도 나는 살고 싶다는 생각을 한다. 다시 한 번만 살 수 있다면 이제껏 내가 해왔던 후회스런 일을 모두 새롭게 하고 싶다. 내가 아는 모든 사람들을 찾아가서 미안하다고 그들에게 말하고 싶다. 그러나 그런 것은 바람일 뿐이다. 설사 그런 일들이 기적처럼 이루어진다고 해도 그들은 이미 이 세상에 없다.

　가난한 가운데 딸 자식 희생시키고 나 혼자 고등학교를 간신히 졸업해 은행에 취직하고 은행 생활이 맞지 않아 초등학교 교사 시험에 합격하고 중등학교 교사 시험에 합격하고 그걸 바탕으로 대학을 마치고 대학원을 마치고 그녀를 생각하며 출세하는 길밖에 없다고 생각해 그걸 목표로 달려왔던 세월, 그러나 나의 순간적인 판단 실수들은 두고두고 나를 괴롭혔다. 신도 그 많은 기회를 놓쳐버린 내가 미웠던 것일까. 내게 더 이상의 기회를 주지 않았다. 그녀도 잃고 원했던 일도 잡지 못하고 꿈마저 사라져버리고 남은 것은 아무것도 없는 절망뿐인 생활, 생각하면 할수록 후회밖에 없는 것이 부끄럽고 자멸스러워 이불 속에 나 자신을 마구 감춘다. 그러나 이불을 마구 뒤집어 쓴다고 그런 후회와 창피스러움이 감추어질 수 있으랴.

　내 방은 온종일이 지나도 드나드는 사람이 없다. 내 맞은편에 있는 환자 역시 3개월 선고받고 지난달 갓 들어온 사람이다. 하루 종일 병실에서 하는 것이 그와 이야기하거나 이렇게 혼자 누워 생각하는 것뿐이다. 들어올 때는 아무렇지도 않은 사람 같았는데 한 달이 지난 지금은 몰라볼 정도로 얼굴에 살이 빠져 해골로만 보였다. 그는 큰 회사를 거느렸다고 했다. 그렇다면 자식들이 찾아올 법도 한데 찾아오는 것을 보지 못했다. 그는 생을 정리하면서 모든 것을 사회에 기증할 것을 변호사와 협의를 했다고 했다. 그런 것도 모르고 자식들은 재산싸움이나 하고 마누라는 큰아들 편에 서서 재산을 물려주려는데 정신이 팔려 남편이 지금 어떻게 되어가고 있는지 안중에도 없다고 했다. 그는 결혼을 않고 아무것도 남길 것 없는 내가 부럽다고 한다. 참 나 같은 사람을 부러워하는 사람도 있다니? 그는 알까? 추한 자식들을 보지 않아서 좋을지 모르지만 결혼 않고 있어 홀로 떠나야 한다는 사실을, 저승에서라도 부모가 안다면 그 부모는 얼마나 안타까워할까 하는 생각은 왜 하지 않았을까?

처음 죽음이 남의 일이 아닌 내 것일지도 모른다는 생각이 들기 시작한 것은 바로 내 맞은편의 환자가 나보다 먼저 세상을 떠나면서부터이다. 그의 죽음을 현장에서 직접 목도하면서 나는 내가 할 수 있는 일은 아무것도 없고 그저 지켜보는 수밖에 없다는 것을 알았다. 죽음이란 무엇인가? 숨을 쉬고 있을 때와 숨을 쉬고 있지 않을 때의 차이란 무엇인가? 그와는 더 이상의 대화를 할 수 없다는 것 그것 말고 이 작은 방에서 그의 죽음이 의미하는 것은 무엇일까? 그가 갔던 저 세상은 어떤 세상일까? 의사는 어떤 것을 할 수 있고 할 수 없는 것은 무엇일까? 의사가 할 수 없는 것은 그럼 누가 할 수 있다는 말인가? 그것은 하나님의 것인 것일까? 아니 하나님이 못하는 것도 있을까? 그렇다면 모든 것은 하나님만이 할 수 있는 것이 아닐까? 모든 것이 하나님의 것인데 그런데 그걸 가지고 어떻게 가이사의 것과 하나님의 것을 나누는 것일까?

죽음이 두렵다. 어머니가 내 팔에 안겨 마지막으로 나를 바라보려 안간힘을 쓰던 모습이 떠오른다. 혼자 있는 나를 남겨두고 갈 수 없다는 안타까움 때문이었으리라. 사람은 죽는다. 나 역시 이제 어머니처럼 이곳을 떠나갈 날이 얼마 남지 않았다. 살 만큼 살았다고는 하지만 죽음은 역시 두렵다. 죽음 다음의 세계가 두렵다. 죽음 그 다음의 세계가 있다면 그 세계는 어떤 세계일까? 우리가 생각하는 것과는 달리 그냥 아무런 세계도 아닌 것일 수도 있다. 아무것도 아닌 그냥 무일 뿐인데 사람들은 그것을 모르고 온갖 추측을 하며 두려워하고 있는 것은 아닐까?

오늘 지금까지 이 병실에 온 사람들은 간호사와 요양사들이 전부다. 간호사나 요양사들과 처음 만났을 때는 서로가 인사를 주고 받았으나 내가 별로 그들에게 관심을 가지지 않자 그들도 이내 냉정히 돌아섰다. 더군다나 내가 아무런 배경도 없다는 것을 알자 그들은 노골적으로 냉담한 반응을 보였다. 그들 중 한 요양사는 거의 나를 무시했다. 미워할 정도다. 이제 40대라고 하니 내 손녀뻘밖에 되지 않는다. 이유가 내가 너무 오래 살고 있다는 것이다. 집에 시아버지가 내 꼬락서니라고 한다. 남에게 폐를 끼치면서까지 오래 살 필요가 무엇이냐는 논리였다. 남의 일은 도울 수 있어도 집안의 일은 도울 수 없다고 내게 아무렇지도 않게 내뱉곤 했다. 그래 남에게 폐를 끼치지는 말아야지 이렇게 오래 살아서 무엇하나 그런 생각을 하면서도 때때로 그럴수록 더 오래 살아 과학의 발달로 내 폐가 이식되어 한 번 더 세상을 살아보고 싶다는 발악이 든다.

오늘 밤이 지나면 내일 아침이 올 것이다. 아무 일도 없이 그냥 그것뿐이다. 이것을 산다고 할 수 있을까? 내일도 또 모레도 이럴 것이다. 그래도 내일 아침 내가 다시 눈을 뜨면 오늘도 살아있다는 환희에 감사의 기도를 하나님께 드릴 것이다. 살아 있구나 살아서 내 세포는 생명현상을 계속하고 있구나. 그러면 나는 또 환희에 벅차서 나는 왜 태어났고 왜 무엇을 위해 무엇을 바라 여지껏 살아왔는가 내가 사랑했던 어머니 아버지 모두 떠나보내고 나도 죽을 날을 기다리는 몸이 되어 이렇게 하루 종일 생각만 하며 누워있는 내가 이 세상에 온 이유는 무엇이었을까 하고 또 했던 생각들을 다시 하게 될 것이다.

그러나 죽음의 이 순간에 이르러서도 내가 알고 싶은 것이 하나 있다. 운명이란 과연 있는 것일까? 내가 아무리 발버둥쳐도 운명이라는 신의 손바닥에 놓고 있는 것이라면 참 슬픈 것이다. 그리고 누군가가 정해놓은 길을 그냥 그 대본에 따라서 연극을 하는 꼭두각시라고 생각한다면 참 슬픈 일이다. 그러나 지금 이 순간 내가 꼭두각시 노릇을 했다는 생각이 드는 것은 왜

일까? 그냥 꼭두각시 밖에 안되는 인생, 그게 다인데 그렇게 쉬웠던 걸 가지고 무어가 있다고 나름대로 그리 애를 쓰며 살았던 것일까?

나는 또 다른 생각을 한다. 살아있을 때는 어느 정도 예측이 가능하다. 내가 오늘 이렇게 자리에 누워있으면 내일도 이럴 것이다. 그렇지만 죽음 다음의 세계에서의 나의 모습은 어떨까? 그곳에서의 삶은 일단 내 빈약하고 초라한 껍데기는 벗어던져 버리게 되고 오로지 영혼만으로 존재하는 삶이 될 것이다. 그렇다면 영혼만이 존재하는 삶이란 어떤 것일까? 그 영혼도 늙고 죽음이 있는 것일까? 죽음 다음의 세계는? 아니 죽음의 죽음도 있을까?

나는 또 잠에 빠져든다. 그런 내 몸엔 지금 생의 연장을 위한 주사 바늘과 약물이 주입되고 있다. 처음엔 몰랐으나 지금은 정신과 몸이 많이 황폐해지고 생각도 오락가락 한다. 그렇지만 이 주사 약물이 정지되면 그나마 조금 정신이 맑아진다. 일어나 앉을 수도 있다.

가끔 한 번씩 낯선 요양사들이 와서 목욕을 시켜준다. 그들은 나이 들어 푸들푸들해진 고목 같은 내 빈약한 몸뚱이를 이리저리 굴리면서 내가 사람이 아니라 그냥 물건인 것처럼 씻긴다. 이제 저들은 내가 얼마 있지 않아 죽을 것이고 그래서 나를 좀 아무렇게나 다루어도 항의할 수 없다는 것도 알고 있을 것이다. 차라리 건너뛰었으면 싶건만 그래도 그들은 의무인 듯 나를 씻기고 침대에 옮겨 실어 도로 내 병실로 갖다 놓는다.

다 썩어가는 얼마 남지 않은 쭉정이 같은 내 몸뚱이에 정기적으로 엑스레이를 들이댈 때도 마찬가지다. 그들 역시 내 몸을 살아있는 생명체가 아니라 다들 고목나무 토막처럼 마구 이리저리 굴린다. 그러나 이미 내 몸엔 암세포가 전체적으로 퍼져 이리저리 굴려도 아픔을 느끼지 못한다. 그리고 다시 병실로 돌아오면 나도 모르게 잠을 잔다. 몸에서는 가래가 끓고 이따끔 간호사가 와서 가래를 빼준다. 이상하다. 이곳에 처음 왔을 때만 하여도 내겐 이렇게 가래가 끓지 않았다. 그러나 호스피스 요양 병동에서 지낼 만큼 지내다 보니 죽지는 않고 가래만 자꾸 찬다. 내 몸을 내가 마음대로 움직이지 못하니 하나부터 열까지 남의 도움을 받아야 한다. 숨을 편히 쉬기 위해 옆으로 돌리고 싶어도 그것도 내 마음대로 할 수 없다. 이런 내가 살아 있다고 할 수 있는 것일까? 이렇게 살다 죽는 게 내 삶의 전부인가?

오후가 되니 건너편쯤에 있는 병실에서 호곡 소리가 들린다. 아, 오늘도 또 한 사람이 갔구나. 인생은 아침에 잠시 나타났다가 사라지는 이슬과도 같은 것이구나

사람이 자주 찾지 않는 병동이지만 더러 호스피스 자원 봉사자가 올 때가 있다. 그들이 참으로 고맙다. 아무도 아는 이가 없는 나 같은 사람에겐 그들이 정말 고맙다. 내가 이 호스피스 요양 병동으로 옮겨왔을 때부터 일주일에 한 번씩 찾아와 이 이야기 저 이야기 나누었던 사람이 있었다. 그때는 내가 활동하고 말도 할 때여서 같이 웃고 같이 살아왔던 이야기 등을 나누었던 사람이다. 나이가 60대인 사람으로 나보다 30이나 덜 채운 사람이지만 이상하게 처음부터 나하고 이야기가 통했다. 더욱이 최근에 그는 자신도 암에 걸려 투병 중이라고 했다. 그럼에도 그는 긍정적인 생각을 가지고 이겨낼 수 있다는 생각을 가지고 있다고 했다. 그는 자신을 강남 대치동에 살고 있다고 했다. 밑바닥이라고 생각되는 일을 20여 가지쯤 했다고 했다. 그는 그중에서 시체 닦는 일을 한 것이 이런 호스피스 자원봉사라는 일을 하게 된 배경이 되었다고 했다. 죽은 시체도 마음대로 되는 것이 아니라고 한다. 시체도 말을 한다고 한다. 시체와 내가 서로 통해야 시체도 내가 움직이고 싶은 대로 움직이지 그렇지 않으면 시체는 내가 아무리 씻고 옷을 입히고 싶어도 그렇게 할 수 없다고 한다.

그의 그런 말을 들을 때면 사람이 죽은 다음에 영혼이 있을 것이라는 생각을 하게 된다. 그러면 또 나는 바삐 곧 다가오게 될 영혼의 세계는 어떤 세계일까. 그 영혼의 나라는 영원한 나라일까 하고 머리를 굴리게 된다.

오늘은 그가 사과를 하나 가져 왔다. 그는 내가 많이 먹지 못할 줄 알고 사과를 하나만 가지고 왔다고 했다. 그러나 그는 모른다. 지금 내가 사과 한 알도 먹지 못한다는 사실을.

그와 만났던 때는 작년 이맘때쯤이다. 하루 종일 고요하기만 한 이 병실에 아마 나만큼이나 고독과 외로움에 떨었을 법한 사내가 찾아왔다. 그는 내게 찾아와서 대뜸 물었다.

"죽음이 무섭지 않으세요?"

보통 사람 같았으면, 보통의 환자 같았으면 나는 꽤 기분이 나빠 그를 노려보기라고 했을 것이다. 그런데 나는 이미 그런 일에는 어떤 감정도 느끼지 못했다. 아니 이미 내 몸이 그런 것을 뛰어넘고 있었다.

"두려워 살고 싶어."

나는 모기만 한 소리로 입을 벙긋대었다.

그는 내 말을 기다렸다기나 한 듯이

"그렇다면 악착같이 살려고 노력하세요. 사람은 살려고 노력하는 만큼 더 살게 되어 있어요."

하고 말했다. 그의 말이 사실이기나 한 것처럼 그가 말한 만큼 나는 지금껏 살고 있다. 의사가 말한 시간보다 훨씬 더 오랜 시간을 살고 있는 것이다.

그는 와서 내게 오늘 자기에게 일어났던 일을 이야기했다. 자기가 쓴 시 한 편도 들려주었다.

"선생님 오늘 아침 이곳으로 오는데 제비꽃이 하나 숨어있지 무업니까.

보랏빛이었는데 얼마나 신선하던지 문득 한참을 바라보았습니다. 신비롭고 전에 보지 못했던 슬픔 같은 것도 느껴져서 저도 모르게 눈물을 찔끔 흘리고 말았습니다. 이상했지요. 저 제비꽃이 무어길래 내가 눈물을 흘렸던 것일까? 보랏빛과 내가 무슨 특수한 관계인 것일까? 그냥 감상인 것일까? 그냥 꽃을 보니까 눈물이 나온 것일까? 곰곰 생각해 보았지만 알 수가 없었어요. 그런데 조금 전에 문득 선생님을 보고 순간 깨달았어요. 그리고 그 꽃이 고맙기도 했지요. 아무도 모르게 숨어 핀 작은 꽃 그러나 그렇게 피어 있는 것만으로도 세상을 아름답게 한다는 생각이 들었어요. 선생님 오래 사셔요. 아프지만 살아 있다는 것만으로도 다른 사람들에게 용기가 되고 기쁨이 되고 있습니다."

그는 내가 적어도 외롭다는 것마저도 축복이라고 생각하는 것 같아 좋았다. 이 단순하고 단조로운 생활, 혼자 이 죽음을 기다리는 생활이 처음엔 조금 외롭고 두렵다는 생각이 들었지만 그러나 견딜 수 없을 정도의 것은 아니었다. 퇴직하고부터 수십여 년을 이런 단조로움 속에 살아 외로움에는 익숙해 있었던 것이다. 별다른 취미도 없었다. 퇴직하면 해보리라 하는 생각을 가진 것도 없었다. 있다면 별다른 재주는 없어도 걷는 것은 조금 재미가 있어 우리나라 곳곳을 걸어보고 싶다는 생각을 가졌지만 그것도 한 3년이 지나고부터는 흥미를 잃었다. 어렸을 적부터 그림 보는 것에 취미를 가지고 있어서 미술 전시회가 있는 곳이라면 가리지 않고 다니며 보았다. 그림에 대한 안목이 좀 높아져 그림에 대한 평도 썼고 그래서 그림에 대한 강의를 해달라는 곳도 있었지만 모두 사양했다. 가르치는 것이 이상하게 싫었다. 아니 나이 들어 새로운 사람들과 진정한 관계를 다시 맺어야 하는 것이 싫었다. 지금 주변에 있는 사람들한테도 제대로 하지 못하는데 또다시 새로운 사람과 새로운 관계를 맺어야 한다니……

별다른 희망이 없어지면서 나 역시 점점 세상에 흥미를 잃어갔다. 그때 문득 돌아보니 내 나이 벌써 일흔에 가까이 다가서고 있었다. 누나와 동생이 한 번씩 찾아와 혼자 사는 내가 안쓰러웠는지 밑반찬과 청소를 해주고는 가지만 그들도 나이가 몇인가, 그들도 대접받아야 할 나이에 와서 내 수발을 해주고 있으니 그것이 될 법이나 한 일인가. 내가 수고하는 그들을 위해 수고비를 주고는 있지만 그 나이의 그들에게는 돈이 큰 의미가 없다. 오히려 몸만 힘들어할 뿐 어느 순간 힘 드는지 전화 한 통화로 안부를 대신하는 것이 되고는 했다.

이런 것을 두고 인생이 허무하다는 것일까. 병만 아니었더라면 홀홀 털고 나서 더 세상을 즐기고 싶은데 몸이 마음을 따라주지 않는다. 비감한 생각만이 들 뿐이다. 그러나 또 한편 지난날을 돌아다보면 용케 견디어 온 것 같다. 결혼 않고 있는 사람들에 대한 우리 사회가 가지는 편견은 얼마나 잔인한 시대였던가? 무슨 문제점이라도 있는 것처럼 생각하는 뭇사람들과의 시선을 용케도 견디어 왔다. 그러다가 나는 슬며시 입가에 웃음을 만든다. 후회스럽기만 한 인생이었지만 그래도 기뻤던 때도 있었다.

처음 퇴직을 하고 나서 느꼈던 것은 그동안 내가 너무 우물 안 개구리였구나 하는 것이었다. 학교 생활을 할 때 보지 못했던 새로운 세상이 여기저기 열매처럼 열려 있었다. 피부샵, 헬스클럽, 성인 콜라텍, 나이트 클럽, 명상센터, 웃음레크리에이션, 탱고 클럽…… 나는 세상에 이런 것도 있다니 싶은 생각에 한동안 이런 것들을 순례하는 것이 하루 일과인 것처럼 되는 때가 있었다. 어디 이뿐이었는가. 우리나라 곳곳에 숨어있는 비경과 사찰들은 나를 가만 내버려 두지 않았다. 사실 학교라는 울타리는 얼마나 작고 외롭고 소박한 세계인가.

나는 깜짝 놀랐다. 이런 세계가 있다니? 남들은 퇴직을 하고 세상이 심심하고 할 일이 없다지만 그러나 나는 그런 것은 느끼지 못했다. 혼자 살면서도 하루하루가 이렇게 재미있고 새로운 세상이 있는 것인 줄 몰랐다. 하루 종일 돌아다니면서 보아도 보아도, 먹어도 먹어도 질리지 않았다. 더욱이 먹거리 볼거리 즐길 거리가 어떻게나 많던지 세상이 너무 재미있어서 이런 생활이 오래 오래 지속되었으면 싶었다. 명예가 아니라도 좋았다. 다 살고 나니 그깟 명예가 무어 그리 대단한 것인가. 어느 정도의 돈과 그리고 시간적 여유를 갖는 지금이 즐겁고 행복한 세계라는 것을 깨달았다.

사람을 만나는 재미는 또 어땠던가. 한 번씩 아는 사람, 안면이 있었던 사람을 피해 일부러 먼 곳, 낯선 곳을 찾아 모르는 사람, 한번 스치는 사람을 만나는 재미는 부담이 없어서 좋았다. 익명의 사람들, 알고 싶지도 않고 인연 맺기를 원하지도 않는, 그냥 당장 거기서 만나 이야기를 나누고 헤어지는 사람들, 그런 사람들을 만나는 것은 재미있고 오묘하고 환희롭기조차 했다. 진정 살 수 있다면 살아 다시 한번 더 누리고 싶다.

차츰 여행의 재미에 빠졌다. 내가 살고 있는 곳을 시작으로 반경을 넓혀 나갔다. 우리나라를 한 바퀴, 그리고 울릉도, 독도, 흑산도까지 내 몸이 허락하는 한 다녔다. 그런 곳을 다니면서 먹고 싶을 때 먹고 자고 싶을 때 자고 마시고 싶을 때 마시고 사고 싶을 때 샀다. 시간이, 세월이 가는 줄 몰랐다. 다음에는 외국으로 눈을 돌렸다. 가까운 중국, 동남아, 그리고 유럽, 이상하게 일본은 가기가 싫었다. 비교적 시간에 여유가 있었으므로 곳곳을 눈에 담아둘 수가 있었다. 눈에 담아보았자 별것이 있겠냐마는 그러나 이 모든 것이 머릿속에 쌓여 외롭고 허전하고 허무할 때마다 웃음을 주었다. 보아도 보아도 질리지 않고 듣고 또 들어도 질리지 않는 것이 여행의 즐거움이었다.

그리고 또 뭐가 있더라 아, 두 번째 사랑했던 여인이 있었다. K의 소문을 먼먼 발치로 들으며 두 번 다시 K와 같은 여자를 만날 수 없다고 생각하며 별다른 관심을 가지지 않고 살아가고 있는데 어느 날 베트남에 여행을 간 적이 있었다. 다낭에 갔을 때였다. 한 가게 앞을 지나는데 나는 깜짝 놀랐다. 아니 그녀는 바로 K가 아닌가? K가 이곳까지 웬일로? 나는 다짜고짜 문을 열고 안으로 들어갔다. 그녀의 이름을 불렀다. 그러나 그녀는 내 말을 알아듣지 못했다. 여기는 한국이 아닌 베트남이었던 것이었다.

이상했다. 그녀를 향한 마음은 베트남 다낭에 머무는 동안 올림픽 성화처럼 타올라 꺼지지 않았다. 이번에는 놓치지 않으리라 하는 생각으로 적극적으로 그녀를 향해 내 마음을 전했다. 한국어를 할 줄 아는 공항의 한 직원에게 삯을 주어가며 통역을 부탁했다. 그녀는 24세였다. 그러나 나이 같은 것은 상관하지 않았다.

다행히 건강관리, 피부관리를 꾸준히 해온 덕분에 그녀는 나를 그들 또래로 아는 모양이었다. 한국인에 대한 로망을 가지고 있었던 그녀는 나의 적극적인 구애에 내 청을 받아들였고 나는 그녀와 꿈같은 몇 년을 보낼 수 있었다. 음식이 맞지 않았던 것일까? 아기를 갖지 못했기 때문일까? 다시 베트남으로 가고 싶다고 해 보내주었다. 그녀와 함께 한 몇 년은 인생의 가장 행복한 시간이었다. 같이 차를 타고 온 산하가 내 집인 양 세월을 여행하며 살았다. 있는 만큼의 돈 아깝지 않게 그녀를 위해 썼다. 그녀 가족을 돕는 것이 곧 나의 기쁨이었다. 그러나 그 모든 것이 이제 죽음을 앞둔 이 마당에 무슨 소용인가 아, 좀 더 머물 수만 있다면……

그리고 또 했던 것이 뭐였더라. 그래 그 다음은 머리가 아프고 기력이 떨어지고 시력이 떨어지고 꾸준히 병원을 다닌 기억이 있다. 모든 것을 늦추려고 운동을 했다. 전에도 운동을 안 한 것은 아니었지만 여유가 생기고 나서는 아플 수 없다는 생각으로 몸 단련을 했다. 불면증, 허리통증, 노안, 나이가 들어가면서 아픈 것이 하나 둘씩 나타나고 그리고 이것을 이겨내기 위해 빠지지 않고 시간이 날 때마다 운동을 했다. 선천적으로 약골로 태어나 이때껏 버티어낸 것은 그래도 틈틈이 해온 운동 덕분이라 할 수 있다.

하루 종일 생각 속에 있다 보니 머리가 먹먹하고 무엇하나 명쾌한 것이 없다. 오후에 조금 들어왔다 나가는 햇빛이 지금 내 앞을 촉촉이 적시고 있다. 서향으로 자리 잡은 이 병동은 지금이 한창 볕이 들어올 때이다.

창문가로 보이는 감나무잎이 차츰 마르는 것 같더니 조금씩 빛이 붉어가는 감도 보이기도 했다. 어제는 저 나뭇잎이 많이 달려 있는 것 같았는데 오늘 다시 보니 많이 줄어 있는 것 같다. 저 잎들이 마지막 한 잎까지 지고 나면 누군가의 소설처럼 내 생도 지고 마는 것일까? 이 가을, 이 겨울을 무사히 넘기고 싶은데 그래서 내년도 다시 살고 싶은데 자꾸만 측은한 생각이 드는 것은 왜일까? 오늘이 생의 마지막이 될 수도 있다고 생각하며 살아간다는 것은 죽음을 앞둔 나 같은 이들에게는 정말 참을 수 없는 고통이다.

암 병동은 사람들이 함부로 드나들 수 없다. 의사들 간호사들조차 함부로 드나들 수 없다. 철저히 몸을 소독하고 들어올 수가 있었다. 암 병동은 무균의 상태여야 한다. 그러나 호스피스 요양 병동으로 옮기고 나서는 모든 것이 느슨하다. 방문객도 문병을 온 사람도 마음대로 드나들 수 있다. 더 이상 의학적 처치를 할 수 없기 때문에 그냥 버려두는 수밖에 없기 때문인 것 같다. 더 이상의 관심이 필요없게 된 사람들, 곧 다리를 건너게 될 사람들, 이쪽에 있는 동안 마음껏 누리소서 그 정도의 배려일 뿐이다. 그러나 죽음을 앞에 두고 도대체 무얼 어떻게 하자는 말인가. 죽음의 매뉴얼이라도 있다면 그대로 따라 하겠건만 모두가 부질없고 헛될 뿐이다. 다만 이 순간 오직 확신할 수 있는 것은 나는 지금 죽음을 기다리고 있다는 것과 이 세상의 모든 것은 내가 있어야 있는 것이고 내가 없으면 아무것도 아니라는 것을 새삼 깨닫고 있는 것이다. 불교의 유아독존唯我獨尊이라는 것을 이해할 것도 같다.

죽음을 마주하고 있는 이 순간 어머니가 떠오른다. 이 세상에서 내가 제일 사랑했던 사람, 지금도 통한의 후회되는 것은 어머니에게 수술을 해드리지 못했다는 것이다. 머리에 혹이 자라고 있는데 그것을 수술했어야 했는데 몰랐다. 그것이 그렇게 치명적인 것인지 몰랐다. 어머니 앞에서 내가 울었다. 영문을 몰라 했던 어머니는 내가 울고 있는 모습을 보자 당신께서는 눈치를 챈 것인지 얼굴이 심각한 모습으로 변했다. 그로부터 5개월을 앓다가 어머니는 내 품에 안겨 갔다. 아아, 이렇게 슬플 수가 있을까. 눈물이 난다. 나이 예순을 넘겨도 왜 이렇게 철이 없는 게지, 왜 이렇게 생각이 없는 게지, 왜 이렇게 결단력이 없는 게지. 어머니를 수술할까 말까 한 시절 과감히 수술해야 한다고 결단을 내려야 했는데 왜 왜 그러지 못했을까. 혹 수술하다가 잘못될지도 모른다는 의사의 말이 나를 망설이게 했다. 그때 수술해야 한다고 왜 강력하게 주장하지 못했을까. 그렇다면 어머니와 10여 년 이상은 더 같이 할 수도 있었을 텐데, 아파도 좋았다. 누워계시기만 해도 좋았다. 나와 같이 오래오래 함께 할 수만 있었으면 얼마나 좋았을까. 이 세상에서 가장 사랑했던 어머니, 그로부터 삼십여 년, 이제 나도 인생의 마지막 순간에 이른다. 툭 밀면 툭 꺼져 저 무한대, 아무도 알 수 없는 곳으로 나가 떨어질……

오늘 또 날이 저문다. 비감한 생각이 든다. 그냥 죽는 것이 안타깝고 싫다. 모든 것을 놓아 버려야 되는데 놓아지지 않는다. 왜 이렇게 내가 추해지는 것일까. 오늘 하루를 넘기면 내일 아침을 내가 볼 수 있으려나. 내일 아침 눈을 뜨면 내가 아직도 죽지 않고 살아있구나 하는 생각을 할 것이다. 과거처럼 죽을까 싶어 잠 못 이루는 일은 없지만 죽음은 아무리 양보해도 두려운 존재다.

죽음을 마주하는 것은 인생을 어떻게 살아갈지 생각하는 것이리라. 주어진 삶을 열심히 꽉꽉 채워 살았다면 그래도 여한이 없겠지만 그렇게 꽉꽉 채우지 못한 인생을 살아왔던 나는 지금 죽음이 두렵다. 이승에 대한 미련이 너무 많다. 다음 생이라는 것에 대한 확신이라도 있으면 다음 생을 믿어보련만 그 다음 생이라는 것에 대한 확신도 없다. 그러니 조금 더 연장해 살아서 그 빈틈을 꽉꽉 채워야 할 것이 아닌가 그렇지만 그 무엇으로 내 생을 연장하나.

아, 나의 세상과의 인연은 여기까지인가? 폴 고갱의 그림 제목처럼 난 누구였고 어디서 왔으며 또 어디로 가는 것일까? 나는 어떤 인연으로 지금 여기 이 자리에 서 있으며 내가 죽는다면 죽은 다음 나는 어떻게 되는 것일까? 불교에서는 생멸이 있는 것이 아니라 다만 변화가 있는 것뿐이라는데 그렇다면 죽은 다음 나는 어떻게 무엇으로 변하는 것일까? 죽음을 향해 가는 삶의 여행, 이제 그 종착점이 보인다. 모든 걸 내려놓고 그 여행을 끝내야 하는 시점이 보이는 것이다. 이제 나는 서서히 그 무한대 속으로 가깝게 다가가고 있는 것이다.

시민혁명

그 작은 소란은 여행 첫날 버스를 타고 얼마 되지 않았을 때 있었다. 이에 앞서 우리는 태항산 관광을 위해 부산에서 아침 비행기를 타고 하북성성도인 석가장으로 왔다. 박근혜 대통령의 탄핵 여부를 두고 나라 사정이매우 불안스러웠던 시기였고 또 사드 문제로 중국과도 사이가 좋지 않던 때라서 중국 관광은 여간 조심스러운 것이 아니었다.

여행의 구성원은 주로 간부급 사람들이었다. 그것도 연구원이니만치 석·박사급이 많았다. 각 지부에서 뽑혀 온 사람들이라 전국 사람들이 다 모여있다고 할 수 있다. 40여 명 정도 되는 사람들 중에서 서울 사람은 나를 비롯 김 선생 정도였고 버스 중간중간에 여자 연구원들도 몇몇 끼어 있었다.

진작에 우리는 태항산맥의 그 기기묘묘한 모습에 대해 설명을 듣고 또영상으로도 보고 온 터였기 때문에 다들 기대가 컸다. 그때 누군가가,

"박근혜 대통령 쫓겨나게 생겼군."

하고 말했다. 그 한마디로 주변 사람이 그 목소리의 주인공을 쳐다보았다. 그녀는 고개를 숙인 채 열심히 휴대폰을 보고 있었다. 그런데 상대가 젊은 여자라는 데에 놀랐다. 그가 어떻게 그 날고 뛰는 사람들도 오기 힘든다

는 해외연수에 뽑혀올 수 있었을까? 그러고 보니 그녀는 경기도 동부지부에서 뽑혀온 사람이었다. 경기 동부지부가 한창 뜨고 있는 것을 알고 있었다. 정권과는 관계없는 사람들이었지만 그래도 박근혜 정부 아래서 공기업 생활을 하고 있으니 아무래도 사람들 마음속엔 모두가 그냥 이 소요가 잘 끝나서 빨리 나라가 안정되기를 바라는 마음이 간절했다.

"오늘 최고 많이 모였다네요. 촛불집회."

사람들이 관심을 갖자 그녀는 일부러 큰 소리로 말했다.

'아, 정말 잘되야 할 텐데 나라가 어찌 되려고 그러지?'

우리가 떠나올 때 광화문 광장에서 양쪽으로 나뉘어 나라를 거덜내고 있는 모습을 보고 온 터였기 때문에 모두 불안한 나라를 걱정하고 있었다. 더 이상의 소요가 없었으면 싶은 것이 솔직한 심정이었지만 그걸 함부로 나타낼 수는 없는 것이었다. 그러나 사람들의 마음은 한결같이 나라가 평안해지는 쪽으로 나아가길 바라고 있었다.

보통 태항산 여행이라면 부산에서는 하북성 성도인 석가장으로, 인천에서는 산동성 성도인 제남행 비행기에서 출발했다. 석가장이나 제남에서 태항산을 가는 경우는 시작만 다를 뿐 거의가 여행 일정이 비슷했다. 석가장에서 천계산이 있는 휘현까지는 6시간이나 되는 거리였다. 차창 밖으로는 느티나무로 이어지는 길이 수백 킬로미터, 또 옥수수밭이 수백 킬로미터, 정말 중국이 광활한 대륙임을 느끼게 해주고 있었다. 저 옥수수밭에서 무슨 일이 있어도 밖에서는 알 수 없을 것 같았다. 중국의 힘이 다름 아닌 그 땅에 있다는 것을 알게 해주고 있었다. 그에 비해 한국에서 손바닥만한 땅에서 서로 먹고 살기 위해 아등바등거리는 모습을 보면 참 서글프다는 생각이 들기도 했다.

그런데 그 소란의 발단은 그 방정맞은 경기도 동부지부 출신의 젊은 여자 친구에게서부터였다. 그녀는 정권이 바뀌기를 원하는 듯 강하게 박근혜 정부를 비판했다. 나아가서는 우리 민주주의가 이렇게 후퇴한 것은 이승만, 박정희 같은 친일파에게서부터라고 입을 놀렸다. 그녀는 분위기를 잘못 파악한 것 같았다. 거기 탄 많은 사람들이 영남권의 사람들이었다(영남 사람이 많았던 것은 우리를 파견해준 그 정부 산하 산업 연구소가 바로 부산에 있었기 때문인 것 같았다). 게다가 나이가 좀 있어 대체로 보수적인 생각에 함몰해 있는 사람들인데 그런 사람들 속에 박근혜 대통령을 비롯 이승만, 박정희 전대통령까지 싸잡아 비판하니 주변이 작게 술렁거렸다.

"민주주의가 무언 줄 알고 함부로 입을 놀려요?"

그 주변에 앉은 나이 든 사람이 상당히 듣기 거북하다는 듯 그녀를 보고 노골적으로 불편한 기색을 나타냈다.

"아니 왜 민주주의를 몰라요? 얼마나 좋아요. 독재가 없는 세상, 살맛 나는 세상 아닌가요?"

원래 이렇게 앞서서 나서는 사람은 따지기 좋아하고 물러서는 법이 없었다. 반론에 반론을 또 그 반론을 결코 지지 않고 받아치는 것이 그런 사람들의 공통된 특성이기도 했다.

"그럼 여지껏 우리나라가 민주국가가 아니었단 말이요?"

또 다른 사람이 나서서 받았다. 옆 사람들끼리 주고받는 것이었기 때문에 버스 전체로 확산되는 듯한 것은 아니었다. 또 소리가 들려도 애써 사람들은 이런 문제에 개입하려고 들지 않았다.

"생각해 보세요. 지금 나라 꼴이 어떤지, 이게 나랍니까?"

그녀는 흔히 우리 사회의 왼쪽에 서 있는 사람들의 생각을 그대로 나타내고 있었다.

"국정농단 의혹이 불거지고 있잖아요. 그리고 정말 그것이 사실대로 되어가고 있잖아요. 물러나려고 들겠어요. 그게 어떻게 얻은 자리인데 쉽게 내놓겠어요. 그러니까 촛불 집회 같은 시위가 필요한 거지요."

"그래 그 의혹이 어떻다는 거에요? 아직 재판 중이니 재판을 기다려보는 것도 좋을 거에요. 너무 앞서 나갈 필요 없어요."

옆의 김 박사가 젊잖게 거들었다. 그러자 그녀는 자존심이 상했는지 더욱 새파래져 신경질적으로 받았다.

"그럼 지금 광화문에서 일어나는 촛불 시위는 할 일 없는 사람들이 나와서 하는 것인 줄 아세요?"

그녀는 말끝에 기분이 나쁜지 말해서는 아니 될 '쌍'하는 아주 들릴락말락한 소리를 내었다. 그 바람에 말을 받은 남자가 격하게 반발하며 한소리 하려는 것을 그 옆에 앉은 사람이 재빨리 입을 막았다.

"두 분 다 그만 두세요. 정치적인 이야기는."

사태가 심각하다고 생각했는지 앞에 앉은 가이드가 돌아보며 짜증스럽게 말했다.

"흥, 제까짓게 뭐라고 하라 말라 야단이야. 가이드 주제에."

여자는 더 말할 기세였지만 가이드나 옆의 남자가 아무 말이 없자 더 이상 말을 이어가지 못하였다. 그러다가 이내 화풀이라도 하듯 빈정거렸다.

"박정희식 사고, 잘 먹고 잘 사는, 바른 생활의 국민, 국민들의 우량 돼지화, 일본천황에게 혈서를 쓰고 반자이를 외치는 사람이 대통령이 되었다면 그런 사람이 아무리 옳게 일을 했다고 하여도 바른 정치를 했다고 할 수 있겠어요. 박정희 정권은 한국을 다시 일본의 신식민지로 만든 것에 지나지 않아요. 박근혜 대통령, 그 아버지에 그 딸이지."

"허."

그 말을 듣는 사람들 모두가 기가 차서 신음처럼 발했다.

얼마쯤 시간이 지나자 가이드는 자신을 소개했다. 그 전적이 가히 화려하였다. 또 자신이 흑룡강성 성도인 하얼빈 공대를 졸업하였다는 것에 자부심을 가지고 있었다. 사람들은 겨우 가이드 주제에 무슨 자랑을 하고 있는가 생각하는 사람도 있었지만 중국에서 가이드 생활은 아무나 하는 것이 아닌 것 같았다. 수입도 괜찮다고 했다. 하긴 그 나이에 흑룡강성에서 대학을 졸업했다는 것은 대단한 엘리트임을 나타내는 것이었다. 이즈음에야 대학을 나오지 못한 사람이 어디 있겠냐마는 우리도 80년대까지만 하더라도 대학을 나왔다는 것은 웬만큼 산다는 것으로 여기던 때이니만치 지금의 그때 수준인 흑룡강성을 생각한다면 그의 자부심은 대단했다. 게다가 그는 대학을 졸업하면서 1퍼센트 이내만이 될 수 있다는 공산당원이 되었던 것이다. 우리에게는 그가 공산당원이든 아니든 별 상관은 없지만 그들 중국인들에게 공산당원이 된다는 것은 대단한 능력을 가진 자만이 될 수 있는 거라고 그는 은근히 과시했다. 더욱이 최근에는 공산당원이 되는 것이 과거의 공산당원과는 달라서 되기도 어려울 뿐만 아니라 되고 나서도 그만한 노력을 해야 공산당원을 유지할 수 있다고 했다. 역시 공산당원이 되면 특권도 많다고 했다. 그리고 그는 여행사를 차려 그 방면에 앞으로 지도위원이 되는 것이 꿈이라고 했다.

그는 시진핑에 대해 말하기도 하였다.

"시진핑 주석은 공산당의 정신적 주체로서 인민들이 잘살 수 있는 방안이 무엇인지 정확히 알고 있었습니다. 그리고 그 방향으로 지금의 이 거대한 중국을 이끌어 가고 있습니다. 중국인들 보십시오. 비록 천천히 움직이고 있지만 그 커다란 대륙이 바른 방향으로 흘러가고 있지 않습니까? 공산주의라는 것이 대단한 사상이라는 것을 보여주고 있는 것이라 할 수 있겠습니다. 최근 시진핑주의라고 하는 것도 '만인은 평등하게 인민은 배부르게'

여기에 기초하고 있습니다."

그의 시진핑에 대한 예찬은 대단했다. 아니 그와 같은 공산당원들의 시진핑에 대한 사랑은 대단했다. 왜 그가 조선족임에도 불구하고 대학을 나오자마자 공산당원에 입당하는 영광을 안았는지 알 것 같았다.

이때 우리 중의 하나가 너무도 치우친 그의 말에 딴지를 걸고 나섰다.

"보니까 청소하는 사람도 그렇고 건설노동자도 그렇고 그렇게 일하다가 어느 세월에 일을 마치겠어요. 답답해서 못보겠더라구요. 우리 같으면 빨리빨리 끝내고 좀 널럴하게 쉬었으면 하는데."

"그거 모르는 소리에요. 중국 사람은 만만디에요. 예를 들어 논 100평을 하루 10평씩 열흘을 하나 하루 100평을 하루에 하고 아흐레를 쉬는 거나 똑같은 거지만 무리하게 하루 100평을 하다가 자신이 병이라도 나면 모두가 헛거 아니겠어요. 헛거. 더욱이 국민의 눈으로 보면 하루 10평씩 열흘간 꾸준히 일을 하는 사람을 제대로 보지, 하루 열심히 일하고 9일간 노는 사람을 곱게 보겠어요. 아마 9일을 노는 사람을 보고 국민은 월급이 아깝다고 할지도 몰라요. 그러니 중국인의 만만디를 물로 보지 마세요. 다 그만한 심오한 철학이 들어 있는 거에요."

말을 들어보니 정말 그런 것 같았다. 완벽히 공산주의 사상에 익숙한 논리였다. 그들은 비록 조금씩이나마 도시에서나 시골에서나 노는 사람이 없이 움직이고 있었다.

"그렇지만 하루에 하고 또다시 다른 100평을 할 수 있는 거 아니에요."

갑자기 김 선생이 화가 난 듯 받았다.

"그러면 다른 100평은 있나요? 한국 같은 좁은 땅덩어리에 속된 말로 다른 일거리가 있느냐 이거에요?"

"……"

"없잖아요. 있다면 중국도 그렇게 하겠어요. 공산주의 이론을 물로 보지 마세요."

그의 말에 우리는 아무도 입을 열지 못했다. 사실 그랬다. 젊은이들이 일을 하고 싶어도 일자리가 없는 것이 문제였다.

"중국 성 중에 가장 인구가 많은 성이 광동성입니다. 그리고 두 번째로 많은 곳이 놀랍게도 한국과 가까운 산동성입니다. 휘현까지는 3개의 성을 지나는데 우리는 지금 중국에서 인구가 세 번째로 많은 성인 하남성을 지나고 있습니다. 여기 하남지방은 예부터 중원이라고 해서 일본이 중국을 먹으려 했을 때 여기에서 더 안쪽으로 들어가진 못했지요. 바닷가 쪽으로만 일본이 장악했다 할 수 있어요. 저도 중국 조선족입니다만 일본이라는 나라 대단한 나라입니다. 당시 4억의 거대한 중국을 거의 먹어버렸으니 중국도 부끄러워하고 있습니다."

그러다가 종교 이야기가 나왔다.

"혹 중국에도 종교라는 것이 있는지 있다면 가이드가 알고 있는 종교는 무엇이 있나요?"

내 뒤에서 누군가가 물었다.

"중국에서도 종교가 있어요. 공산주의가 종교의 자유를 뺏을 권리는 없습니다. 다만 그 종교가 사회 집단화하여 국가에 반기를 들까 봐 종교를 관심병사 보듯이 하는 거지 종교 자유가 없다는 것은 말이 되지 않아요. 저도 지금은 게을러서 다니지 않지만 옛날에는 마을에 있는 교회를 다니고 그랬습니다. 지금 제가 있는 석가장에도 교회와 성당이 있고 그리고 또 이 하남성에는 절이 많이 있습니다."

"지금은 교회를 다니지 않나요?"

"네, 그렇지만 늘 성경을 가까이 하고 있습니다."

그러면서 그는 자기가 좋아하는 성경 구절 하나를 소개했는데 그게 요한복음에 있는 '예수께서 가라사대 나는 부활이요 생명이니 나를 믿는 자는 죽어도 살겠고 무릇 살아서 나를 믿는 자는 영원히 죽지 아니하리니 이것을 네가 믿느냐' 하는 구절이었다. 그 구절을 외우고 있는 것을 보니 이 친구 꽤 성경 책을 읽은 듯 했다. 그런데 이렇게 예수에 대해서 생각이 깊은 그가 어느 순간 예수 당대의 사건에 대해 비판을 하기 시작하는데 그건 정말 믿는 사람이라면 한 번도 그렇게 생각해 본 적이 없는 독특한 발상이었다.

그 말은 내가 지나가듯이 얼마 전 텔레비전에서 본 그때의 늙은 홍위병들이 아직도 당당히 자기의 주장을 굽히지 않고 인터뷰하고 있는 모습을 보면서 '사람들이 어디까지 잔인할 수 있는지 보여주는 것 같았어' 하고 옆의 김 선생에게 이야기했을 때였다. 갑자기 가이드가 나를 노려보더니 문화혁명은 하나의 간절한 시민혁명이었다고 흥분하여 말하는 것이었다. 문화혁명이 잘못된 것이었다고 심지어 공산당조차 과오를 인정하고 있는데 문화혁명이 진정한 중국에서 일어난 민주 시민혁명이었다니?

"문화혁명은 중국 일만 년 역사 중 오직 밑뿌리부터 전개된 민중혁명이었습니다. 물론 그것이 잘못된 방향으로 전개된 면도 없지 않지만 어쨌거나 그 시초는 결코 잘못된 것은 아니었습니다. 저뿐만이 아니라 나이 드신 분들 또 시골에 계신 분들 중엔 그 당시 나라를 구해보자는 생각 하나로 똘똘 뭉쳤던 것에 대한 자부심을 가지고 있는 사람들이 많아요."

놀라웠다. 아직 이 시기에 그 누구나가 부정했던 문화혁명에 대해 그 순수성을 의심하지 않고 있다는 것은 오늘날의 중국인으로는 바르게 생각되는 것이 아니었다. 생각해보라. 지금의 중국은 과거의 중국이 아니었다. 옛날보다는 어느 정도 사상적으로 개방된 다양한 관점이 공존하는 국가라고 할 수 있다. 그런데 아직 문화혁명 같은 사상혁명을 지지하고 있다니? 그러나 또 한편 생각해보니 가이드는 명분을 지키면서도 한편으로는 현실을 수용도 하는 유연한 생각을 가지고 있는 것 같았다. 어쨌거나 그것만으로도 나는 그를 신기한 눈으로 바라보았다. 그런 생각으로 한동안 골똘히 생각하고 있는데

"선생님은 고향이 어디세요?"

하고 그가 뜻밖에도 나를 돌아보며 물어왔다.

"서울이에요. 한번은 홍콩에 갔는데 어쩌다 팁 1달러를 넣지 않고 호텔방을 나왔어요. 호텔직원이 가이드한테 말을 했는지 나이 든 여자 가이드가 대신 1달러를 지불하면서 그때 내게 하는 말이 '어이구 서울 깍쟁이' 하더군요. 나는 단순히 잊고 나왔을 뿐인데 그게 벌써 이십여 년 전 일인가?"

"이즈음은 팁 안놓아요. 또 호텔에서도 그렇게 교육을 하구요."

"그래 그렇게 힘들게 대학을 나왔는데 더 공부할 생각은 없구요?"

"수입이 짭짤해서요. 게다가 나중에 여행사 하나 운영하면 웬만한 공무원보다 나아요"

중국에서는 공무원이 으뜸 직업이라고 했다. 그들 월급은 보통 수준밖에 되지 않지만 부수입으로 들어오는 것이 꽤 많다고 했다. 그래서 공무원이 인기가 높다고 했다. 그런데 공산당원만이 공무원을 할 수가 있어서 매년 공산당에 입당하려는 경쟁이 치열해지고 있다고 했다.

"그런데 시진핑 주석이 그렇게 정치를 잘하나 보지요?"

그러자 그는 다시 시진핑 주석에 대한 칭찬을 아끼지 않았다. 그가 어디서 태어났고 어떤 고난을 거쳤고 지금 정치를 어떻게 하고 있는지 장황하게 설명했다.

"그는 중학교 시절에 문화대혁명을 맞아 농촌과 오지로 하방 당한 경험이 있습니다. 이른바 '상산하향上山下鄕'의 '지식청년'인 것입니다. 게다가

1970년대 말에 대학 교육을 받고 중간 당정 간부로서 개혁개방정책을 직접 추진한 경험이 있습니다. 한마디로 그는 개혁개방 분위기 속에서 교육을 받고 지도자로 성장한 '개혁개방형 지도자'라고 할 수 있습니다."

"이봐요. 정치 얘기 그만해요."

그때 경기 동부지부에서 온 여자가 아까 자기가 받은 그 말을 가이드에게 보기 좋게 되돌려주었다. 그러나 그는 그런 말은 가이드인 자기만이 할 수 있는 이야기라는 듯 그런 말에 결코 기가 죽지 않았다. 확실히 우리를 깔보고 있는 것이 틀림없었다. 여기 탄 사람들은 적어도 산업 관련 고급 연구원들인데.

"문화혁명에 대한 관점이 독특하군요."

"아마 최근에 있었던 전세계적인 혁명 가운데 가장 혁명다운 혁명이 아닌가 해요."

"그런 관점이라면 이 세상 소요마다 혁명 아닌 것이 없을 것 같은데."

"그래도 혁명과 소요가 같을 수가 있겠어요. 요즘 한국에도 소요가 심하던데 저녁에 들어가서 텔레비전을 틀면 가끔 가다 나와요. 한국 소식. 그럴 때마다 안타까운 생각이 들어요. 그런 거 우리 중국에서는 아무것도 아니에요. 인민들은 자기 일 하느라 그런 정치 일에 신경을 쓰지 않아요."

"글쎄, 나는 별로 정치에 관심 없어서 집에 가도 뉴스도 보지 않을 정도지만 한국에 대해 관심을 가져주어서 고맙군요."

그때 예수에 대한 독특한 발상이 나왔던 것이었다.

"아마 최초의 시민혁명은 예수 시대에 있지 않았나 싶어요. 가야바와 그의 장인 안나스가 시민을 선동하여 당시 개혁주의자였던 예수를 물리친 사건은 유명하잖아요. 개혁과 보수의 싸움에서 시민들의 힘으로 개혁파의 도전을 보기 좋게 물리친 꼴이라 보지요."

"그것이 가이드님 생각인지 아니면 공산주의에서 바라보는 예수에 대한 생각인지 알고 싶네요."

"제 생각이죠. 그렇지만 많은 공산당원들은 그렇게 생각을 할 거에요. 어쩌면 예수의 개혁 사상은 공산당 사상과도 일맥 상통하는 바가 있어요. 원래 공산당 혁명이 그러지 않았어요. 다만 우리가 생각하는 것은 그때 그 시민혁명이 어떻길래 예수의 처형을 이끌어 낸 것인지는 알고 싶어해요."

"그러니까 예수를 나쁘게 보는 건가요?"

"어떤 입장에 있는 게 아니라 그 혁명의 성공 원인이 무엇인가 알고 싶어하는 거지요. 당시 예수당의 세력은 만만찮았어요. 회당에 있는 장사치를 내쫓는 것을 보더라도 그의 리더십, 그의 대사회적 인식 이런 것이 특출하다는 것을 알 수가 있지요. 그렇게 강력한 예수를 어떻게 시민집단이 갑자기 단시간에 죄없는 그를 사형에 처할 수 있게끔 할 수가 있었는가 하는 거에요."

나는 그의 시민혁명에 관한 생각이 매우 독특해서 그에게 몇 가지 질문을 더 던졌다. 사실 무신론자라 하면 모르지만 교회를 다니는 기독교 신자들에게는 매우 껄끄러운 이야기였다.

"기독교 신자들이 들으면 매우 싫어할 텐데."

"글쎄요. 신앙의 문제는 믿음의 문제지요. 무신론자인 공산주의자들에게는 예수 혁명을 종교적으로 보지 않고 이천여 년 전에 예루살렘에서 있었던 하나의 사건으로 보니까요. 그 당시 한 사회개혁주의자의 기득 종교에 대한 종교개혁운동 정도로 인식하거든요."

"생각하는 관점이 매우 독특하군요."

"사실 그렇잖아요. 믿음이라는 거 빼놓고 보아요. 예수도 하나의 인간일 뿐이지 자기가 무슨 사흘 만에 죽었다가 다시 살아나고 하겠어요. 그러나 신앙의 관점에서는 그렇게 믿는 것이 전부이겠지요. 그리고 또 기독교인이라면 그렇게 믿어야하구요. 그러나 제가 볼 때 그는 단지 개혁주의자로 밖에는 보이지 않거든요."

"그렇다면 가야바 일당이 예수를 사형시키자고 선동한 것에 대해서는 어떻게 생각하시는가요?"

"무얼 그리 깊이 생각해요. 개혁파에 대한 기득권층의 반격이라 보면 되지요. 그들이 볼 때 사회 질서를 어지럽히는 인물로 예수를 본 것이었지요."

나는 예수 당 시대의 시민들이 예수를 몰아낸 것을 인류 최초의 시민혁명으로 본 그의 생각이 매우 독특하다고 생각했다. 예루살렘이 비록 로마제국의 점령 아래 있었지만 그런 중에서도 기존 질서를 움직이는 기득권 세력은 있기 마련이었다. 보통은 시민혁명이라면 기득권에 대한 저항이었지만 가이드가 말하는 시민혁명은 그 반대였다. 지금 광화문에서 일어나고 있는 소요에 대해서도 그의 관점을 들어보고 싶었다. 그래서 나는 은근슬쩍 지금 한국 사태에 대해서 물었다.

"간단해요. 조금 전에 이야기했잖아요? 현 기득권층에 대한 개혁파의 도전이라고. 아마 이들이 소요에 성공한다면 그들은 또 다른 기득권층이 될 것이고……"

그의 말을 이해는 하면서도 어딘가 마땅치 않아 나는 그의 생각을 좀 더 확인해보고 싶었다.

"그럼 그 당시 시민들의 생각은 올바른 것이었다고 보는지? 이를테면 예수를 사형시키게 만든 가야바를 비롯한 대제사장들을 도운 바리새파들, 현실 이권에 민감한 사두개인들과 같은 기득권층의 저항……"

"파쟁이란 어느 국가 어느 시대에도 있지 않았습니까? 우리나라 조선

같은 경우는 4색 당파 싸움이 치열했지요. 거기엔 옳고 그름은 이미 문제가 되는 것이 아닙니다. 이기는 것이 선일 뿐이지요. 이기는 것이 정의이구요."

그때 갑자기 차가 브레이크를 밟는 바람에 가이드가 앞으로 쓰러질 듯하다 바로 잡았다. 언뜻 보니 니싼 로고를 단 승용차가 버스를 앞지르고 있었다.

"바로 휘현이 얼마 남지 않았습니다. 휘현에는 팔리거를 비롯 천계산, 만선산, 왕상암 등의 볼거리가 있습니다. 휘현은 옛유적이 많이 발견되는 고대도시로 지금 관심을 끌고 있는 도시입니다. 하남성은 바다에 면해 있지 않아 중국에서 많은 인구가 살고 있는 성이면서도 지금 가장 낙후된 성 중의 하나입니다. 예부터 중원을 잡는 자가 천하를 얻는다는 말이 있는데 중원의 중심이 바로 이 하남성입니다. 하남성 휘현의 천계산에는 원주민이라고 할 수 있는 사람들이 간혹 살고 있는데 일본과 전쟁 중에 숨어 들어간 사람들입니다. 많은 사람들이 전쟁이 끝나자 아래로 내려왔지만 아직 산속에서 그냥 살아가는 사람들이 더러 있습니다. 그래서 그런지 중국 사람들은 일본을 미워합니다. 특히 호텔에 묵으면서 텔레비전을 돌려보시면 반드시 어느 한 채널에서는 일본을 상대로 싸우는 항일전쟁이 드라마로 나오는 경우가 많습니다. 그러면서도 기가 막힌 일은 지금 중국인들은 일본상품 좋다고 구름같이 사재낍니다. 자 보십시오. 웬만한 고급차들은 다 일본차들입니다. 그리고 고급제품들은 메이드 인 저팬이 많습니다. 아이러니지요. 그렇게 저주하면서도 결국은 자본주의 물결을 뛰어넘지 못하고 있습니다. 이것이 지금 중국 공산당의 딜레마입니다."

"그렇지만 중국 제품들도 일본에 많이 공급될텐데……"

"그렇지 않아요. 중국 제품들이 다른 데는 뚫고 가는데 일본에는 그리 만만하게 뚫고 들어가지 못해요. 일본인들의 단결력은 가히 세계적이라고 할 수 있지요. 일본에 가보셔요. '메이드인차이나'가 어디 있는지 아마 '메이드 인코리아'도 그럴 거에요. 현대자동차가 일본에 진출했다가 견디지 못하고 철수한 것만 보아도 그래요. 삼성 휴대폰도 일본에서는 힘을 못써요."

그는 매우 애국심이 강해 보였다. 보통 이런 데 나오면 가이드는 자신의 돈벌이를 위해서라도 그저 좋게좋게 넘어가는 것이 보통이다. 그런데 그는 달랐다. '그까짓 중국 물건들이 무어 좋다고 관광 와서는 수백 달러씩 돈을 주고 사가는지 나 원 참', 사실 이 말은 지금 그가 조선족이지만 엄연히 중국인이라는 점에서 그리고 쇼핑을 하게 되면 어느 정도 그에게 떨어지는 커미션이 있음에도 불구하고 그는 진정 한국을 아끼는 마음에서 그렇게 말하고 있었다. 게다가 일본의 해군기인 욱일승천기에 대해서 그렇게 말들을 많이 하면서도 지난 개천절에 한국에 갔을 때 정작 한국 사람들이 국기를 단 것을 보는 것이 어려웠다고 했다. 그 말에 우리 일행은 대꾸하는 사람이 아무도 없었다.

나는 그의 말 가운데 '한국인의 불행은 한국 사람 스스로가 자신의 조국을 사랑하지 않는 데에 있다'는 말에 섬찟했다. 정말 그랬다. 한국의 불행은 우리가 얼마나 잘살고 있는지 모르는 데에 있는 것 같았다. 선진국이라고 하는 유럽에 가보아도 한국만큼 민주적으로 자유롭게 잘사는 사람들이 없었다. 밖에 나오면 그렇게 달러를 펑펑 쓰면서 정작 고국에 돌아가면 조국에 대해서는 왜 그렇게 인색하게 구는 것인지. 그 한편으로 나는 그가 말한 시민혁명에 관한 생각이 독특해서 가이드가 말이 없는 틈을 타서 다시 물었다.

"가이드님은 박근혜 대통령 탄핵에 대해서 어떻게 생각하는지요?"

"정치 이야기 하지 마셔요."

그는 조금 전과는 달리 대나무 쪼개지듯 단호하게 거부반응을 보였다. 그 바람에 좀 머쓱해져 있는데 안되었던지 그가 곧 말을 이었다.

"촛불을 든 사람이나 태극기를 든 사람이나 똑같아요. 이기는 쪽이 선이고 정의이지요. 거기에 무슨 이유가 있겠어요. 시민혁명이란 것도 그럴듯한 거지 알고 보면 이면에 얼마나 비민주적이고 추악한 면이 있겠어요. 그러나 승리했기 때문에 아름답게 포장될 수 있는 것이지요. 조금 더 결과를 기다려 보아야 하겠지만 나중에 보셔요. 이긴 쪽은 진 쪽을 깡그리 부정하고 짓밟을테니, 그리고 촛불을 든 사람이나 태극기를 든 사람이나 승자는 분명 이유 여하를 떠나서 그것도 민주라는, 혁명이라는 참 그럴듯한 이름으로 남을 테니 두고 보셔요."

그는 참 독특하고 창의적인 생각을 가지고 말을 했다. 한편으로는 조금 저어되는 무언가 있었다. 그럼에도 아무 반박을 못했던 것은 우리의 지난 정치사를 돌아보면 그런 면이 없지 않았기 때문이었다. 나는 경기 동부지부에서 온 여자 동료가 반박이나 또는 찬성한다는 대꾸를 한번 해주기를 바랐지만 그녀는 아무 말이 없었다. 정작 말해야 할 때는 말하지 못하고 말하지 않아도 될 때 말하는 꼴볼견을 보는 것 같았다.

차는 휘현에 다다르고 있었다. 여섯 시간 가까이 달려 온 것이었다. 아닌게 아니라 그날 저녁을 먹고 방에서 쉬고 있는데 텔레비전에서 한국의 상황을 보여주고 있었다. 광화문 이쪽과 저쪽에서 벌어지고 있는 모습을 보며 지금의 한국 상황이 매우 안타까웠다. 탄핵이 인용되어도 거부되어도 걱정일 것 같았다. 9시쯤 되어서 김 선생과 나는 꼭대기 층에 있는 바에 맥주 한 컵 하러 갔다. 맥주와 와인 한잔 씩 시켜 즐기고 있는데 저편을 보니 가이드가 앉아 있었다. 혼자 맥주 한 잔을 시켜놓고 열심히 핸드폰을 두들기고 있었다. 아까의 일도 있고 그래서 우리는 그에게 다가가 와인 한 잔을 권했다.

술을 한잔하자 가이드의 얼굴이 금방 밝게 달아올랐다. 전등 불빛에 얼굴 윤곽이 뚜렷했다.

"하얼빈 공대에서 무엇을 전공했어요?"

"핵입니다. 핵융합과를 다녔습니다."

"중국에서 별 크게 소용없었을 텐데."

"네, 그래서 선택했습니다. 흔하지 않으니까요."

"시진핑에 뿍 빠져 있던데요."

김 선생과 나는 한마디씩 질문을 던졌다. 시진핑 이야기가 나오자 그의 얼굴이 금세 밝아졌다.

"시진핑 주석은 지금 공산당원들 사이에서 인기가 높습니다. 그가 겪어온 세월이 우선 파란만장하다는 점에서 그렇고 또 판단력이 영민하다는 점에서 우리의 관심을 사로잡고 있습니다. 사실 지도자는 판단력이 우선이지요. 큰 판단력은 드러난 것은 없지만 그러나 전후 좌우를 살폈을 때 가장 적절한 판단을 하고 있다고 생각들어요. 또 그가 드물게 박사라는 점에서 다른 지도자들과도 차이가 있다고 보고 있어요."

"거기서 말하는 다른 지도자란 누구를 말하는 거에요? 앞에 있는 지도자 모두를 말하는 거에요 아니면?"

"최근 지도자를 말하지요. 등소평, 장쩌민, 후진타오."

"아니 등소평까지?"

"네 등소평의 실용주의는 분명 중국을 부강시키는데 한몫했지만 그 사상은 비판받아 마땅하지요. 홍위병들이 한 일은 가장 먼저 그런 수정주의자들을 숙청하는 것이었어요. 사상이나 이념 같은 것이 국가를 이끄는 것이지 그 다음은 자연 따라오기 마련이거든요."

"그렇다면 그와 같은 정신이 있다면 나머지는 옳지 않더라도 괜찮은 거란 말인가요?"

"그럴리가요. 윗물이 맑으면 아랫물도 맑듯이 저절로 옳게 흐르기 마련이지요. 공산주의 사상이 위대하다는 것이 바로 그런 것이라 하겠지요."

그는 정말 지독한 공산주의자였다. 그러니까 조선족이라는 불리한 조건에서도 공산당원이 된 거겠지. 내가 아무리 공산주의의 잘못된 점을 지적해도 그는 꿈쩍 않을 것 같았다. 그러나 사실 내가 그렇게 조목조목 공산주의에 대해 반박할 만한 실력을 갖고 있지도 못했다. 이념이 물질적인 것에 앞선다는 것은 전혀 공산주의 이론에 이율배반적인 것 같았는데도 그런 것에 대해서 평소 생각해 본 적이 없으니 대꾸를 해야 한다면서도 정작 대꾸를 못했다.

"그렇다면 우리 가이드님이 생각하는 혁명이란 것은 무엇인지 한번 말해 줄 수 있겠어요. 예수를 사형시킨 집단의 힘이 최초의 시민혁명이라고 본다면 말입니다. 아니 우선 모든 소요를 혁명과 비혁명으로 나눌 수 있는가부터 답해줄 수 있겠어요? 중국에서도 난이 많이 있었는데 그걸 모두 혁명으로 볼 수는 없잖아요. 문화혁명과 난이 무엇이 다른가요?"

"문제는 그 목적, 그리고 그 깊이라 하겠지요. 풀뿌리에서 일어났느냐, 그리고 그 규모가 자발적인가, 그것이 나라를 위한 것이었는가 아니면 개인이나 집단의 권력욕을 위한 것이었는가 하는 것이지요."

"그렇지만 혁명이란 원래 작은 것에서 시작해서 크게 번지는 것이 아니겠어요?"

"그렇지 않아요. 무릇 혁명이란 말이 붙은 것은 그만큼 시대적 상황도 무시할 수가 없지요."

"아니 시대적 상황을 무시한 난이 어디 있겠어요?"

옆의 김 선생이 지지 않고 따지자 그는 김 선생의 말을 무시하듯 일단 입을 다물었다. 그러다가 다음과 같이 말하였다.

"혁명이란 첫째는 억압을 시민의 힘으로 물리칠 때 둘째는 비정상을 정상화시킬 때 셋째 인간적 가치를 위해 싸울 때 넷째 세상을 좋게 바꿀 때 이런 것은 혁명이라 할 수 있지요. 무엇보다 중요한 것은 성공여부지요. 실패한 혁명은 그냥 운동이나 난일 뿐입니다. 그런데 성공하더라도 그 성공 이후가 문제이지요. 혁명이 성공한 이후 그 혁명의 목적이 과연 이루어졌는지 아니면 또 다른 사람이나 집단의 지배하에 들어가게 된 것인지 그럴 경우 설사 혁명이 성공하더라도 그것은 혁명이라고 부를 수가 없지요."

"정상, 비정상의 구분은 어떻게 하나요. 예수의 입장에서 보면 그것은 정상이고 또 가야바 입장에서 보면 가야바가 정상이 될 수 있지 않은가요?"

"그 기준은 다수의 시민의 생각이겠지요."

"공산주의 혁명도 처음엔 소수의 인민들의 생각이 아니었을까요?"

"그렇지 않아요. 처음엔 그랬지만 곧 많은 사람들이 공산주의 혁명에 동조했으니까요."

"다수 시민들의 생각이 분명치 않을 때는 어떻게 말할 수 있는가요?"

"무얼 그렇게 복잡하게 생각하세요. 이기는 쪽이 혁명이지요. 옳고 그른 것은 나중에 끼어맞추면 되는 것입니다."

"그렇다면 혁명이 아니라고 보는 관점은 어떤 것인가요?"

김 선생이 또 물었다.

"첫째는 아무리 목적이 순수하다 할지라도 결과가 옳지 못할 때, 둘째 실패한 혁명은 혁명이 아니라는 거지요. 셋째는 그 목표가 국가의 기초, 사회제도, 경제조직을 혁신하는 것이 아닌 정권 탈환이나 정책에 대한 반대로 일어나는 소요는 성공하더라도 그것이 결코 혁명일 수 없지요."

"그렇다면 모순이 아닌가요? 집단의 정체성을 내세워 지성을 배제하고 반대세력을 악마화했던 반지성이 문화혁명이라고 할 수 있지 않습니까? 문화혁명은 실패한 것이라고 볼 수 있지 않은가요?"

"천만에요. 정의란 그 시대 대중의 결정이라 할 수 있습니다. 인민들 가슴 곳곳에는 수정주의에 대한 반감이 곳곳에 남아 있거든요. 그리고 문화혁명이란 말은 나중에 붙인 이름이 아니라 처음 시작할 때부터 그렇게 불렀으니까 지금도 문화혁명으로 불리고 있지요. 혁명의 의미를 따질 일은 아니지요."

"시진핑 주석도 문화혁명 속의 희생자라고 할 수 있지 않은가요?"

"모르는 소리, 지금 문화혁명기 활동했던 사람들이 오히려 시 주석을 떠받들고 있는 것 모르시나요. 문화혁명은 겉보기에는 잘못된 것처럼 보이지만 인민들 가슴 속에는 그것이 없어진 것이 아니라 늘 품고 있는 생각입니다. 그 시대에 살았던 사람이라면 말입니다."

그는 과연 공산주의자다웠다. 그것이 궤변 같기도 했지만 논리가 정연했고 한국어 발음도 정확했다. 우리의 연수는 휘현의 천계산, 그리고 임주의 대협곡을 보고 한국으로 돌아왔다.

얼마 후 박근혜 대통령이 탄핵 인용을 받았다. 그 전에 광화문 한편에서 촛불집회 또 반대쪽에서 태극기 집회가 서로 편을 이루어 상상을 초월할 정도로 극렬하게 대치했다. 웃기는 것은 그렇게 하면서도 그것을 뒤에서 조장하며 즐기는 정치인이 많았다는 것이었다. 겉으로는 나라 걱정을 하면서도 속으로는 어느 쪽이 더 이익일지 다 주판알을 굴리고 있었던 것이었다. 그리고 그것은 어느새 가이드가 말한 대로 촛불 혁명이라는 이름으로 포장되고 있었고 시민혁명으로 자리잡아 가고 있었다. 이것을 후세 사가들은 어떻게 기록할까? 그 친구에게서 예수시대 예수를 사형으로 몰고 갔던 것이 최초의 시민혁명이라는 말을 듣지 않았으면 이번 사태도 무심하게 바라보며 그냥 아무 생각없이 넘어갔을 것을 가이드의 독특한 발상으로 인해 생각을 많이 갖게 하였다.

자갈치 시장

오늘도 그는 밥을 먹고 가방을 들고 아이와 아내의 배웅을 받으면서 마치 회사에 가듯 나가기는 했지만 조금 걷다가 그만 시궁창에 빠진 사람처럼 난감해 하지 않으면 안되었다. 오늘도 딱히 갈 데가 없었다. 오늘이 벌써 몇 달 째인가 아내에게는 자신의 실직 사실을 이야기 했지만 아이들에겐 차마 자기가 구조조정 당했다는 사실을 말하지 못했다.

　이것은 아내가 제안한 것이었다. 중학교 3학년인 아이는 아빠가 실직한 사실을 알면 어떤 표정을 지을까 그래도 아이에게는 좋은 아빠로 기억되고 있는데 아빠가 실직을 했다면 그것 자체가 아이에게는 충격일 수가 있으리라. 실직 넉 달째, 그동안 사방으로 취직자리를 알아보았지만 별로 내세울 것도 없는 아주 평범한 40대인 그에게 돌아갈 자리는 아무 데도 없었다. 젊은 사람도 층으로 남아도는 마당에.

　아내는 자신이 실직한 사실을 알고 처음엔 실망하는 눈치였지만 이내 회사에 대한 분노로 또 현실에서 이젠 어떻게 할까 하는 생각으로 바뀌는 눈치였다. 그 역시 회사에 대한 원망이 없는 것이 아니었다. 회사는 구조조정의 1순위로 현장 근무자가 아닌 사무실 직원을 우선적으로 해고하기 시작

했다. 총무계에서 일을 보던 그는 1차 해고에서는 걸러졌지만 2차 구조조
정을 피해 가지는 못했다. 그가 구조조정을 당했을 때 그는 이게 웬일인가
싶었다. 애당초 국내의 내로라 하는 회사는 엄두도 내지 못하고 그래도 자
기의 전공을 살린다며 작은 조선회사에 들어온 것이 엊그제 같았는데 그는
보기 좋게 그가 좋아서 들어왔던 회사에서 쫓겨나고 만 것이었다. 회사가
그리 잘못되는 편은 아니었는데 조만간 극심한 조선 해운에 불황이 몰아칠
것이라는 예상과 함께 그는 회사에서 선제적으로 밀려난 것이었다.

처음 회사의 조그만 게시판에 승진도 아닌 구조조정 대상자로 그의 이름
이 올랐을 때 그는 이게 긴가 민가 했다. 자기가 몸 바쳐 온 회사에서 가차
없이 잘려 나가는, 그것도 말 한마디 없이 그냥 해고 통지를 해버리는 세상
에 그는 회사에 대해서 자기가 있는 총무과에 대해서 한없이 원망과 분노를
뿜어내었다. 그러나 사람들은 그의 분노를 알아주지 않았다. 자기도 곧 그
리될 줄 모른다는 불안감에 극도로 처신을 조심했다. 그와는 함께 있으려고
하지 않았다. 밥을 먹으려고 하지도 않았다. 멀찍이서 그를 바라만 보았다.
혹여 그와 가까이 함으로써 자신에게 불이익이 올지도 모른다는 생각에서
였다.

회사 사람들은 구조조정을 앞두고 실력자에게 낯간지러운 말들을 자주
했고 그들의 눈에 벗어나지 않으려고 노력했다. 그는 그런 그들을 바라보며
그들을 미워할 수가 없었다. 그들도 처자식 있고 그들을 먹여 살리려니 그
러는 것이라고 생각했다. 그 역시 구조조정 대상에만 들지 않았더라면 그리
했을 것이었다.

어제 했던 대로 그는 지하철을 탔다. 출근 시간이 지나서였는지 지하철
안은 좀 여유가 있었다. 그는 문득 지하철을 타고 물끄러미 문 앞에 달려 있
는 노선도를 바라보았다. 오늘은 어디에 내려야 할까 목적지가 없는 하루처

럼 지루한 것도 없다. 그는 노선도를 물끄러미 바라보다가 오늘은 자갈치 시장을 한번 가보기로 작정했다.

어제 그는 김해 경전철을 타고 김해의 공짜 관광지를 구경하였다. 대개 돈을 받는 것에 그는 낙담했고 그런 경우 그냥 왔던 길을 되돌렸다. 수입이 없는 그에게 단돈 천 원일지라도 그것은 아까운 것이었다. 그리고 직업 없는 사내들이 흔히 할 수 있는 일이란 것이 바로 이런 공원, 전시회, 미술관 순례 같은 공짜시설을 이용하는 것이다. 점심은 흔히 굶는 경우가 많다. 때때로 공짜 음식을 주는 시설로 찾아가기도 하지만 그것은 나이 든 사람들의 경우만 그렇지 그처럼 어중간한 사람일 경우는 그냥 굶는 경우가 많다. 또는 간단히 인근 김밥집에 가서 이천 원짜리 김밥 한 줄로 넘기는 경우가 많았다.

그는 회사에서 보통의 실적을 내는 평범한 사원이었을 뿐 뛰어나게 능력을 발휘한다거나 승진이 남보다 앞선 그런 사원이 아니었다. 어렸을 때부터 그는 보통가정에서 태어나 보통의 성적으로 그리고 대부분의 그 시대 사람이 그렇듯이 대학을 나오고 자신의 실력에 맞게 한 중소기업에 들어갔다. 그리고 그 회사에서 보통의 회사원처럼 일을 배우며 회사생활을 했다.

그가 들어간 회사는 큰 회사에 부품을 납품하는 중소기업이었기 때문에 아무래도 경기의 흐름을 많이 탔다. 선박 수주가 많게 되면 그가 다니는 회사도 잘되었고 수주가 쉽게 이루어지지 않으면 그의 일도 구조 조종에 시달리기 일쑤였다.

그는 회사의 이런 생리에 대해 조금도 불만을 가진 적이 없었다. 노동조합을 만들어 회사의 무자비한 탄압에 대항하자는 입장도 있었지만 그는 결코 그런 사람들에 동조할 수 없었다. 그것은 회사로서는 그렇게 하지 않으면 안된다는 것을 스스로 잘 알고 있었기 때문이었다.

그는 현장 직원이 아닌 사무실에 있었기 때문에 그것도 총무 파트에서 일하고 있었기 때문에 누구보다도 회사의 사정을 잘 알고 있었다. 정말 회사에서는 일반인들이 생각할 만큼 그리 크게 남는 장사를 하는 것도 아니었다. 투자를 위해 돈을 쌓아놓고 있는 것도 아니었다. 아마 그런 것은 대기업에나 해당될지 모르지만 그가 다니는 회사는 살아남기 위해 매일 전투적으로 일을 하고 있는 것이었다. 이것은 일반인들이 생각하는 것과 크게 다른 것이었다. 그렇다고 그를 친기업적이라는 생각을 가졌다고 생각하면 어불성설이다. 다만 그는 사무실에서 근무하고 있었기 때문에 회사가 돌아가는 형편이 어떻다는 것을 어느 정도 알고 있었을 뿐이었다. 회사는 살아남기 위해 가장 확실하고 쉬운 방법인 구조조정을 행하는 것이다.

자주 잘리는 구조대상자들을 보면서도 그가 용케 여지껏 버티어 왔던 것은 그의 이런 무던함 때문이었다고 그는 생각하였다. 그의 이런 무던한 소시민적 태도가 아마 회사 간부들에게는 좋았던 모양이었다. 적어도 5년을 넘기지 못했던 직장을 그는 대학을 마치고 군대를 다녀와서 바로 취업이 되어 근 이십여 년 가까이 이 회사에 발붙여 왔던 것은 그가 아는 한 그리 흔한 것이 아니었다.

그러나 회사는 냉정했다 그의 이런 회사에 대한 긍정적인 생각에도 불구하고 그의 구조조정은 어느 날 갑자기 이루어졌다. 구조조정을 할 것이라는 것을 사무실에 있었기 때문에 어느 정도 눈치채고는 있었지만 정작 그것이 자신이 될 줄은 꿈에도 생각을 못했다. 딸 하나 아들 하나의 단란한 가정을 이루었다고 주위 사람들이 부러워하기조차 했는데. 아직 아이들은 한창 배워야 할 상태에 있었고 그리고 집도 좀 더 나은 곳으로 옮겨야 할 처지에 있었다. 점차 돈 들어가야 할 일이 쌓여져만 가는데 그의 갑작스런 실직은 차마 예상못한 상태에서 왔기 때문에 그에게 심한 자괴감과 절망감을 함께 주었다.

1년 치의 월급과 그리고 약간의 퇴직금 그것을 받고 그는 그가 봉직했던 회사에서 쫓겨난 것이었다. 그나마 그것도 그는 괜찮게 쫓겨난 것이었다. 그보다 앞서 회사를 떠난 선배나 후배들은 그보다 훨씬 저평가된 위로금을 받고 회사를 나간, 아니 쫓겨난 것이었다.

처음에 그는 상무이사가 부르는 소리에 아무 말 없이 무슨 일인가 싶어 가 보았다. 그는 거기서 이사가 하는 잔인한 말을 들을 수 있었다. 구조조정 명단에 그의 이름이 올라 있다는 것이었다. 왜 그가 구조대상에 이름이 올려져 있는지는 말하지 않아서 알지 못했다. 회사가 어렵다는 것을 알고는 있었지만 그렇다고 설마 자기가 구조대상이 될 줄은 꿈에도 생각못했다.

먼저 그는 죽음을 앞에 둔 사람처럼 분노가 앞섰다. 하필 왜 나인가? 왜 내가 화사에서 쫓겨나야 하는가 생각했다. 그러다가 체념을 했다. 회사의 또 다른 사람을 살리기 위해서 소수의 사람을 희생시켜야 할 것이 아닌가. 이런 논리는 그가 다른 사람을 정리해고 시킬 때 가정한 생각이 아닌가. 그런데 그런 생각이 부메랑이 되어 그를 향해 비수를 꽂는 것이었다. 그들도 얼마나 고통스러웠을까, 회사를 떠난다는 것은 무엇을 말하는 것인지 그는 잘 알고 있었다.

그는 먼저 아내를 떠올렸다. 아내에게 무어라고 말하여야 하나 내가 구조조정 대상이 되었다는 것을 알면 아내는 무어라 말할까, 앞으로 우리는 어떻게 해야 하나, 약간의 예금이 있다는 것은 알고 있었지만 그 외에 집안에 재산이 될 만한 것은 없었다. 아내는 그의 퇴직을 꿈에라도 생각해본 적이 있는가? 더구나 아내는 워킹맘도 아니었다. 결혼하기 전까지는 전문대학을 나와 작은 회사의 경리 사원을 하고 있었다는 것을 알고 있었다. 그러나 결혼과 함께 아내는 회사를 퇴직하지 않으면 안되었고 그것을 그 당시에는 아주 당연한 것으로 알고 있던 시대였다.

아내를 만났던 것은 그가 자재과에서 일을 하게 되고부터 협력회사에 자주 출장을 다니게 되고부터였다. 그가 아내에게 반했던 것은 무엇보다 그녀의 평범함 때문이었다. 아내는 평범한 여자였다. 인물도, 몸매도, 생각도, 옷차림도 모두가 그가 보기에는 평범한 인상을 주던 아가씨였다. 특히 그가 아내에게서 받았던 첫인상은 그냥 평범하게 사람을 대하는 그녀의 태도였고, 그녀는 그보다 높은 사람을 대할 때도 그보다 못한 사람을 대할 때도 똑같이 평범하게 대할 것 같은 인상을 주는 것 같았기 때문이었다.

자주 만나게 되고부터 그와 그녀는 서로 끌리는 마음을 가지게 되었고 그것은 그의 작은 용기, 이를테면 '커피를 좋아해요?' '영화 같이 보아요' '일요일엔 무어해요?' 등과 같은 아주 간단한 이야기로부터 시작되었다. 그가 그런 용기를 가질 수 있었던 것은 그녀가 워낙 평범하게 그를 편안하게 대해 주었기 때문이었다. 그녀는 역시 그가 생각한 대로 그를 참 편안하게 아니 평범하게 대해 주었다. 그냥 그녀와 같이 있으면 웬일인지 마음이 평안하였다. 그는 그렇게 그녀와 1년을 사귀다가 결혼하였다.

집이 모두 부산에 있었기 때문에 그들은 그들이 해야 하는 것이 무엇인지를 잘 알았고 그리고 자기네들이 가진 만큼 의식주를 이루었다. 처음에는 원룸 한 오피스텔에서 시작했다. 그러다가 그녀가 부모로부터 물려받은 인근 교외의 집으로 옮기게 되었다. 그 집은 아내가 학교 다닐 때부터 살고 있었던 집이었다. 그녀는 고등학교부터 부산으로 통학을 했다. 그 집을 물려받게 되었던 것은 그녀가 결혼과 함께 부모님이 가진 재산 중 그녀 몫을 미리 주었기 때문이었다. 그녀는 위로 오빠 둘과 여동생이 있었지만 그녀가 가장 먼저 결혼을 하게 되었다. 그녀의 강력한 요구로, 그리고 오빠들의 강력한 지원으로 그녀는 그 집을 가지게 되었던 것이었다. 그 집 말고도 부모님은 많은 토지 전답을 가지고 있었다. 그는 그녀의 주장대로 그녀가 살던 옛집으로 들어가게 되었다. 그리고 부모님은 새 아파트로 이사를 가게 되었다. 회사와는 약간의 거리가 있었으나 바로 집 앞에 전철역이 있어 이전에 있던 오피스텔에서 회사를 갈 때와 시간적으로 크게 차이가 나는 것은 아니었다. 그래서 그는 원룸을 청산하고 그녀의 옛집으로 옮기게 되었던 것이다. 그 이래로 그는 그곳에서 지금껏 애를 낳고 살림을 하고 직장에 다닌 것이었다. 그는 그가 아는 만큼의 지식을 회사에 주고 월말이면 월급을 받는 전형적인 셀러리맨 생활을 시작한 것이었다.

아내는 무어라 그럴까? 그가 실직했다는 것을 알면 아내는 무어라고 할까? 첫날 그는 고민을 하다가 실직했다는 말을 하지 못했다. 이튿날 그는 여느 때처럼 전철을 탔고 그리고 회사가 있는 사상역에서 내렸다. 그리고 회사로 발걸음을 옮겼다. 그러다가 그는 개찰구를 빠져나오고 나서야 자기가 실직했다는 것을 알아차렸다. 순간 그는 걷기를 잃어버린 사람처럼 아니 다리가 마비된 사람처럼 다리가 얼어붙으며 움직여지지 않았다. 그는 다리를 옮기려고 열심히 발을 떼려고 하였다. 그러나 이상하게 그러면 그럴수록 발은 정작 더 떨어지지 않았다. 이상했다. 이렇게 의지와 육체가 불협화음을 일으키다니? 그는 다시 한번 심호흡을 하고 걸음을 떼어 놓으려고 했다. 이상했다. 역시 발걸음이 떨어지지 않았다. 그는 다시 한번 걸음을 떼어놓으려고 했다. 이상했다. 그러면 그럴수록 발걸음이 더 떨어지지 않는 것이었다. 그는 용을 썼다. 지나가는 사람들이 그런 그를 의아하다는 듯이 쳐다보았다. 그들을 의식하면 의식할수록 발걸음은 더 떨어지지 않았다. 그는 자꾸만 자기가 이상하다는 생각을 했다. 아니 이상해진다는 생각을 했다. 내가 왜 이러지? 내 발걸음이 왜 떼어지지 않지? 혹시 회사에 실직했다는 충격 때문에 그런 것일까? 안그렇다면 내가 왜 이러지? 그러면서 그는 한참

동안 발을 떼어놓으려고 발버둥쳤다. 온 신경을 발에 집중했으나 발걸음은 역시 떼어지지 않았다. 점점 그의 이마에는 땀이 흘렀고 흘러내린 땀이 눈에 떨어질 때까지 그는 발걸음이 떼어지지 않았다. 아내를 부를까? 왜 이렇게 발걸음이 떼어지지 않지 평강공주가 와서야 온달의 시체가 움직였던 것처럼 아내가 와야 발걸음이 떨어지려나, 그가 발걸음이 떼어지지 않아 한참 애먹고 있을 때 그의 발걸음을 간신히 떼어놓을 수 있었던 것은 어제까지 직장 동료였던 김 군을 만나고 부터였다.

"왜 그러고 있어요. 과장님?"

"어 갑자기 발에 쥐가 내리네. 발걸음이 움직여지지 않아."

"그럼, 제 어깨를 잡으세요."

"고맙네. 저쪽 벤치까지만 데려다 주겠나?"

"그러죠."

그는 내가 어제 날짜로 실직했다는 것을 알고 있을 것이다. 그럼에도 그가 스스럼없이 대해 주었다는 것이 고마웠다. 그를 벤치까지 데려다주고 김 군은 가버렸다. 그가 먼저 떼밀었기 때문이었다. 실직한 사람을 앞에 두고 이런저런 이야기, 그것이 설사 동정적인 것이라 할지라도 반가운 것은 아닐 것이다. 그는 다리를 문지르며 다리가 풀리기를 기다렸지만 그는 그것이 다리의 마비 때문에 그런 것이 아니라는 것을 알고 있었다.

그가 그날 돌아다닌 곳은 부산 시내의 공짜 전시회가 열리는 곳이었다. 더운 여름은 그의 실직한 일상을 더욱 덥게 하였다. 그는 이제 갓 문을 연 미술 전시회장과 분청사기 전을 구경했다. 전시관에 있는 아가씨가 아침부터 와있는 그를 의아한 눈초리로 바라볼까 보아 휴대폰 샤터를 눌러가면서 아는 척했다. 미술관 아가씨는 이른 아침부터 웬 손님이냐는 그런 뚱한 표정을 지었다. 그는 그 표정을 벗어나기 위해 더욱 진중한 연기를 폈다.

오후에는 여름의 해운대 해수욕장을 마치 구경 온 사람처럼 이쪽에서 저쪽 끝까지 걸었다. 점심은 별생각이 없어 건너뛰었다. 그래도 시간이 남아 그는 스파존에 있는 롯데리아에 들어가서 신문을 보며 시간을 보냈다. 롯데리아는 그에게 안성맞춤의 장소였다. 500원짜리 소프트콘을 하나 사서 아무 데나 가서 앉으면 된다. 눈치가 보이지 않았다. 한물간 해수욕장은 그 넘치는 열기가 사그라들고 있었다. 참 세상 보잘것없다고 그는 생각했다. 그리고 적절하게 시간을 맞추며 그는 아무런 일이 없었던 것처럼 집으로 들어갔다. 이튿날도 그는 아내에게 말을 못하고 앞날과 같은 생활을 해나갔다. 다른 것이 있다면 회사와 가까운 곳은 얼씬하지 않았다는 점이다. 아는 사람이라도 만나면 어쩌나 싶어 일부러 회사와는 다른 방향의 전철을 탔다.

그가 아내에게 자신의 실직 사실을 알린 것은 나흘째 되던 날이었다. 그날 그는 몸이 아프다는 핑계를 대고 좀 늦게 일어나 아내와 마주 앉았다. 그리고 밥을 먹으면서 그는 측은한 얼굴로 아내의 얼굴을 바라보았다. 얼굴에 주름이 접혀 있었다. 얼굴에 기미가 돋아 있었다. 그동안 아내의 얼굴을 제대로 본 적이 없었다. 아내는 그가 모르는 사이에 늙어 있었던 것이었다. 고생의 흔적을 여기저기 달고 있었다. 아내는 평범한 사람이었다. 집안의 살림을 하는 일도 일반 주부 이상을 뛰어넘지 못하고 그냥 조용히 아내로 살아가는 전형적인 주부였다.

그가 실직했다는 말을 하자 아내는 아무 말이 없었다. 마치 이런 일을 일찍 알고 있었다는 듯이 달관한 표정을 지었다. 하긴 그녀도 이런 경우를 많이 보아왔을 것이었다. 경리부에 있었던 그녀는 말없이 해고되는 그녀 회사의 많은 사람들을 보았을 것이다. 그들의 아픔 그들의 생계를 유지해나갈 다음 일들의 궁금함 때문에 마음이 꽤 아팠을 것이다. 그런 일을 많이 보아왔지만 실제 그런 일이 자기에게 닥칠 줄이야 그녀는 아마 상상도 못했을 것이다. 아니 어쩌면 예상은 했지만 그 시기가 너무 일렀던 것인지도 모른다.

아내는 그가 실직했다는 말을 했을 때 묵묵히 듣기만 했을 뿐 어떤 반응을 내놓지 않았다. 그리고 마지막으로 했던 말은 아이들한테는 말하지 말자고 그리고 천천히 쉬면서 다음 일을 생각해보자고 했을 뿐이었다. 그리고 그녀는 평소처럼 아무런 일이 없다는 듯이 행동했다. 아침마다 밥을 해서 아이와 그 앞에 차려놓았고 그는 그것을 먹고 또 아무런 일이 없다는 듯이 집을 나섰고 그리고 길을 헤메다가 극장에 갔다가 미술관에 들렀다가 벡스코에 갔다가 그렇게 그날을 마쳤다. 처음엔 자괴감에 그냥 멍하니 발길 따라 걸었지만 그것도 얼마 지나지 않아 내가 왜 이렇게 해야 하는지 모를 정도로 습관이 되어버렸다. 타성에 젖은 것이었다.

그러나 저러나 어찌 할거나, 오늘은 또 어디 가서 시간을 죽일까, 이런 생활이 벌써 넉 달째 이어지고 있었다. 처음 한 달 동안은 그는 재취업을 위해 그가 할 수 있는 일이 없을까, 할 수 있는 일이 있다면 무조건 하겠다는 생각에 이곳저곳을 찾아다녔다. 조금이라도 인연이 있는 곳이라면 그는 저돌적으로 찾아가서 살려달라고 했다. 저돌적이라고는 했지만 실제 그는 자신이 없었다. 그는 현장 직원이 아니었기 때문에 사무실에만 있었던 그에게 현장에서의 일은 쉬운 것이 아니었다. 그는 처음엔 일이 잘 풀릴 것이라고 생각했다. 비록 사무실에서만 있었지만 그의 전공은 바로 조선이 아니던가?

그러나 세상은 그리 만만한 곳이 아니었다. 자신 있었던 아니 자신 있었다는 말은 거짓이고 그냥 이렇게 밖에 할 수 없어 했던 그 일에 처음 거절당하고 두 번째 거절당하고 세 번째 거절당하고 그러자 네 번째는 부탁하는 것이 도살장에 끌려가는 소의 마음 같았고 다섯 번째 여섯 번째 길은 정말 그것이 죽으러 가는 길이었다는 것을 그는 깨달았다. 그런 날이면 그는 아내에게 그날의 일을 말할 수 없었다. 처음엔 아내는 그의 말에 귀를 기울였지만 어느 새 그것은 서로가 아무 말을 하지 않음으로써 그날의 일이 어떻게 되었다는 것을 짐작할 뿐이었다. 자꾸 말이 없어져 가면서 그는 자신감도 함께 잃어가고 있었다.

넉 달여를 그렇게 취업이라는 핑계를 대면서 그는 부산의 가보지 못했던 곳을 실컷 돌아다녔다. 이런 곳이 있었는가 싶을 정도로 부산은 볼거리 요깃거리 관광명소가 많았다. 우선 그는 평소처럼 집을 나서 그가 시간 때울 수 있는 곳이라면 빠뜨리지 않고 다녔다. 누군가 가볼만 하다고 그가 평소에 들어왔던 곳을 하나하나 찾아다녔다. 부산은 다른 곳도 그렇지만 바다와 관련된 유명한 곳이 많았다. 다대포로부터 시작하는 해수욕장도 그렇고 도시 자체가 3면이 바다이고 보니 그 바다를 따라 걷는 재미, 그리고 그 걷는 곳에서 만나게 되는 사람을 만나는 재미도 꽤 쏠쏠하였다.

그런 재미로 얼마를 지나다가 싫증이 나서 이번에는 바다가 아닌 부산에 숨겨져 있는 역사적 공간을 찾아 헤매었다. 부산의 가치는 전쟁과 관련이 있었다. 전쟁과 함께 피난지의 수도였던 만큼 전쟁과 관련한 유적이 많이 남아 있었다. 그 유적을 쫓아 그는 또 이곳 부산의 이곳저곳을 찾아 순례했다. 공통점은 이들이 돈이 들지 않는다는 것이었다. 돈이 들지 않으니 그는 자유롭게 그의 발길이 닿는 대로 갈 수가 있었다. 그러다 보니 잠시나마 그가 실직을 했다는 생각에서 벗어날 수가 있었다. 그것은 실로 해방이라고도 할 수 있었다. 늘 불안하고 쫓기는 마음이 그가 역사적 현장을 찾아 움직일 때는 잊을 수가 있는 것이었다. 그러나 그것도 그가 실직을 하고 나서 한 달 정도 지나가자 이번에는 그가 가야 할 곳이 점점 없어진다는 사실에 눈이 갔다. 그리고 그것은 매일 그가 솟는 해처럼 반복되자 점점 오늘 그가 해야 할 일이 무엇인지 무엇으로 오늘 또 하루를 채워야 하는지 하는 생각으로 시작하게 되자 그는 차츰 불안해지기 시작하였다. 새 날이 시작된다는 것이 고통이었다. 그가 일어나서 해야 할 일로 그는 서서히 스트레스를 받기 시작하였다. 아내는 아무 말이 없었다. 아무 말 없이 아내는 늘 하던 대로 아침에 밥을 들여놓았고 저녁에도 그가 들어가면 밥을 차려주었다. 그리고 아내는 그가 실직한 것에 대해 돈을 벌어오지 못하는 것에 아무 말도 하지 않았다. 그것은 실로 무서운 일이었다. 차라리 아내가 그에게 돈을 벌어 오라고 성화를 부렸다면 오히려 그는 그것이 마음에 부담이 적을 것이라고 생각했다.

그러나 아내는 그가 실직이 되어 한 달이 되도록 아무 말이 없었다. 그에게 돈을 벌어 오라하던가 쌀이 떨어졌다든가 전기세, 반찬값 이런 것에 대해 일체 말을 하지 않았다. 그리고 그의 손에 아침마다 만원짜리 한 장씩 그에게 쥐어 주었다. 그러면 그는 그 돈을 받아들고 오늘 하루를 어떻게 보낼까 생각했다. 어떤 날은 부산 시내 전철 모두를, 또 어떤 날은 부산 사하구 시내버스 노선 모두를 타고 돌아다녔던 적도 있었다. 그러나 이런 생활도 처음엔 그가 보지 못했던 세상을 본다는 재미로 그럭저럭 버틸 수 있었지만 그러나 실직 한 지 녁 달이 다 되어가는 지금 그는 아침에 일어나자마자 오늘은 또 어떻게 하루를 죽이려나 하는 걱정을 하게 되었다. 처음 몇 주일은 정말 눈에 핏발이 서도록 취직에 대한 열망으로 부디쳤으나 그것도 한 달여가 지나서는 체념으로 그리고 못난 자신을 탓하는 것으로 의욕을 잃어갔다. 집안 꼴이 어떻게 되어 가는지 하는 것은 돈도 벌어다 주지 못하는 그가 간섭할 권한도 없었다. 어떻게 된 셈인지 아내는 그에게 돈 이야기를 하지 않았고 집안의 사정이 어떻다는 것을 말하지 않았다. 그는 말 없는 아내에 대해 고마워 하였지만 내심 불안감을 느끼지 않는 것이 아니었다.

그는 쏟아지는 아침 8월의 햇살에 잠시 비틀거렸다. 그는 잠시 비틀거리면서도 부산에서 자기가 가보지 않았던 곳이 있었던가 생각해보았다. 부산에서 가볼 만한 곳은 거의 다 가보았다고 생각하였다. 그의 사주에 역마살이 있어서 그런지 그는 돌아다니는 데에는 어느 정도 이골이 나 있었다. 돌아다니면서도 그는 이곳저곳 관심을 갖고 돌아다녔고 얻어들은 것도 있었다. 그러다보니 부산의 어디에는 무엇이 있고 몇 번 버스를 타야 하고 부산의 이곳저곳에 대해 설명할 수 있을 것 같은 생각도 들었다. 그러나 그런 것과 지금 그가 실직을 하고 있는 것과 연결이 되는 것은 아무것도 없었다. 이런 실속 없는 짓거리가 무슨 관련이 있을까 싶지만 그러나 이것마저 하지 않는다면 그는 정말 하루를 보내기 힘들 것이라고 생각했다. 이것마저 하지 않는다면 이런 비실속적인 짓거리라도 하지 않는다면 그는 그 긴 하루 그 긴 여름을 어떻게 보낼 것인가

생각은 그렇게 하면서도 그는 지금 그가 무엇을 하고 있는가? 자괴감에 빠져버렸다. 곧 얼마 되지 않아 집안에 있는 아내가 조금 저축해 놓은 돈도 떨어지고 할텐데 그 다음에 어떻게 한단 말인가? 그런 생각을 하면 속이 시렸으나 이렇게 밖에 할 수 없는 자신이 또한 안타까웠다. 그는 날이 갈수록 점점 회사에 들어가야 하겠다는 의욕이 줄어 들어가는 것을 느낄 수 있었다. 아니 점점 다시 취직할 수 있을 것 같지 않다는 생각이 들었다. 의욕도 꺾이고 있었다. 그는 어느 순간 자신이 위축 되어가는 것을 느꼈다. 이렇게 위축되어 가서는 나중에는 그냥 그럭저럭 타성에 젖어 하루하루를 죽지 못해 이어갈 것만 같은 생각이 들었다.

그는 잠시 휘청거렸다. 그러다가 순간적으로 오늘은 남항 쪽으로 가보자. 자갈치 시장 쪽으로 가보자고 생각하였다. 그쪽으로는 말로만 들었지 그래서 머릿속으로만 생각했지 자갈치 시장을 크게 생각해보지는 않았다.

그래 오늘은 자갈치 시장을 한번 가보자. 자갈치 시장은 그대로 부산의 명품이 아닌가, 1호선으로 갈아타기 위해 그는 서면역에서 내렸다.

서면까지 오자 한 떼의 사람들이 내리고 탔다. 서울만큼은 아니지만 서면은 부산에서 유동인구가 가장 많은 곳이었다. 이리 받치고 저리 받치고 그는 빈 자리가 생기자 재빨리 한 자리 잡고 앉았다. 웬 사람들이 낮에도 이리 많은지 출근 시간을 넘겼지만 지하철은 사람들로 꽈악 찼다.

그는 범일역에 오자 갑자기 내리고 싶은 충동을 느꼈다. 언젠가 보아두었던 로또복권방이 기억났기 때문이었다. 부산에서 가장 당첨이 많았다는 두 곳이 모두 범일동에 있었다. 하나는 '천하명당'이라는 곳과 또 하나는 '돈벼락 맞는 곳'이었다. 두 군데에 들러 그는 아껴두었던 돈 이 만원을 꺼내어 각각 두 군데에서 만원씩 자동로또 복권을 샀다. 오늘은 목요일 그가 좋아하는 요일이기도 했다. 다시 범일역으로 와서 전철을 타려다가 문득 안내판에 눈길이 갔다. 예전 같으면 거들떠 보지도 않았을 그것이 웬 셈인지 눈에 들어왔다. '동래전통예술문화대학 100% 무료, 전문인력 양성과정 교육생 모집 100% 전액 무료, 1인 쇼핑몰, 부산웨딩박람회, 15세 이상 실업자 재직자 누구나 참여가능 6개월 최대훈련수당 416,000원 국비지급, 패션디자인 주얼리 디자인, 삼우보청기, 어린이 사생대회, 탱고 초급반 모집, 생명나눔 걷기대회……' 그는 또 지하로 연결된 인근 백화점에 들렀다. 혹시 가면서 아는 사람을 만날까 바로 고개를 들지 못했다. 그러나 부산은 넓었다. 아직까지 그가 아는 사람과 부딪친 적이 없었다.

부산은 길쭉한 도시였다. 사람들은 가운데에 몰려 있었다. 옛 도심인 서부 쪽으로 갈수록 옛날 같으면 사람들이 많을 것이지만 지금은 사람이 없었다. 그는 서쪽으로 갈수록 사람이 줄어드는 것을 신기한 듯 느끼며 차가 오기를 기다렸다. 부산역을 지나 중앙동 역을 지나 남포동 역을 지나 자갈치

역에 이르렀을 때 그는 그냥 아무 생각 없이 평소와 같이 그렇게 내렸다. 지하 만남의 광장에서 그는 우두커니 앉아 있는 무료한 사람들을 보았다. 나이 든 사람들, 우두커니 멀거니 앉아서 시간을 죽이는 사람들, 실직한 많은 사내들이 그러하듯 총명함이나 기민함 그런 것 없이 그냥 시간에 실려 가며 앉아 있었다. 실직을 하고 나서는 모든 일에 내 의지로 내가 간다고 한 번도 생각한 적이 없었다. 그냥 시간이 있으니까 가는 것이고 그것은 간다는 의지가 있는 것이 아니라 그냥 실려 가고 있는, 실려 가서는 내려놓으면 내리는 그런 것이었다. 그는 걸으면서 간간 이런 행동이 내게 무슨 도움을 줄 것인가 취업하는 것과 무슨 관련이 있는가 생각하지만 역시 그렇게밖에 할 수 없는 것이 비감스러웠다.

그는 자갈치 시장 입구의 양쪽 가게 좌판에 벌어져 있는 많은 물고기들과 건어물들을 눈요기하다가 앞에 우뚝 서 있는 큰 자갈치 시장 건물로 들어섰다. 많은 물고기들이 수족관 안에 갇혀 있었다. 그는 그들 물고기들을 생각 많은 사람처럼 물끄러미 바라보았다. 온갖 고기들이 다 모여 있다. 숭어, 우럭, 참민어, 능성어, 쭈꾸미, 광어, 새우, 꽃게, 도다리, 방어, 멍게, 밀치, 가제미, 넙치, 가자미, 뱀장어, 도미, 쥐치, 감성돔, 다금바리, 전복, 농어, 참돔, 소라, 해삼, 가리비, 문어, 굴, 대게, 병어, 전복, 새조개, 낙지, 홍합, 개불, 성게, 먹조개, 오징어, 키조개, 피조개, 대게…… 측은지심, 그는 보는 것마저 괜히 안쓰럽다는 생각을 했다. 그 넓은 바다에서 뛰어놀지 못하고 좁디좁은 수족관에서 동료들과 치고 받는 것이 그의 눈에는 측은하게만 보였다. 게다가 언제 식탁에 오를지 모르는 불쌍한 것들, 그는 그들에 괜히 동류의식을 느꼈다. 너희나 나나 다를 게 없다. 닮은 꼴이다.

그러다가 그는 그곳을 나와 기다랗게 이어진 바깥 자갈치 시장으로 들어섰다. 건너편 높다랗게 서 있는 용두산 공원 전망대를 바라보았다. 그러다 그는 이내 발길을 돌려 노상 자갈치 시장으로 들어섰다. 여름이 되어서 그런지 시장은 오전인데도 사람들로 북새통을 이루고 있었다. 비집고 들어갈 틈이 없을 정도가 자갈치 시장이 붐빈다는 것은 알았지만 이렇게 붐빌 줄은 몰랐다.

뱃고동, 갈매기 울음, 오이소 보이소 다섯 마리 만원, 물건을 사고파는 상인들의 흥정소리, 천리교를 믿읍시다 딱딱, 안으로 들어오세요, 식사됩니다 음식점 아줌마의 치명적인 유혹, 짐 실은 오토바이 소리…… 왁자지껄, 초점 잃은 사내의 눈에 들어오는 것은 아무것도 없었다. 복닥복닥한 저자 거리, 이리 치이고 저리 치이고, 쓸리면 쓸리는 대로 부딪히면 부딪히는 대로 그는 그들을 뚫고 자신의 발을 한 발자국 안으로 들여놓았다. 이리저리 부딪치는 사람, 물건 사라고 외치는 사람, 짐이요 짐, 고기 파는 사람, 수산시장과는 관계없을 것 같은 빵 굽는 사람, 후라이팬, 모자, 엿 그리고 그 붐비는 와중에 수협 수금원들도 돌아다니고 있었다. 보험 아줌마, 야쿠르트 아줌마, 고무줄, 골무, 명성 옷핀, 실 같은 옛 시대나 필요했을 것 같은 물건을 파는 사람도 있었다. 외국인도 있었고 관광객도 있었다. 자갈치 시장은 그야말로 사람들로 가득 찬 그 안에서 모든 세상의 일이 일어날 것 같은 또다른 세상 같았다.

그는 그 복잡함을 뚫고 앞으로 걸으며 너무 바빠 걱정할 겨를이 없는 사람처럼 일하고 있는 사람들을 보았다. 그들의 손과 얼굴은 더워서도 그랬겠지만 누군가가 말한 대로 행동은 생각을 지배하는 것이라는 것을 가장 잘 이해하고 있는 사람들 같았다. 자갈치 시장 안은 일대 박물관이었다. 좀 복닥거리기는 해도 시간 많은 그가 이곳저곳 한눈을 팔기 재미가 있었다. 시간이 많다는 것은 이곳저곳을 자세히 볼 수 있다는 장점이 있다는 것을 알고 있었다. 시간 많은 그는 꼼꼼히 시장 사람들을 무표정하게 바라보며 걸었다. 그러나 그들의 바쁨과 움직임이 별로 눈에 들어오지 않았다. 머릿속은 오직 별 할 일 없는 사내인 자기만이 그들과 동떨어져 자기만 슬프고 외로운 것 같았다. 언제부턴가 지니게 된 담적 같은 불안감, 실직이란 것이 이렇게 모든 것을 무너뜨리는 것인 줄 그는 몰랐다. 괜히 생각하는 것마다 자격지심이 들고 자신만이 가장 무능한 사내처럼 여겨졌다.

비좁은 시장통은 물건을 사려는 사람과 물건을 팔려는 사람이 흥정을 하고 있었고 그 좁은 와중에 커피 파는 아줌마, 야쿠르트를 파는 아줌마, 자전거에 짐을 실은 사람이 오갔다. 물건을 팔려는 사람은 하나라도 더 팔려고 매우 불량한 소비자일 수밖에 없는 그에게도 자기 앞에 다가오면 물건을 사달라고 했다. 갈치 3마리 만원, 사세요, 제일 싸요. 그는 그냥 눈을 다른 데두고 만다. 그는 사람들의 물결에 자신을 두며 쏠리는 대로 걸었다. 그렇다. 그것은 자신을 그냥 두는 맡긴 것이다. 맡기고 있으면 저절로 나아갔다.

그가 가는 길 양쪽으로 어물전이 늘어서 있었다 이쪽 저쪽 그는 자신을 그냥 시장 속에 맡기는 속에서도 그들을 재미있게 바라보았다. 눈요기라고 해야 하나. 그가 실직을 하고 나서 그는 얼마 지나지 않아 자기가 하루 두 끼를 먹어도 되는 하루 이식 인간으로 되어가는 것을 느꼈다. 그의 주머니가 비자 그는 우선 점심 비용이 그의 하루 만원 용돈 중에서 큰 부분을 차지한다는 것을 알고 아껴야겠다는 생각을 했다. 그런데 그것이 어느 틈엔가는 점심을 굶는 것으로 나타났고 점심을 몇 번 끊고 나자 아예 점심을 먹지 않아도 될 정도로 되어버렸다. 배고플 때도 있었지만 그때면 간단히 김밥 한 줄로 때우기가 일쑤였다. 그러나 그런 경우는 드물었고 그의 위는 어느새 점심을 먹지 않아도 되게끔 진화해버렸던 것이었다.

그는 얼마 가지 않아 난관에 부딪혔다. 사람들의 흐름에 그의 몸을 두었지만 우습게도 그는 반대쪽에서 밀려오는 사람들에 의해서 뒤로 물러나고 있었다. 사람들의 물결이 앞으로 나아가지 못하고 오히려 뒤로 흘러가고 있었다. 그는 앞으로 가는 길이 방해받자 옆으로 비껴 섰다. 물건을 사려는 줄 알고 맞은 편에 주근깨가 자들자들한 그와 비슷한 나이의 여자가 반색을 했다.

"이건 칠천 원, 이건 삼천 원, 한꺼번에 만원, 떨이요, 떨이, 가져가세요."

마른 가자미, 마른 조기가 함께 넣어져 있었다. 가만 보자 오늘 이것을 사갈까 사가면 아내는 무어라고 할까.

그는 아내와 결혼하며 살고부터 한 번도 이렇게 물건을 사가려고 생각해 본 적이 없었다. 결혼기념일이나 아이의 생일 같은 것을 챙겨본 적이 없었다. 그런데 갑자기 오늘 이렇게 물건이 사고 싶어지는 것이다. 실직을 하니까 보이지 않는 것이 보이기 시작했다. 그동안 아내에 대해서도 무심했다는 것이 보이는 것이었다. 아무 일도 하지 않는 아내가 그는 속 깊은 여자라는 생각이 들면서도 무언의 압박 같은 무언가를 그에게 주고 있었다.

아, 40대의 가장이라는 것은 얼마나 허울 좋은 이름인가. 많은 실직한 가장들이 그처럼 절망했고 두려워했고 좌절했다. 갈수록 취업과는 멀어지는 그의 의지, 그것도 문제였다. 자꾸만 현실에 적극 대응 못하고 뒤로만 물러났다. 이상하다. 내가 왜 이러지 생각하면서도 그는 자꾸만 모든 일에 자신감을 잃어갔다. 이래서는 안되는데 내가 왜 이러지 그는 자신이 한없이 뒤로 물러나서 마침내는 점이 되어 사라져버리는 것을 느꼈다. 한없이 작아지고 또 작아져서 마침내는 하나의 점 그는 점이 되어가는 자신의 모습을 떠올렸다. 그것은 허무였다. 자신의 존재감이 눈꼽 만큼도 없는 지극히 평범한 것, 그 평범함이 때때로 좋기는 했다만 그러나 위기 속에서는 평범함은 아무 쓸모가 없었다. 남들과 다른 그만이 갖는 무언가가 있어야 했다. 그는 아무것도 가진 것이 없는 자신의 무능력을 탓했다. 좀 가꾸어둘 걸, 자신을 가꾸어두지 못한 자기가 후회스러웠다.

　냄비, 후라이팬, 과일가게, 신발가게, 약초상회, 식육점, 오이, 호박, 무 팝니다. 반찬가게, 소형가전, 꽈배기, 모자 가방, 자동벨트 지갑, 양념 가 게…… 수산시장의 이색적인 가게들, 모두 살아서 문어 다리처럼 꼼지락거 린다. 하품하는 사람이 없다.

　그는 너무도 간절히 팔리기를 원하는 것 같은 반건어물을 팔고 있는 아 줌마에게 잠시 눈을 주었다. 그러다가 다시 앞으로 나아갔다. 아니 쓸리는 인파 속에 자신을 두어버렸다고 해야 할 것이다. 이쪽 저쪽 부딪히는 것이 거의 비슷하다고 생각하면서 이제는 발걸음을 자신의 의지대로 앞길로 놓 아버렸다. 그런데 이상했다. 자신의 의지라고 여기는 발걸음은 더 이상 나 아가지 못하고 발걸음을 떼어 앞으로 내디뎠지만 차마 발을 내디뎠으면서 도 그것은 땅에 내디딘 것이라고 여겨지지 않는 것이었다. 땅을 밟았지만 느낌은 전혀 땅에 발을 디딘 것 같지 않았다. 그는 다소 당황스러웠다. 전에 는 전혀 없었던 일이었다. 그는 다시 발을 들어 앞으로 가며 땅을 디뎠다. 분명 땅을 디뎠다고 생각했는데 그의 머리는 전혀 그것을 그대로 인정해주 지 않았다. 오히려 허공 속을 걷는 것 같은 느낌을 주었다. 그는 꽈배기를 팔고 있는 사람 곁으로 피하며 그의 발을 이상한 느낌으로 바라보았다. 이 상했다. 발이 있어도 전혀 그것이 그의 몸의 일부처럼 느껴지지 않는 것이 었다.

　그는 다시 발걸음을 내디디며 몸과 정신이 이탈하는 현상을 보며 신기해 하였다. 그러면서도 그는 시장 사람들의 저마다 살아있는 소리를 듣고 있었 다. 그들은 바쁘게 움직여야만 돈이 된다는 것을 알고 있는 듯 별로 구매력 이 없는 그에게도 물건을 팔려고 최선을 다했다. 오히려 구매력이 없는 사 람들에게조차 구매력을 끌어내려는 것처럼 보였다. 날씨에도 아랑곳하지 않았다. 이 더운 날 보는 것만으로도 힘이 빠지는 날씨도 그들은 재빠르게 물건을 교차해 놓았고 손에 밴 비린내에 상관없이 얼굴의 땀을 훔쳤다. 자신들은 햇빛 속에 두어도 물건은 햇빛 속에 두지 않고 차양 속에 두었다. 그들은 오늘 일해야 밥을 먹고 또 가족들을 먹여 살릴 수 있다는 생각에 충실해 있는 것 같았다.

그것은 한 마디로 저돌적이라고 밖에 할 수 없는 것이었다. 작게는 먹고 살기 위해서 죽자고 팔아야 하고 돈을 벌기 위해서 또 죽자고 팔아야 하고 파는 것이 일이고 또 팔아야 돈이 된다는 엄연한 철학 앞에 서 있는 무시무시한 전사, 그는 그들이 전사라고 생각했다. 그들은 가장 분명한 철학을 가진 사람들이었다. 그들에게는 지금 바로 현재라는 실질적인 시간만 있는 것 같았다. 그들에게 다음은 그냥 다음일 뿐이었다. 오늘 팔아야 내일이 있는 것 같았다. 일 미터도 안 되는 좌판에 물건을 올려놓고 앉아 있는 그들을 보며 그는 자갈치 시장이 대단한 것임을 느꼈다. 그 작은 곳에서 물건이 사고 팔리며 그들 가족들이 먹고산다는 것이 신기하게만 느껴졌다. 그는 한 좌판 곁에 비껴서서 물건이 팔리는 모습을 물끄러미 보았다.

"싸게 드릴테니 어여 가져가시우."

"이것 한 마리 더 얹어주우."

"아따 아지매, 이라믄 내는 무먹고 살라카능교?"

"그래도 한 마리 더."

"그럼, 자 이걸로 한 마리 더 줄테니 가져 가슈, 세상에 조기 10마리를 단 돈 만원에 파는 데가 어딨노?"

"그래야 다음 단골이 되는기 아닝교?"

"그렇다믄 단골도 한 트럭이나 될 것이구마. 손님마다 그런 야길하고 나서는 코빼기도 안비이구마."

"그래도 난 달라요, 또 올 거유."

"자, 가져가요, 가져가. 만원에 밑지고 판다. 참 아지매도 나보다 더하네."

비좁은 시장판에 양산을 둔 잘 차려입은 젊은 여자가 흥정을 잘한 듯 배시시 웃는다.

자갈치 시장에서는 모든 것이 공평했다. 돈이 많은 사람도, 장사를 하는 사람도, 돈이 없는 사람들도 똑같이 만원에 조기 다섯 마리, 참낙지가 6마리, 7마리 주는 것도 아니다. 한 마리 덤을 더 준다는 것은 그 사람을 단골로 잡으려는 것 아니면 싱싱치 못한 고기를 싼값으로 넘기려는 것뿐이다. 전체적으로는 똑같은 것이다.

그는 흥정을 하는 사람들을 바라보며 실없는 사람처럼 앞으로 나아갔다. 펄떡펄떡 뛰는 물가자미가 요동치는 바람에 그의 옷에 물이 튀었다. 그는 그냥 무시하며 걸었다. 아니 밀려서 갔다. 보따리장수가 있다. 빵장수도 있다. 바람잡이 역할을 하는 사람도 있다. 하나라도 더 팔려는 듯 적극적이다.

"사가세요, 임산부에 딱 좋아요."

바다 물고기만을 파는 줄 알았더니 가물치, 잉어, 미꾸라지를 비롯해 민물고기도 팔았다. 그가 가는 앞으로 식당이 주욱 나열해 있었다. 부산의 명물 고등어 고갈비집이 있었다. 냄새가 구수하다 입맛을 당겼다. 그는 호주머니를 조물락거리다가 그냥 지나쳤다. 그 맞은 편으로 돼지 껍데기를 파는 식당이 늘어져 있었다. 이쪽은 해군 이쪽은 육군이다. 수산물 시장에 육고기를 파는 가게가 죽 이어져 있는 곳도 자갈치 시장만이 갖는 특징이었다.

그는 돼지 껍데기를 한 접시 먹고 가려다가 그만 두었다. 돼지 껍데기 식당 안에는 그와 같은 나이 또래의 사람들은 없고 다들 자갈치 시장으로 구경 온 단체 관광객 나이 든 사람들이 자리를 차지하고 있었다. 돼지 껍데기를 굽고 소고기 국을 끓이는 냄새가 요란했다. 물은 어디 물을 쓰고 있는지 그릇은 또 어떻게 닦고 있는지 개숫물은 또 어디에 버리는지 여하튼 그 물이 모두 바다로 흘러가는 것은 틀림없을텐데 청결한 것에 대해 일종의 알레르기를 가지고 있는 그에게 그것은 썩 내키는 일이 아니었다. 그러나 선지국을 파는 사람들은 그런 것에서 대해서는 달관한 듯 했다. 조금 더러우면 어때, 조금 불결하면 어때 그런 표정이다. 사실 그럴 것이다. 당장 눈앞에 돈을 버느냐 마느냐 앞에서 그런 것은 하나도 문제될 것이 아닐 것이다. 저 솥 속에 끓고 있는 소고기 국은 백도가 넘을 것이다. 미지근하게 나는 저 김 속은 얼마나 뜨거울까? 그 속에서 모든 불결함은 사라질 것이다.

그는 잠시 생각에 빠졌다가 창업을 해볼까 생각했다. 그는 아예 처음부터 창업에 대한 생각은 하지 않았다. 문득 저들을 보며 생각한 것이 식당이었다. 하지만 창업이란 그에게 얼마나 허울 좋은 이름인가? 원래 남의 회사에서 일하다 보니 스스로 어떤 것을 결정한다거나 사업계획을 해서 실천하는 것은 그에게 낯선 일이었다. 사업이란 것도 어느 정도의 자신감과 자본력이 있어야지 그처럼 자본력도 없고 남의 밑에서 일만 했던 그에게는 쉽지 않은 일이었다. 아니 어쩌면 그는 그런 것에 자신감이 없다는 말이 더 어울릴 것이라고 생각했다. 그는 장사도 아무나 하는 것이 아니라고 생각했다. 글쎄 자신이 잘 할 수 있는 것이 무엇이 있을까? 그는 생각했다. 아무리 생각해도 아무것도 없었다. 그가 전공했던 조선이라는 것도 지금은 낡은 이론이 된 것이 아니던가? 외국어도 잘하는 것이 아니었다. 그가 사무실에 있으면서 했던 일은 월보를 작성하고 계획을 세우고 시키는 일을 분배하는 것이었다. 누구나 그 자리에 있으면 해낼 수 있는 일일 뿐이었다.

실직을 하고 나니 그는 자신이 정말 홀로 잘 할 수 있는 것들이 아무것도 없다는 것을 깨달았다. 그렇다고 남보다 열정이 더한 것도 아니었다. 그동안 회사가 자신 같은 존재에게 밥 벌어 먹게 해준 것만도 고마운 일이었음을 그는 새삼 깨달았다. 그러나 이젠 이 모든 것이 아무런 의미가 없었다. 그에게는 시간만 많이 있을 뿐이었다. 그의 앞에는 취업이라는 절대 절명의 명제가 서 있을 뿐이었다.

빨간 모자 커피 아줌마, 붕어빵 장수, 도장 파는 사람, 야쿠르트 아줌마, 칼갈이, 수금하는 아가씨, 계契아줌마, 짐꾼, 방물장수 할머니…… 시장을 물며 돌며 외로울 새 없이 바쁘게 살아가는 시장사람들, 마치 움직이는 것만큼 돈이 된다는 것을 아는 것 같은 저 억센 손, 발, 얼굴……

그는 느린 걸음으로 걸어가며 자갈치 시장 구석구석을 살펴보았다. 어차피 오늘 또 시간을 죽이는 것이라면 그렇게 서두를 필요가 없는 것 같았다. 빨간 모자를 쓴 과일장사 아줌마가 과일 사라며 지나갔다. 그 뒤를 따라서 명성 옷핀, 골무, 실, 고무줄을 가득 실은 조그만 유모차가 지나갔다 그 뒤를 냉차 파는 아줌마가 지나갔다. 그들에게 내려 있는 무지막지한 생활력을 보며 시간 많은 사내는 아무 생각 없이 바라본다. 어쩌면 그것은 그에게는 절망일지 몰랐다.

시장을 걸어서 반쯤 왔을 때 그는 그와 비슷한 사내를 보고는 흠칫했다. 상대도 그를 보자 아마 그만큼이나 놀란듯하다. 그도 역시 자기처럼 실직하며 할 일 없이 오늘 자갈치 사장에서 시간을 죽이러 나왔다는 것을 그는 알 수 있었다. 그들은 서로 눈 마주치기를 꺼렸다 어떤 때는 동류의식에서 안쓰러운 눈길을 보낼 때도 있지만 그것은 특별한 경우이고 서로는 서로가 직업을 갖지 못하는 것에 대해 부끄러움을 느끼며 서로의 시선을 피하는 것이 보통이었다.

그는 재빨리 시선을 어묵을 팔고 있는 가게 쪽으로 눈을 돌렸다. 그에게는 속으로 많은 생각이 떠올랐다. 그의 직업은 무엇일까? 왜 나보다 더 젊은 것처럼 보이는 나이에 시간이 많아 이렇게 한가롭게 눈요기를 하며 지내는 걸까? 실직 후 더 이상의 취직은 되지 않았던 것일까? 되지 않았다면 그 이유는 무엇일까? 그러다가 더 나아가 얼마나 괴로울까? 그도 취직을 위해 나처럼 발버둥치다 몇 번의 좌절과 의욕을 잃고 그냥 덧없이 세월을 축내고 있는 것은 아닐까. 의욕 없이 떠돌고 있다고 생각한 그를 생각하며 그는 그 끝이 자기에 대한 화살로 다가오는 것을 느꼈다. 앞으로 어떻게 해야 할 것인가? 그러나 별다른 해법을 찾을 길 없었다. 이렇게 하루하루를 축내며 의욕을 잃은 채 아무 생각 없이 살아가야 할 것 같았다.

그는 또다시 그의 몸을 사람들의 물결 위에 올려놓았다. 그는 앞으로 나아가고 있었다. 이리 받히고 저리 받히고 그러면서도 그의 몸은 조금씩 앞으로 나아갔다. 그의 눈 앞에 펼쳐진 광경마다 그는 그들이 마치 전사처럼 여겨졌다. 저들의 손발 얼굴 저들의 쉴 새 없이 움직이는 눈동자 모두가 본능처럼 움직이고 있었다. 그렇게 하지 않으면 하루라도 견디지 못할 것처럼 여기는 것 같았다. 그는 자갈치 시장 끝머리에서까지 모여 물건을 팔면서 이 거대한 도시의 많은 사람들이 먹고 산다는 것이 그냥 신기하기만 했다. 그 한편으로 그런 벌이로 수 많은 사람들이 먹고 산다는 것에 고마움을 느끼기도 했다.

꼼장어 골목, 돼지껍데기 골목 지나 자갈치 시장 끝머리다. 자갈치 시장은 이내 새벽시장으로 이어진다. 새벽시장과 경계되는 곳에서 이리저리 치이다 그는 해안로 쪽으로 나갔다. 바닷가 쪽에서도 많은 사람들이 있었다. 낚시 하는 사람, 바둑 장기 두는 사람, 낚시 도구 파는 사람, 허름한 텐트 안에서 몇몇 사람들이 장어 낚시 미끼를 꿰고 있었다. 그는 그들을 물끄러미 바라보며 장기를 두고 있는 곳에서 두 노인 서로 마주 모여 얼싸 안으며 오래만에 만난 듯 크게 웃는 것을 보았다. 장기판을 두고 비잉 둘러 구경하는 한 무더기 사람들, 낚시꾼, 낚시꾼을 구경하는 사람들, 무뚝뚝하게 장어낚시바늘을 꿰는 사람들, 그냥 우두커니 멀거니 사내처럼 시간이 많아 해지기를 기다리는 나이 든 사람들, "살아있네." "살아있네." 웃음이 없을 것 같은 그들 사이에도 살아있음에 감동한 듯 걸쭉한 웃음소리 한바탕.

그는 아무 생각 없이 그들을 보며 떨어져 나간 친구들을 생각했다. 그가 실직을 하자 느껴지는 온갖 것으로부터 단절되어가는 듯한 느낌, 비단 그것은 그가 친구들을 피했기 때문에 일어난 현상만은 아니었다. 이즈음은 전화를 거는 것도 받는 것도 뜸하였다.

그는 낚시를 하는 사람 곁으로 다가가 몇 마리나 잡았는지 보았다. 한 마리가 있다. 그러나 그는 여전히 미끼를 갈아주고 다시 당기고 몇 차례 낚시를 거두어 올린다. 그는 다시 트럭에다 온갖 만물을 싣고 다니며 팔고 있는 곳으로 다가갔다. 몇 사람이 만물상 주인 주변으로 몰려서서 열심히 칼갈이의 신비한 모습에 대한 설명을 듣고 있었다. 저들도 저런 것을 들을 만큼 시간이 많은 것일까?

갈매기, 크고 작은 배, 롯데몰, 남항대교, 크레인, 공판장, 등대 하나, 트럭, 저 편 영도 고갈산, 천마산, 영도대교, 엉성하게 쌓아놓은 나무고기상자, 부두에 부딪치는 은밀한 파도…… 그는 한동안 서서 물끄러미 그것들을 바라보았다.

남항의 모습이 주욱 펼쳐져 있었다. 영도대교 부산대교 남항대교 롯데백화점, 영도대교 위로 차들이 부지런히 지나고 있었다. 멀리 국화빵 같은 구름, 낮달, 그리고……

그는 한동안 그것들을 바다보다가 다시 시장 안으로 들어와 새벽시장 쪽으로 마저 걸어갔다. 이쪽 방면은 자갈치 시장만큼 붐비지 않았다. 시장규모는 작았고 늘어놓은 좌판도 그렇게 활발하지는 않았지만 그래도 시장이다. 그는 이번에는 사람들에 받히지 않고 의지대로 이곳저곳을 돌아보며 걸어갔다. 한결같은 것은 사람들이 많으나 적으나 그들은 하품하는 사람이 없었고 부채를 부치거나 가만 앉아 있는 사람이 없는 것이었다. 앉아서 마늘을 까거나 파를 다듬고 파리를 쫓고 있는 그들은 지구가 소리 없이 움직이는 것처럼 그들의 일을 본능처럼 하고 있었다. 새벽시장이 끝난 곳에서 다시 해안시장이 이어지고 있었다. 해안시장 사람들 역시 마찬가지였다. 사람들은 조금씩 그들의 일을 위해 소리 없이 움직이고 있었고 그가 가자 물건을 팔려는 듯 눈길을 주었다. 그는 해안시장 끝까지 가다가 더 이상 갈 수 없자 그대로 멈추어 섰다.

시장이 끝난 곳에 거대한 제빙공장이 서 있었다. 그는 그것을 물끄러미 바라보다가 뒤를 돌아다 보았다. 그가 걸어왔던 시장이 마치 원근이 잘 이루어진 그림처럼 보였다. 그는 한동안 물끄러미 시장을 바라보았다. 그러다가 갑자기 그는 무슨 생각이 들었는지 그 그림처럼 보이는 시장을 향해 다시 걷기 시작했다. 그는 발걸음을 조금 빨리 했다. 사람이 뜸해서인지 발걸음이 생각보다 가벼웠다.

자갈치 시장을 빠져나오며 중년의 사내는 깊은 자성의 죄책감에 빠졌다. 지금껏 자신이 해왔던 행동은 무엇이었던가? 불행이 무엇인지조차 생각할 겨를 없이 바쁘게 일하는 사람들, 자기가 하는 만큼 번다는 가장 명확한 인식을 갖고 있는 시장 사람들 앞에 과연 나는 무엇인가? 나약, 패배감 혹 무기력에 빠져 자신을 타기하고 학대했던 것은 아니었던가? 이러한 자신의 모습조차 그들 앞에서는 사치가 아닌가? 그는 스스로 자책하며 이렇게 하는 자신이 오히려 호강일 줄도 모른다고 생각했다. 이제껏 나란 무엇인가, 나는 누구고 무엇을 위해 살아왔던가, 왜 이렇게 아무 할 일이 없는 사람이 되어 이 바쁜 시장을 구경나온 것일까?

갑자기 그의 머릿속에는 아이들의 학원비가 떠올랐고 오늘 아침 아무 말 없이 배웅하던 아내의 무표정한 얼굴이 떠올랐다.

이래선 안된다 이래선 안된다. 갑자기 그의 마음 속에 누군가가 들어와 그를 에워싸며 '으쌰으쌰 힘내 힘내' 하고 외치고 있었다. 그는 입술을 꽉 깨물었다. 그는 불현듯 핸드폰을 만지작거렸다. 친구 가게에 일거리가 생겼는지, 다니던 회사에도 다시 일할 수 있는지, 부탁한 아파트 경비 일자리도 났는지 알아보리라. 또 그제 부산 시청에 들렀다가 본 부산의 관광지를 쉽고 재미있게 안내하는 문화 관광 해설사를 뽑는 시험에도 도전해야지 하는 생각도 했다.

실종

이상했다. 언제부턴가 그냥 이 집이 싫었다. 강남 60평대 아파트, 창문을 열면 화안히 열리는 한강, 크고 작은 빌딩들, 조그맣게 오가는 차들, 개미보다 조금 더 큰 사람들, 그리고 미모의 아내, 아들 딸의 재롱, 무엇 하나 부족한 것이 없는 집이었다. 그런데도 정우는 이 집이 싫었다. 빈틈 하나 없는 이 집이 숨 막힐 것만 같았다. 남들은 부러워 마지않는 이 집이 정우는 왜 그렇게 싫은 것일까?

아내는 아침이면 일찍 일어나 세수를 하고 화장을 하고 밥을 짓고 아이들을 깨우고 학교를 보내고 정우 또한 회사생활 하는데 모자람 없이 한다. 정우는 한 치의 오차나 빈틈없이 톱니바퀴처럼 정확히 굴러가는 이 집을 언제부턴가 벗어나고 싶었다. 아내는 오늘 아침도 정확하게 하녀처럼 말했다.

"아침을 과일로 준비했어요. 요즘 아침엔 과일식이 유행이에요. 저 누군가가 아침엔 과일식으로 해야 한다고 책에서 써놓으니 온통 산다는 집마다 과일식이지 뭐에요. 처음엔 좀 그렇더라도 차츰 익숙해지면 좋을 거에요."

그러면서 아내는 토마토, 배, 사과, 수박을 우유와 함께 내왔다. 정우 기호와는 상관없이 아내는 늘 이런 식이었다. 정우 의견은 묻지 않고 좋다고 하면 꼭 좋다는 것을 계속 고집했다. 정우가 싫다고 해도 좋은 것은 좋은 것이라며 아내도 자신의 고집을 꺾지 않았다. 아내는 자신의 판단에 언제나 자신만만해 했고 그리고 아이들도, 남편인 정우도 그녀를 믿고 따르면 되는 것처럼 행동했다.

이 집이 싫었다. 빈틈 하나 없고 먼지 하나 없이 톱니바퀴처럼 굴러가는 이 집이 정우는 싫었다. 자신을 옭아매고 있는 가정과 회사, 그리고 호사好事 모두 털어버리고 홀홀 날아가고 싶었다.

오늘도 회사를 가면서 정우는 회사를 가는 것이 아니라 집으로부터 탈출하는 것이라 생각했다. 아내가 마련해준 이 고급세단을 타고 회사가 아니라 그냥 길을 따라가다가 차가 닿는 곳에 멈추고 그냥 실종되고 싶다는 생각을 하였다. 이것은 어제 오늘 생각한 것이 아니었다. 아주 오래전부터, 아니 아내와 살고부터 그런 생각은 끝없이 이어왔다.

아내는 정숙한 여인이다. 하등 정우가 탈출하고 싶을 만큼 미숙하거나 잘못을 저지르는 그런 여자가 아니다. 그런데도 정우는 지금 아내로부터의 탈출을 준비하고 있다. 왜 그런지 모른다. 그리고 그것은 정말 자신이 이 집이 싫다고 느낀 감정이 아주 최고점에 달했던 어느 날 정우는 자신을 실종시켜버렸다. 물론 아내와 아이들에게는 한 마디 하지 않았다. 회사로 간다는 핑계를 대고 차를 회사 차고에 대자마자 정우는 그대로 회사를 빠져나와 근처의 지하철로 갔다. 쫓기듯 아무 전철이나 집어 탔다. 몇 호선인지 모른다. 그러다가 서울역에 오자 쫓기듯 서울역에서 내렸다. 그리고 망설임 없이 포항행 열차표를 끊었다. 왜 갑자기 그런 생각이 들었는지 모른다. 그러나 그것은 왜냐고 설명할 수 있는 것도 아니었다. 다만 정우에게 그것은 본능이라는 말로밖에 설명할 수밖에 없다. 이 갑갑하고 닭장 같은 집을 벗어나고 싶었다. 이 거대한 밀생의 도시를 벗어나고 싶다.

얼마쯤 지나자 정우는 그렇게도 호흡하고 싶었던 산과 나무와 들과 하늘을 보게 되었다. 정우는 비로소 갑갑했던 속이 풀리면서 숨이 크게 쉬어졌다. 얼마나 그리던 바인가? 늘 보이지 않는 쇠사슬에 묶여 하루하루를 살아가는 것 같던 서울 생활은 자신에게 맞지 않는 옷을 입은 것 같은 불편함을 주었다.

열차는 잘 익은 벼를 양옆에 두고 달렸다. 어떤 곳을 지날 때는 축제라도 하는지 허수아비가 주욱 줄을 늘어서 있었다. 푸른 하늘에 베어먹은 사과 같은 구름이 떠 있었다. 저 멀리서 참새 떼가 모래 뿌린 듯 까맣게 날아올랐다. 속이 트이고 머리가 맑아지고 숨이 편해졌다. 그 성냥갑 같은 도시에서 벗어나자 이렇게 툭 트이는 것을 무엇이 두려워 여지껏 망설이고 있었던가? 회사에서는 처음엔 조금 의아해하다가 그냥 제 자리로 돌아갈 것이다. 나 하나 없어져도 돌아가지 않는 회사라면 그것은 회사라고 이름 붙이기도 부끄러운 회사일 것이다. 아마 내일쯤 되면 집에서는 난리가 나겠지. 내게 전화를 걸고 친정과 시가에 전화를 걸고 어쩌면 실종신고라도 낼지 모르리라. 여지껏 한번도 이런 일이 없었으므로. 한 번도 이런 적이 없던 나의 행동에 아내의 놀람도 매우 크리라. 그리고 어쩌면 나보다 주변의 체면 때문에, 인간인 나보다는 집에 가장이, 아이들의 아빠가 없다는 핑계로 더욱 소란을 떨지도 모르리라. 아니 어쩌면 아내는 나를 믿고 아이들도 나를 믿고 그래서 하루쯤 조금 이상해지더라도 아내는 아무런 반응이 없을지도 모르리라. 오히려 후자 쪽이 더 맞을지도 몰랐다.

그러나 어쨌거나 정우는 그날 자신을 실종시켜버렸다. 기차를 타고 가면서도 마음은 벌써 포항에 가 있었다. 슬플 때나 기쁠 때나 말없이 찾아와 거닐던 그 바다, 정우는 머릿속에서 영일만을 떠올리며 소년이 되어 영일만의 여기저기를 술래잡기하듯 돌아다니는 자신을 보고 있었다. 정우는 또 포항 시내를 자신감 넘치게 활보하는 자신을 보았다. 고향이나 다름없는 포항에서는 왠지 자기가 주인공인 것 같고 여유가 생겼고 집에서 회사에서 꽈악 자신을 조여 매는 듯한 압박 속에서 풀어져 제대로 숨이 쉬어지는 것 같다.

"어머 오빠, 아니 여기 웬일이셔요?"

정우가 막 기차에서 내려 시내로 향하는 버스를 타러 갈 때였다. 갑자기 한 아가씨가 반갑다는 듯 다가왔다. 한눈에도 알 수 있는 그녀 동생인 은영이었다.

"아, 은영이, 반가워, 그냥 왔어. 늘 한번 내려 오겠다고 마음 먹고 있었는데 마침 용케 시간이 나더군."

"왜 혼자셔요. 미숙이는 어쩌구?"

"모든 것 벗어버리고 홀가분히 그냥 나 혼자 오고 싶었어."

"어머, 오빠 낭만적이시네. 아직 그런 용기가 있는 걸 보니. 그래, 포항에서 어떻게 하실 생각이세요. 설마 그냥 무작정 내려오신 것은 아니겠지요?"

"아니, 그냥 내려왔어. 생각나는 대로 걷다가 또 동해안을 따라서 올라갈 생각이야."

"그러세요. 그럼 제가 안내해드릴게요."

"직장은 괜찮니?"

"저, 그럴 힘 있어요. 그리고 포항 오는 분 안내를 맡는다고 하면 시간 낼 수 있어요."

정우는 은영이가 시청 관광과에 근무하고 있다는 것을 기억했다. 시내에 들어서자 정우는 은영이에게 물었다. 그러다가 이내 실수한 것을 알았다. 아니 묻지 말았어야 했다.

"언니는 잘 지내?"

"네, 그냥 잘 지내요."

정우와 언니의 관계를 너무도 잘 알고 있던 은영이는 더 깊게 들어가려고 하지 않았다. 은영이는 구룡포로 차를 몰았다. 구룡포는 일제 강점기 때 일본 사람들이 동해안 어업 전진기지로 삼은 어항이었다. 오징어 배와 과메기를 잡으러 가는 배들이 늘 불야성을 이루었다. 그러나 아버지가 포항 시내로 집을 옮기는 바람에 정우는 구룡포에 대한 기억은 더 이상 없었다.

"형부와는 잘 지내?"

정우가 은근히 그녀가 어떻게 지내는지 떠볼 심산으로 은영이에게 물었지만 그녀는 관심없다는 듯 건조하게 받았다.

"잘 지내요. 그런데 오빠 미숙이는 어떠세요?"

"아내? 응 그냥 잘 지내."

아내는 선영이가 병원 의사와 결혼하자 신경질적으로 택해버린 여자였다. 아내의 집안이 포항에서 꽤 알아주는 졸부였다. 땅 장사를 통해 일가를 이룬 집안이었다. 그녀가 정우를 좋아했기 때문에, 그리고 그녀의 집이 꽤 부자라는 것을 알고 있었기 때문에 정우는 빠르게 결혼을 했다. 그녀의 집이 부자라는 것은 아무것도 없는 정우의 서울 생활에 큰 도움을 주었다. 팍팍했던 서울 생활은 그녀와 결혼을 함으로써 아무 노력 없이 정우는 중산층으로 올라서게 되었다. 물질적인 면에서 그녀는 참으로 도움을 많이 주었다. 결혼이란 이렇게 도움을 주고 받을 수 있는 거로구나. 그래서 서로가 자기보다 더 나은 상대를 찾으려고 그렇게 노력하는 거로구나. 아내는 자신에게 부족한 무엇인가를 정우로부터 얻으려고 했던 것일까?

그러나 선영이를 사랑했던 정우의 감정은 그렇게 결혼했다고 해서 가려지는 것은 아니었다. 아내는 결혼한 이후로 한 번도 자신의 집안이 부자라는 이유로 결단코 정우를 무시하지 않았다. 오히려 그런 것이 혹 정우에게 자격지심이라도 줄까 봐 조심하였다. 아내는 정우의 성공을 위해 그리고 아들 딸을 키우는데 소홀히 하지 않았다. 그녀는 아내로서, 엄마로서 좋은 처신을 해왔다. 나쁜 것이 있다면 오히려 정우가 그런 아내를 별로 탐탁지 않아 했다는 것뿐이었다. 이래서는 안된다는 것을 알면서도 정우는 이상하게 아내에게 마음이 가지 않았다. 아내를 이리저리 피했다. 그러면 그럴수록 아내는 더욱 자신이 잘못한 줄 알고 조심하는데 정우는 그것이 답답했던 것이었다. 그녀도 자신을 같이 미워했다면 정우는 차라리 마음의 부담을 덜었을지도 몰랐다. 그러면 지금과 같은 이런 자신을 실종시켜버리는 일은 없을지도 모르리라. 정우는 그녀의 치명적인 정숙함이 싫었던 것이다.

"오빠 기억나요. 이 성당?"

구룡포에 닿았을 때 먼저 그녀는 정우를 구룡포 성당으로 데려다주었다.

"신부님도 이젠 바뀌었겠지."

"그 신부님 돌아가셨어요. 오빠는 세월을 잊고 사시나 봐요. 그때가 벌써 언젠데."

그때 선영이와 함께 하기 위해 그 신부님을 찾아갔었다. 기독교에서 천주교로 개종하면서 신부님께 세례를 부탁했다. 신부님은 우리들의 사연을 듣고 흔쾌히 세례를 주었다. 그때가 오순절 무렵이던가.

신부님은 정우 머리를 짚고 기도문을 외웠다. 오순절 미사와 함께 그날부터 정우는 기독교 신자에서 천주교 신자로 바뀌었다. 그녀는 독실한 천주교 신자였다. 그녀와 함께 하겠다는 정우의 생각은 모태신앙이던 기독교를 천주교로 개종케 했다.

정우는 구룡포 성당을 둘러보고 낯익은 구룡포 거리를 걸어보았다. 동해안 한 구석에 처박혀 있어 그만큼 중앙으로부터 멀기 때문일까? 그때나 이제나 별 달라진 모습을 느끼지 못했다. 일제 때의 거리를 그대로 보존하려는 시청의 정책도 구룡포가 근대도시로 나아가게 하는데 방해가 되는 것 같았다.

이어 은영이는 다시 정해진 코스인 듯 호미곶 광장으로 차를 몰았다. 처음 와본 곳도 아니었다. 포항을 올 때마다 수없이 가보았던 곳이었다. 모든 것이 여전했다. 사람들은 등대 주변으로 몰려들면서 여기저기서 그들 나름의 여행의 즐거움을 즐기고 있었다. 등대박물관은 그대로인데 달라진 것은 찾는 사람들이 달라 있었을 뿐이었다. 울긋불긋 옷차림도 가을 단풍 못지않게 화려했다. 등대에서 바라보는 바다는 옛날 그 모습 그대로 변하지 않고 출렁대고 있었다.

그녀가 결혼한다는 소식을 은영이로부터 듣고 정우는 그것이 정말인가 싶었다. 정말 언니가 결혼한다니? 너 거짓말 할래 아니지? 아니지? 그녀의 동생으로부터 그녀의 결혼 소식을 듣던 날 정우는 눈물을 삼키며 이 호미곶 등대로 왔다. 바다를 바라보며 한없이 한없이 눈물을 삼켰다. 그리고 그녀가 떠난 후로는 그녀가 생각이 날 때면 이 호미곶 등대를 말없이 찾아와서 한없이 등대를 바라보았다. 저 등대가 무슨 희망을 주는 것은 아닐까? 그 무엇이 있지 않을까?

아내와의 결혼은 실로 순식간에 이루어졌다.

"오빠, 왜 그래요. 오빠처럼 현명하고 냉철한 사람이 그까짓 언니 때문에 이렇게 시름에 빠지다니? 이제 어쩌겠어요. 잊어버릴 것은 빨리 잊어야지."

은영이는 갈피를 잡지 못하고 방황하고 있는 정우를 마치 어린아이 달래듯 정우 앞에서 말했다. 그리고 그녀 친구인 지금의 아내를 소개한 것이었다.

아내와의 결혼은 아내가 어떤 사람이라던지 정말 사랑하는지 이런 것은

162

접어버린 채 단지 선영이에 대한 실망과 미움으로 무작정 한 결혼이었다. 만일 그녀 동생인 은영이가 소개하지 않았더라면 정우는 어쩌면 결혼하지 않았을지도 몰랐다.

정우는 바다 가까이 가서 그리고 그때가 생각나서 바다를 뚫어질 듯이 바라보았다. 선영이가 자신의 행복을 찾아 떠나간 후 한때 정우는 그녀의 동생인 은영이를 그녀 대신으로 결혼하겠다는 생각을 한 적도 있었다. 그러나 한 집에서 그녀와 마주쳐야 한다는 것이 정우를 자꾸만 저어케 했다.

은영이가 시청 일 때문에 내일 다시 오겠다는 말과 함께 가버린 후 정우는 천천히 걸으며 일대를 돌아보았다. 호미곶 광장에 설치물도 많이 들어섰고 예전과 달리 많이 화려해져 있었다. 그러다가 정우는 문득 오어사를 가보아야 겠다는 생각을 했다. 갑자기 오어사에 있다는 친구가 생각났기 때문이었다. 친구는 고등학교를 같이 나오고 포스텍으로 진학한 것으로 알았는데 언제부턴가 실종되었다는 소식이 떠돌더니 한 학기가 지나서 불국사에 있다는 소식이 들렸다. 그러더니 수년 후 다시 오어사에 있다는 소식이 들렸다. 정우는 택시를 탔다. 그러나 그는 오어사 본절에도 원효암에도 어디서나 없었다.

그날 밤 대왕암 근처 감포의 한 호텔에 머물면서 정우는 슬며시 폰을 열어보았다. 모든 것을 차단한 채 자신을 실종시키고 싶었지만 그래도 폰에 무어가 왔는지 궁금했다. 그러나 예상대로 폰에는 아무런 변화가 없었다. 그 큰 회사에서도 정우 하나 없다고 해서 돌아가지 않을 것도 아니었다. 정우는 다시 폰을 닫았다. 당분간 아무 생각 없이 하고 싶은 대로 하며 지낼 생각을 하였다. 한 며칠간 자신을 실종시켜 동해안 일대를 따라 걸을 생각을 했다. 집에서도 정우의 자리는 없었다. 정우가 없더라도 아내와 아이들은 살아나갈 것이고 정우가 없어져도 회사는 굴러갈 것이었다.

이튿날 은영이가 호텔 앞에 미리 차를 대기해놓고 있었다.

"잘 주무셨어요?"

"그냥, 그런데 이상하지. 집이 아니어서 그런지 찜찜해. 생각은 밝게 잔 것 같았는데 깨고 보니 그런 것이 아니네."

"집 떠나면 개고생인 것 아시죠. 집이 좋은 거에요. 혹 오빠 미숙이와 문제 있는 거 아니에요?"

"아니, 그냥 이 포항에 오고 싶었어. 어릴 적 생각도 나고."

"고향 생각도 좋지만 오빠한테 좋은 기억이 아닐텐데 뭐가 좋다고 고향이랍시고 찾아와요?"

"아니 오고 또 오고 싶었어. 이제 추억으로만 남은 고향이지만 나이 들수록 더 그래 너도 고향을 떠나 봐."

"그럼 저는 뭐 고향을 떠나고 싶지 않았겠어요. 고향을 떠나지 못했던 것은 순 부모님의 행패였어요. 여자가 떠나있어 보아야 뭐하냐고, 저는 포항을 떠나고 싶은데요. 포항에서 나고 자라고 포항에서 살다가 포항에서 죽는 것이 죽기보다 싫었어요."

"남편은 잘 있어?"

"저, 이혼했어요."

"언제?"

"오래되었어요. 벌써 삼 년도 지났는 걸."

그 말을 듣자 정우는 순간적으로 가슴이 놓이는 것을 느꼈다. 순간이나마 아내와 이혼하고 지금 옆의 은영이와 재혼하면 어떨까 싶은 생각이 들었다. 은영이는 예나 지금이나 정우에게 많은 감정적인 도움을 주고 있었다. 선영이와 헤어지고 나서도 그랬다.

"남자들에게 바람은 숙명인가 보아요."

그녀는 애잔하게 말했다. 정우는 그 말을 통해 그녀가 왜 이혼을 하게 되었는지 대강 짐작이 갔다. 정우는 말을 돌렸다. 그녀가 남편에 대해 증오의 감정을 드러낼 것 같았기 때문이었다. 은영이의 남편은 정우도 알만한 사람이었다. 포항에서야 다 그게 그런 것이었다.

아침에 드라이브를 하고 싶다며 그녀는 차를 보경사로 몰았다. 보경사 하면 그 이북 식당 아줌마가 생각났다. 함흥 식해를 내주던 할머니, 나이가 팔십이 넘었는데 아직도 식당을 운영하고 있는지 모르겠다. 그때가 십여 년 전인가 그랬다. 보경사 하면 떠오르는 것이 이상하게 그 할머니였다. 정우가 가자 그 할머니는 옛날 된장국 밥상에 그녀의 고향 음식인 함흥 식해를 내놓았다. 입에 맞지 않았지만 그 할머니의 정성이 고마워서 그 식해를 맛있는 듯 먹었다. 역시 예상한 대로 가게는 문이 닫혀 있었고 안의 집기도 장사 안한 지 오래된 듯 먼지가 쌓여 있었다. 인기척도 없었다. 남편이 육군 중령 출신이라고 했다. 연금이 있어 이까짓 식당 하지 않아도 먹고 사는 데는 문제가 없다고 했다. 내연산 12폭을 은영이와 갔다 왔다. 그녀는 이곳을 자주 찾았던 듯 오래간만에 걷는 정우보다도 훨씬 발걸음이 경쾌했다.

"자주 오는가 봐?"

"네, 자주요. 매우 자주요."

그녀는 강하게 반복해서 말했다.

"특별한 일이라도 있어?"

"그냥 이혼하고서는 이곳을 생각날 때마다 왔어요. 그냥 외로움, 괴로움이 모든 것이 12폭을 걷다 보면 그냥 사라지는 것을 느끼고는 했어요."

갑자기 그녀의 목소리가 쓸쓸해졌다.

"나한테 들키니까 남편이 먼저 그러더군요. 서로를 위해서 이혼 하자구. 싸우지도 않았어요. 서로가 이런 면에서는 냉정하였으니까. 다툴 것도 없구 비교적 쉽게 헤어졌어요."

정우는 아무 말도 안했는데 그녀는 자기가 왜 이런 말을 하는지 모르겠다는 듯 말해놓고 웃었다.

"오빠, 여기 기억나요? 선영이 언니와 함께 성당에서 소풍 나왔던 곳이잖아요."

"그때가 부활절 무렵이던가?"

"네 맞아요. 그때 참 언니가 오빠와 꼭 이루어지길 바랐는데."

"그런 이야기 그만해."

정우는 은영이 말을 탁 끊으며 다 지나간 이야기라는 듯 애써 외면했다. 그러나 그녀는 더욱 집요하게 물고 늘어졌다.

"오빠 버리고 간 선영이 언니 불행했으면 좋겠어요. 그런데 엄청 잘 살아요. 아들, 딸 낳고 지금 포스코 연구실에 있어요. 그것도 실장으로 밉지 않아요? 나도 우리 언니지만 정말 오빠 생각하면 미워죽겠어요."

"잘됐지. 나한테 왔으면 그렇게 되었겠어?"

"왜? 오빠가 어때서요? 언니가 오빠를 버리고 택한 형부지만 내 눈엔 오빠가 훨씬 더 멋진데."

"고마워, 그렇게 보아주니."

따지고 보면 정우는 그런 칭찬받을 만한 인물이 못되었다. 정우가 하는 일이란 것이 실적을 요하는 것은 아니지만 회사 사람들 간의 부대낌이 많은 곳이었다. 이렇게까지 하면서 살아야만 하는 것인가, 서로 상대를 미워하며 산다는 것이 얼마나 피곤한 일인가, 그리고 회사도 열정을 쏟을 만큼 그런 곳이 못되었다. 그저 마지 못해 다니는 직장이었다.

"지금 집에서 미숙이는 어떠세요. 잘해주지요. 완벽한 아이예요. 학교에 있을 때도 남달랐어요. 리더십도 있구요."

"그래 똑똑한 여자지."

"아니, 목소리가 왜 그래요. 마치 미숙이가 잘못해주는 것처럼 여겨지는데."

"아, 아니, 좋은 여자지."

정우는 또 영혼 없는 목소리로 말했다.

은영이는 한번 힐끗 쳐다보더니 더 이상 묻지 않았다. 정우 표정으로나 말투로나 알았으리라.

보경사를 둘러 돌아오는 길에 들렀던 곳은 칠포와 월포해수욕장이었다. 여름이 지난 해수욕장은 쓸쓸하기조차 했다. 이따금 이런 쓸쓸함을 즐기려는 사람이 있을 뿐이었다. 그녀는 자기도 오래간만에 바닷가에 나온 듯 하염없이 바다를 바라보았다. 이런 바다가 참으로 오래간만이다는 듯,

"오빠, 그때 그 할아버지 기억하세요. 왜 그 이북 할아버지?"

"기억나. 바닷가에 나와 자주 연을 날렸지."

"그 할아버지 돌아가셨어요. 그렇게 북쪽에 있는 가족을 그리워하더니 결국 가족을 만나보지 못하고 돌아가셨어요."

"참 좋은 할아버지셨는데."

"무엇이 그렇게 그 할아버지를 가족을 그리워하게 하였는지 모르겠어요."

"글쎄, 아마 연이 아니었을까? 연이 그리움을 불러온 것일 거야. 연을 보면 그 출렁임이 손에 와 닿거든. 그래서 시간이 나면 그 할아버지는 이 바닷가에 나와서 연을 날렸겠지."

그 할아버지는 시간이 날 때마다 나와서 연을 날렸다. 그 할아버지가 돌아가셨다. 그런데 정우에게 큰 슬픔으로 와 닿지 않았다. 은영이는 정우가 그 할아버지를 좋아했던 것을 기억하며 고향에서 일어났던 일을 얘기해주

려고 하는 것 같았지만 정우는 이상하게 별 감흥이 없었다. 홍해로 나와서 우리는 점심을 먹었다. 한 이층집 레스토랑으로 들어가면서 그녀는 또다시 물었다.

"오빠, 정말 미숙이한테 허락받고 온 거예요?"

"허락받고 말고가 어디 있니? 내려오고 싶으면 오는 거지."

"그래도 오빠가 미숙이 몰래 온 것 같아서 그래요."

정우는 불현듯 다시 폰을 열어보면서 혹 내게 메시지나 카카오톡이 와 있을까 싶어서 확인해 보았다. 그러나 역시 집에서는 아무 연락이 없었다. 집에서 있으나 마나라고 여겼던 것일까. 아이들도 그렇고 아내도 그렇고 정우는 그냥 집에 얹혀 있는 느낌이었다. 그런 것은 정우의 잘못이라기 보다는 처음부터 우리 가정은 완벽한 아내에 의해 이루어졌고 정우는 그냥 얹혀져 있는 것일 뿐이었다. 아이들은 모두 아내 편에 있었다. 언제부터인지 모른다. 그런 것은 정우가 아내를 싫어하게 되고 이 가정이 싫다는 것으로 변하게 하였다. 정우는 겉돌았고 그리고 이 소굴을 벗어나고 싶다는 생각을 하게 하였다. 경제권은 모두 아내에게 있었다. 아내는 정우를 깍듯이 남편으로 대해 주었지만 그 숨 막힐듯한 완벽함은 정우를 질리게 하였다. 자격지심일까? 몇 번이나 이 집으로부터의 탈출을 꿈꾸었고 몇 번이나 자신과 아내의 관계에 대한 질문을 던짐으로써 애써 가라앉히려 했지만 쉽게 가라앉지 않았다. 정우는 이혼까지도 생각했다. 이게 산다고 할 수 있는 것일까? 정우는 이 정이 없는 집, 아니 이 가정이라는 사무실을 뛰쳐나가야겠다는 생각을 늘 해왔다. 그리고 마침내 실행했던 것이다.

아내와의 사이에 싸움이나 큰 소리는 없었다. 그냥 우리 집은 사무실이나 다름없다고 생각할 뿐이었다. 애정이 없는 집, 그런 생각을 하며 정우는 자꾸만 은영이에게로 기울어졌다. 그녀가 이혼했다는 사실은 정우의 이런 마음을 더욱 그녀에게 끌리게 하였다.

은영이는 이번에는 해안을 따라 달렸다. 호미곶을 달려 구룡포를 지나 장기읍성까지 드라이브를 했다. 지금까지와는 달리 바다를 보며 달리니 눈이 한결 시원했다. 정우는 그 옛날 그녀와 함께 자전거를 타고 이 길을 갔던 기억을 더듬었다. 다 부질없는 일이었다.

"오빠 장기읍성 기억나요? 왜 오빠 친구 성석 오빠?"

"기억나지."

"지금 여기 초등학교에 근무하고 있어요. 만나보실래요?"

"그만둬 수업 중일 텐데 찾아가서 방해만 하는 거지."

"오빠한테 미숙이 뺏기고 나서 얼마나 울었는지 아세요?"

"뭐?"

"성석 오빠가 미숙이에게 얼마나 공들였다고요. 그런데 그것도 모르고 나는 미숙이를 오빠한테 소개했고 성석 오빠가 그런 줄 알았다면 오빠한테 미숙이를 소개하는 것이 아니었는데 제 잘못도 커요. 아직 결혼 않고 있어요."

"……"

놀라웠다. 성석이가 아내를 사랑했다니? 정우가 선영이를 잊지 못하듯 성석이는 아내를 잊지 못하고 있는 것인가? 정우가 만일 아내와 이혼을 한다면 아내는 성석이와 재혼을 할 것인가 정우가 바로 선영이를 못잊듯이. 다시 해안 길을 따라 양포를 지나 구룡포까지 왔다. 어제 보고 오늘 다시 보아도 물리지 않는 익숙한 거리였다. 어제 볼 때는 그렇게 우울하게 보였던 것이 오늘 은영이와 함께 다시 보니 우울한 감정은 사라지고 그냥 정겨운 고향의 거리로 돌아와 있었다. 은영이는 나를 시장과 일본인 거리를 데리고 다니면서 변한 구룡포에 대해 말해주었다.

그러나 정우는 그것보다 구룡포 언덕에 올라보며 바다를 내려다보고 싶었다. 오징어잡이 배가 출어를 앞두고 한창 수리하고 있었다. 무엇보다 저런 생동감이 있는 구룡포가 좋았고 그런 배가 떠 있는 구룡포 앞바다가 좋았다. 언덕에서 구룡포 앞바다를 내려다보며 그녀를 생각했다. 구룡포 근대 거리에서는 때마침 과메기 축제를 앞두고 어수선했다.

　"오빠 생각나요? 오빠가 서울서 전학왔을 때 여자애들이랑 남자애들이 따라다니며 놀렸던 거."

　"기억나지. 그런데 나는 하나도 슬프지 않았어. 언니를 보았으니까. 언니가 있다는 것을 알았을 때 오히려 기뻤어. 서울에서도 언니 같은 애는 없었어."

　"저 그건 오빠가 선영이 언니만을 생각했기 때문일 거에요. 서울엔 예쁜 애들이 얼마나 많은데."

　"그렇지 않았어. 선영인 정말 예뻤어. 이건 내가 아니더라도 마찬가지였을 거야."

　먹고 살기 위해 포항제철 잡부로 내려온 아버지를 따라 우리는 시내보다 돈이 덜 드는 구룡포에 정착했다. 구룡포에서의 생활은 그야말로 바닷가 소년처럼 놀고 먹고 뛰노는 생활이었다. 그때만 해도 이렇게 발전하지 못했던 구룡포는 오래된 낡은 어항일 뿐이었다. 서울과는 달리 구룡포의 생활은 단조로움이 계속되는 생활이었다. 그렇게 바다와 교회 밖에 몰랐던 정우에게 그녀는 희망과 꿈이 함께 어우러지는 세계였다. 그녀가 좋아서 이 구룡포에 오래 남기를 원했다 그녀의 집은 성당 근처에 있었다. 초등학교 교장 선생님의 따님이기도 했던 그녀는 서울 소년이었던 정우의 마음을 마구 들쑤셔 놓았다. 그냥 흡입했다는 말이 옳을 것이었다. 그녀 이외에는 여자가 없는 것으로 알았다.

"선주 이 씨도 잘 계시겠지?"

"돌아가셨어요. 간경화라고 하던데."

"은영인 구룡포에 대해 모르는 것이 없네."

"제가 시내에 있지만 구룡포 중심을 담당하고 있어서 구룡포엔 툭하면 달려오고 있잖아요. 여기 살았었는데 자연 그때 그 사람들도 관심이 가지요."

선주 이 씨는 홀아비였다. 아내에 대한 순정파였다. 아내가 죽어 주위 사람들이 재혼하라고 하는 데에도 재혼 않고 첫 아내를 그리며 홀아비로 살고 있었다. 어렸을 때는 당연한 것으로 알았는데 어른이 되어서는 선주 이 씨의 순애보가 눈에 그려지면서 선주 이 씨의 인생이 눈에 밟혀지는 것이었다. 더군다나 그는 큰 배를 한 척 가진 선주였다. 마음만 먹는다면 주변의 여인들을 마음껏 유린할 수도 있었다. 나도 그러리라. 나도 선영이와 결혼하면 선영이가 죽더라도 혼자 살리라. 한때 정우는 그런 생각을 가진 적도 있었다.

"오빠, 이거 기억나요?"

그녀는 초등학교 앞에 있는 나무를 가리켰다.

"음 기억나지. 어렸을 때는 나무에 그네를 매달고 놀았는데."

"그때 영민이가 다쳐서 선생님이 뛰어오고 수리 조합장인 영민이 아버지가 쫓아오고 학교에 난리가 났었잖아요. 임용고시에 번번이 실패하더니 수협 공채에는 단번에 합격을 하잖아요. 또 그게 적성이 맞다고 해요. 자주 만나는 편인데."

"그래 참 좋은 친구였지. 자기보다 남을 위해 애쓰던 친구로 기억되어."

"부인하고 사별하고 지금 혼자 있어요."

그 친구는 성실했다. 그런데 이상하게 임용고시에 번번이 실패했다. 서너 번 치는 것 같더니 이내 진로를 바꾼 모양이었다. 영민이는 정우의 모든 것을 털어놓을 정도로 친한 친구였다. 유일하게 정우가 선영이를 얼마나 사랑했는지 언젠가 말한 적이 있었다. 물론 정우가 아내와의 관계를 회복했더라면 이런 이야기는 하지 않았을지도 모른다.

은영이는 구룡포를 지나 정우에게 꼭 보여줄 것이 있다며 영일만 바다를 끼고 구룡포에서 임곡까지 차를 몰아 연오랑세오녀 테마공원으로 정우를 안내했다. 휴일이 아니었는데도 공원에는 적잖은 사람들이 있었다. 유치원에서 놀러 온 아이들, 관광버스에 실려 온 사람들, 그리고 자가용을 몰고 온 가족 단위의 사람들이 성글지만 그래도 테마 공원 곳곳을 메우고 있었다. 정말로 연오랑세오녀가 타고 온 쌍거북 바위가 있을까 무엇보다 궁금했다. 전설이란 것이 증거물을 바탕으로 한 것인데. 그런데 얼마쯤 걸어가자 쌍거북 바위가 나타났다. 테마공원 안에 바위가 올려져 있는 것이 좀 아쉽다는 생각을 했다. 쌍거북 바위라면 바닷가에 있는 것이 오히려 설득력이 있지 않을까. 전설 내용이 적혀 있었다. 어려서부터 수없이 들었던 내용이었다.

그런데 이상했다. 그것을 보자 마음이 급박히 울렁거렸다. 평소에 아무렇지도 않게 생각되어진 연오랑세오녀 이야기가 새롭게 부각되는 것이었다.

"저걸 보고 무얼 느끼셨어요?"

"연오랑세오녀 대단하지. 그 전설이 의미하는 것이 무엇일까? 아니 이게 전설인지 신화인지 어느 쪽에 더 비중을 두어야 하는 것인지 헷갈리네. 만일 신화 쪽에 의미를 더 둔다면 연오랑세오녀가 태양신 숭배로까지 격상될 수 있겠지만 전설로 조금 낮추면 사랑 이야기, 나는 연오랑과 세오녀의 사랑 이야기 쪽에 비중을 두고 싶어."

"어휴 오빠 여전히 생각이 깊어요. 많은 사람들이 그냥 그대로 지나치는

데 오빠는 이것이 전공이 아니면서도 생각하는 차원이 다른 거 같아요."

"글쎄, 내가 왜 이공계를 택했는지 모르겠어. 지금 하는 일도 그렇고 차라리 문학을 했다면 훨씬 나 다웠을 텐데."

"그래도 오빠 지금 그 자리에서 그렇게 생각하는 것이 더 멋있어요. 실제 오빠가 문과를 택했어 봐요. 지금 같은 그런 생각은 떠오르지 않았을 거에요. 그런데 오빠 저 설화 한번 곰곰이 생각해 봐요. 뭔가 이상하지 않아요? 거북이 쌍거북이에요. 그리고 연오랑과 세오녀, 이별과 만남, 왕과 왕비, 해와 달이 졌다가 다시 뜨고…… 이분법의 구조, 부부란 이 세상 어떤 것보다 숭고하고 파괴할 수 없는 것이라는 것을 나타내고 있는 것 같지 않아요. 만일 그 구조를 파괴하려 드는 것이 있다면 어떻게 해서든 그 관계를 회복하려 한다는 것을 암시하는 것 같은, 그것은 사랑이나 미움 같은 인간의 인위적인 감정보다 훨씬 근원적인 것이 아닐까요?"

"날카롭군."

"원래 이 방면을 전공했기 때문에 조금 다르게 보았을 뿐이에요. 우리 인간 사는 것을 보면 그런 일이 얼마나 많겠어요. 그때 연오랑세오녀가 조금은 위안이 되지 않을까 싶어요. 그런데 그러면서도 조금 아쉬운 것은 왜 연오랑은 세오녀를 먼저 찾지 않고 세오녀가 연오랑을 찾았을까 하는 거에요. 오빠 미숙이하고 문제가 있지요. 오빠가 혼자 내려왔을 때 눈치를 챘어요. 그리고 오빠가 어릴 적 고향을 찾았을 때 더욱 확신을 얻었어요. 오빠, 미숙이 말은 않지만 오빠 때문에 마음 엄청 상하고 있을 거에요. 오빠는 선영이 언니를 생각하지만 그리고 아직도 선영이 언니를 잊지 못하고 있지만 그러나 첫사랑은 깨어진 거울일 뿐이에요. 다시 기울 수 없는."

정우는 망치로 한 대 얻어맞은 것 같았다.

"날카롭군. 은영인 언제나 그랬어. 현명하고 판단력도 빠르고 그런 것이

늘 부러웠는데 난 아무리 해도 그게 안 돼."

"그리 깊게 생각하지 마세요. 간단해요. 첫사랑이란 게 그냥 첫사랑일 뿐이에요. 아무리 발버둥쳐도 되돌릴 수 없는 거에요."

"연오랑세오녀를 두고 그런 생각을 했다는 것이 놀라워."

정우는 그냥 멋적게 내뱉었다. 그녀는 더 이야기를 하려고 했지만 정우가 말을 못하게 막았다. 그냥 이 공원을 나가려고 했다. 정우의 반응에 놀랐음일까. 그녀는 아무 말 없이 차를 몰아 주었다.

"오빠, 저기 바닷가 같이 가서 걸어요."

"그래."

정우는 그녀와 임곡 바닷가를 걸었다. 바닷물이 파도를 따라 밀려왔다가 다시 밀려났다. 돌을 주워 바다를 향해 던졌다. 그녀가 웃었다. 정우는 바다를 바라보았다. 한없이 그 시절을 떠올리며 그리워했는데 머무르고 싶다고 해서 머무를 수 있는 것도 아니었다. 지난 세월을 물릴 수가 없다고 생각했다. 정우는 문득 집으로 가야겠다고 생각했다.

"오빠, 오늘이 내려온 지 이틀째인가 봐요. 미숙이가 걱정할텐데."

"응, 나를 실종시키고 싶었어. 이 집, 이 가정이 싫었어."

정우는 은영이한테 기어코 실토하고 말았다.

"어쩌면 오빠가 생각하는 실종이 다른 사람들에게는 가져보지 못한 행복일지도 몰라요. 오빠, 그만 방황하고 서울로 올라 가서요. 내가 역까지 데려다 드릴게요."

그녀는 정우에게서 무엇을 읽은 것일까? 정우는 아무 말 않고 고분고분 은영이가 시키는 대로 그녀의 차를 탔다. 그녀는 포항역에 정우를 내려놓고는 뒤돌아보지도 않고 내빼듯이 가버렸다.

정우는 불현듯 KTX를 탔다. 그리고 아무런 일도 없었던 것처럼 집으로

들어갔다. 아내는 정우 표정을 살피며 매우 조심스러워했다. 정우는 그냥,

"출장 좀 다녀 왔어. 너무 바빠 말을 못했어."

하고 아무렇게나 얼버무리며 샤워실로 갔다. 아내는 아무 말이 없었다. 모든 것을 정우 눈치를 보며 정우 의지대로 맡겨두고 있었다. 이튿날 아침 정우는 아무런 일이 없었다는 듯 회사로 갔다. 아무도 정우의 실종에 관심을 갖는 사람들은 없었다. 실제 정우가 어제와 그제 이틀 회사를 나오지 않았다는 것을 아는 사람도 없었다. 정우는 이내 자리에 앉았다. 평소처럼 점심 시간이 되어 점심을 먹었고 그리고 퇴근 시간이 되어 퇴근을 했다. 또다시 평범한 하루가 시작된 것이었다.

따뜻했던 어느 봄날

퇴직 이후 1년간은 정말 별다른 취미도, 하는 일도 없이 지낸 그야말로 무료하고 질퍽한 시간들이었다. 조금씩 다른 사람들이 하는 일에 관심을 가져보기도 했지만 흥미를 더하지 못하다 보니 그냥 잠깐 하다 말고 하다 말고 만을 반복했을 뿐이었다. 그 또래의 많은 사람들이 참 바쁜 세월을 보내왔다는 말도, 세상 참 많이 변했다는 말도 이 교수에게는 별로 와닿지가 않았다. 당장 일을 하지 않아도 먹고 사는 일에 크게 구애를 받지 않으니 세상의 고마움, 시간의 고마움 같은 것도 느껴지지 않았다. 집에 가만 있으면 무기력해졌고 가뜩이나 혼자인데 찾는 이도, 찾아오는 이도 없었다. 익숙해지는 것은 외로움뿐이었다. 심지어는 나이가 들어서 그런지 어떤 때는 눈물마저 났다.

　그러다가 흥미를 갖게 된 것은 지난날 사건 사고 현장을 돌아보며 그때와 지금의 모습을 비교하며 나름대로 생각해보는 일이었다. 살아온 지난 칠십 가까운 세월 동안 참 사건도 많고 다난하기도 했다. 슬프기도 했고 분노스럽기도 했던 그 사건 사고의 현장은 지금 어떻게 변했을까? 무엇이 부족하랴. 차비가 없으랴. 운전맹도 아니고 마음만 먹으면 얼마든지 갈 수가 있는 것도 이런 일을 거들게 하는데 한몫했다.

그렇게 그렇게 사건의 현장을 찾아 돌아다니다 보니 그것이 어느새 하나의 일과로 자리잡혀 가는 것 같았다. 당일치기도 가능했고 아니면 2박 3일, 어느 때는 일주일을 머물면서 사건이 일어난 곳을 둘러보았는데 돌아다니다 보니 전국 곳곳에서 굵고 작은 사건 사고들이 없는 곳이 없었다.

그만큼 돌아다녀야 할 곳도 많았다. 지난 주는 사북을 다녀왔다. 한때 탄광 소장의 아내를 묶어 세운 채 인민재판을 하던 사건의 중심에 있던 동네가 이제는 쪼그라들어 활기를 잃고 있는 모습을 보면서 이 교수는 묘한 승부감, 또는 뭔지 모를 비애를 느꼈다. 이 교수는 지금의 이 여행 같은 생활이 싫지 않았다. 세상은 넓고 볼 것은 많았다. 우리나라 땅덩어리가 결코 좁은 것이 아니라 좁다고 생각하는 마음이 땅덩어리를 좁게 하는 것이라고 생각하게 되었다.

그런데 그날 밤은 좀 이상했다. 별로 꿈꾸지 않는 이 교수가 꿈을 꾼 것이었다. 이 교수가 그냥 이번 주는 어느 곳으로 답사할까? 꿈속에서 이 교수는 이곳저곳을 컴퓨터를 앞에 놓고 찾아다녔는데 이 교수 앞에 웬 건장한 사나이가 불쑥 나타나서 울멍한 눈초리로 이 교수를 바라보고 있는 것이었다. 그 모습이 하도 처량하고 애처로워서 이 교수는 그에게 물었다.

"누구요?"

"우범곤입니다."

"우범곤이라고요, 누군데?"

이 교수가 고개를 갸우뚱하자 그는 다 죽어가는 목소리로,

"궁류 우 순경 사건 당사자 우범곤입니다."

하고 거듭 말했다. 그 말을 마치자 그는 홀연히 사라졌는데 그때 이 교수는 귀에 별똥 맞은 것 같은 충격을 느끼고 깨어났다. 알고 보니 핸드폰이 요

란하게 울리고 있었다.

"여보세요?"

노모와 함께 살고 계시는 시골의 형님이셨다. 부고였다. 합천에 있는 원폭 희생자이신 큰아버지가 돌아가셨다는 것이었다. 큰아버지는 나이가 아흔일곱이었는데 일제 때 일본 히로시마에 징용갔다가 원폭 벼락을 맞고 간신히 살아 돌아오신 분이었다. 날이 밝자마자 급히 차를 몰아 합천을 향했다. 합천에 도착한 것은 정오를 지나서였다. 여섯 시간 이상을 달려 초계에 있는 큰아버지 댁에 도착한 것이었다. 시골 초상답게 마당에는 휘장이 쳐져 있었고 사람들이 마당에 가득 모여 술 대작을 하고 있었다.

큰아버지, 참 불행한 인생이었다. 누군가가 집안을 대신해 징용을 다녀와야 한다는 통보를 받고 선뜻 큰아버지가 집안을 대신해 나갔던 것이었다. 히로시마 군수 공장에서 일을 했다고 하였다. 스물한 살에 원폭을 맞았고 해방이 되어 고향에 돌아왔지만 그 후유증으로 인해 수십 년을 누워서만 지냈던 참 모진 세월을 산 중인이었다. 이제 그의 한스런 인생도 끝이 난 것이었다.

그렇게 초상을 치르고 일주일쯤 고향에 머물다가 이 교수는 다시 서울로 올라올 생각을 하였다. 그러다가 우 순경이 꿈속에 나타난 것이 생각나서 그 사건이 있었던 궁류를 들르리라 마음먹었다.

그런데 아무리 생각해도 이상한 것은 우 순경이 이 교수의 꿈속에 나타난 것이었다. 우 순경과는 정말 관련 있을래야 관련이 있을 수 없고 또 실제로도 관련이 없었다. 억지로라도 관련을 찾으려면 다만 퇴직을 하고 근현세사에 있었던 사건의 현장을 여행하는 것에 흥미를 갖게 되고부터 이 교수는 그때 그 사건 사고의 현장을 찾아다니고 있는 것일 뿐이었다. 그때 그곳을 다시 본다고 해서 크게 다르기야 하겠냐마는 그래도 그때와 지금을 비교하고 그 마을이 어떻게 변했는지 들여다보는 것은 나름대로는 즐거움이었던 것이었다. 그런 그가 왜 꿈을 좀처럼 꾸지 않는 이 교수 꿈속에 나타났던 것일까?

우 순경과의 관계는 단지 그것밖에 없었다. 궁류는 어릴 적 작은 삼촌과 함께 이병철 씨 생가의 기를 받는다고 정곡正谷面에 갈 때 지나친 적이 있었다. 합천군 내에서 자가용을 가진 사람이 몇 안되는 때 삼촌의 자가용을 타고 갔지만 당시 포장이 되지 않은 울퉁불퉁한 길 때문에 차가 몹시 덜컹거려 멀미를 하며 갔었던 것이 기억에 날 뿐이었다. 지금은 어떻게 변했는지 모르겠다.

초계에서 궁류는 가까운 거리였지만 왕래가 적은 도로였다. 궁류에 가까웠을 무렵이었다. 고개만 넘으면 곧 궁류에 도착할 거리였다. 머리에 보따리를 이고 농촌에서는 드물게 아기를 업은 젊은 여인이 이 교수 차 앞을 손을 내밀며 막아서는 읍내까지만 태워달라는 것이었다. 조금은 난감했다. 이 길은 궁류로 가는 길이지 읍내로 가야 하는 길이 아니었기 때문이었다.

"지금 아이가 아파 도저히 버스 시간을 기다릴 수가 없어요. 괜찮으시다면 읍내 병원까지만 태워주시겠어요."

여인은 다급했고 거의 애원하는 목소리로 말했다.

"어디로 갈까요? 의령, 합천."

"가까운 곳으로 가주서요. 빨리."

가만 보니 등에 있는 아이는 눈을 감고 있었고 서너 살밖에 될 것 같지 않았다. 병색이 완연한 것 같지는 않았는데 이따금 눈을 뜨는 것마저 힘 없어 하는 것이 꼭 옛날 시골 배곯던 때의 아이들 같았다. 궁유가 읍내에서 그리 먼 곳은 아니었지만 워낙 버스가 드물어 제때 갈 수가 없다고 하였다.

"타세요. 읍내 병원으로 갈 게요"

여자는 고맙다는 말과 함께 많이 타보지 않은 듯 서툴게 뒷좌석에 올랐다. 여자가 좀 안심을 하는 것 같아서 이 교수가 물었다.

"아기가 어디가 아픈가요?"

"어젯밤부터 고열이 나서 급히 면 보건지소에서 약을 지어다 먹였는데 낫지 않아 읍내 병원에 데려가려는 중이에요."

조금 지나자 다소는 안심이 되었는지 그녀는 이 교수에게 동남아에서 온 여인 같은 목소리로 말을 걸어왔다.

"마치 비행기를 타는 것 같아요."

"그러세요. 그럼 오늘 아기 하고 실컷 타보세요."

그러나 그것이 그녀의 립서비스라는 것을 곧 알아야 했다. 그녀는 조금만 더 빨리 가달라는 애원을 했고 이 교수는 뱀 같은 도로였지만 조금 속력을 내었다. 애가 깨어 칭얼거리자 여인은 아이를 불안한 모습으로 달래기 시작했다.

"애 아빠가 무슨 일을 하세요?"

"네, 애 아빠는 안계셔요. 돌아가셨어요."

이 교수는 그 이유를 알고 싶었지만 더 이상 물을 처지가 아니었다. 여인이 아기를 얼싸안고 연신 달래고 있었다. 조금 더 속력을 내었다. 아기는 다시 잠을 잤다.

"애 아빠가 죽구 오로지 이 아들 하나 바라보고 살고 있는데 애가 아파서 큰일이에요, 대신 내가 아플 수만 있다면."

여인은 연신 아이의 얼굴을 바라보며 눈물을 훔쳤다. 이 교수는 백미러로 그녀를 보며 아무 말도 않고 그냥 차를 모는 일밖에 할 수 없었다.

"애 아빠는 어떻게 돌아가시게 되었나요? 말하고 싶지 않으면 그만 두어도 됩니다."

"아, 아니에요 이렇게 좋은 분을 만났는데. 배를 타다가 그만 풍랑을 만났어요. 돈을 번다고 했는데 불과 떠난지 1년도 되지 않아 불귀의 객이 되고 말았으니, 그래도 아들이라도 남겨주어서 얼마나 고마운지 이 아들이 제게는 전부입니다."

그 순간 이 교수는 속이 뜨끔했다. 내가 좋은 사람이라니? 그런 소리를 들을 자격이 있는가? 좋은 일을 한 것이라고는 눈을 씻고 찾아보아도 없는 것 같았다. 그래서 그런 말을 해준 여인이 고마워 이 교수는 더 정성껏 차를 몰았다.

의령 읍내 병원 바짝 앞까지 도착해 이 교수는 여인과 아이를 내려주고 다시 궁류로 차를 몰았다. 궁류로 차를 몰면서 우 순경에 대해 생각해 보았다. 우 순경은 무엇 때문에 이 궁류까지 좌천되게 되었을까? 차라리 우 순경이 잘못했다면 파면이나 해임을 할 것이지 이곳까지 좌천시켜 가지고 그 난리를 만들다니. 우 순경은 왜 또 그 지경을 만든 것일까?

마을로 들어서자 이 교수는 우선 마을이 생각 외로 크지 않다는 사실에 놀랐다. 옛날에는 그런 것을 전혀 느낄 수 없었는데…… 생각이 자란 것인가. 행정복지센터를 중심으로 이쪽에서 저쪽까지 한눈에 들어왔다. 이 교수는 차를 느티나무가 있는 곳에 정차를 해두고 마을을 둘러보기로 했다.

원 무슨 마을이 이렇게 고요하지. 그래도 면 소재지인데. 그때 그 사건, 사고 현장을 찾아다니는 것이 어느덧 일상이 되어버린 이 교수에게 우 순경 사건의 현장인 궁류는 생각과 너무 달라 있었다. 차를 세우고 이쪽에서 저쪽 끝까지 걸으며 사건의 중심이었던 지서와 초등학교, 우체국, 행정복지센터 등 나라의 물을 먹은 건물들을 둘러보았다. 적어도 무엇이 있지 않을까 싶은 그 무엇을 찾아내려고 하였지만 아무것도 끄집어낼 수 없었다. 하긴 이런 활동이 어떤 목적을 가지고 하는 것도 아니고 보면 그냥 사건 현장을 둘러보는 것만으로도 싫지 않았다. 너무도 사람이 없었기 때문에 쭈뼛거림조차 낯설게 여겨졌다. 우 순경이 한밤중 돌아다녔을 때도 이러했겠지. 술이 취했을 때는 술기운에 그럭저럭 버티어 갔지만 점점 술이 깨어오면서 혼자 걷는 길이 외롭고 무서웠겠지. 이 교수는 다시 차를 몰았다. 그러다가 토곡리에서 압곡리로 넘어가려 할 때였다. 한 노인이 자신을 좀 태워달라고 손을 들었다. 평촌리로 가는 길인데 허리가 아파서 안되겠다면서 막무가내로 같이 좀 타고 가자고 했다.

"이 궁촌까지 어떻게 오시게 되었어요?"

나이가 꽤 들어 보이는 노인은 차를 타자마자 대뜸 이 교수에게 물었다. 차나 얼굴, 옷차림이 여기 사람으로 보이지 않았는지 노인은 차를 세울 때와는 달리 조심스럽게 물어왔다.

조금은 그 답을 하는 것이 귀찮았지만 이 교수는 사실대로 이야기했다. 혹 이곳 토박이라면 그때 그 사고 현장을 보다 자세히 알 수 있지 않을까 싶었기 때문이었다. 무엇보다 근 사십 년이 가까워지는 그때 그 사고 현장에서 용케 우 순경에게 당하지 않고 살아남은 사람들은 지금 어떻게 지내고 있는지 그들은 그때 일을 어떻게 기억하고 있는지 하는 것이었다. 사진 찍을 일도 없었다. 구체적으로 알고 싶은 것도 없었다. 그냥 그때 그 사건의 현장을 둘러보고 그때 그 자리에 있었던 사람들은 지금은 어떻게 되었는가 살피는 것을 그냥 으레 찾아가서 하는 일로 생각하고 있었다. 역시 궁류 우 순경 사건의 현장도 마찬가지였다.

옆에 탄 노인은 계속 손으로 가리키면서 저곳이 바로 우 순경이 두 번째 총으로 쏘아댄 곳이라고 이야기했다.

"여기 궁류는 6개 리가 있는데 그 중 우 순경이 저질렀던 곳은 네 개 리입니다. 모두 갈만한 거리에 있습니다. 우 순경은 토곡리에서 압곡리, 운계리를 차례로 지나쳤고 마지막으로 가장 사람이 많이 죽었던 상가 집이 있는 평촌리를 갔습니다. 우 순경은 여기서 상가 사람들에게 무차별 사격했는데 거기서 살아남은 아제가 제 사촌 형님이셨습니다. 형님은 그때 우 순경 칼빈에 다리를 관통당했는데 다행히 병원에 옮겨져 총알을 빼고 살아남을 수 있었습니다. 그 뒤로 다리를 약간 절게 되었지만. 형님은 늘 말씀하셨습니다. 그때 우 순경을 건드리지 않고 잘 구워 삶았더라면 더 이상의 사고가 없었을 텐데 그때 술이 조금 된 서 씨 아제가 우 순경의 신경을 건드린 것이 화를 크게 불러 일으켰다고 합니다."

이 교수는 옆에 앉은 노인이 지시하는 대로 차를 몰았다. 그것은 바로 우 순경이 범행을 저질렀던 길을 그대로 따라가는 것이었다. 당시 정부는 이번 사건이 하도 우심해서 혹 또 다른 사건으로 번지지 않을까 싶어 궁류에 갑작스런 지원을 아끼지 않았다고 했다.

사건이 있고 조금 지나 궁류 그 골짜기 마을 길이 갑자기 포장되기 시작했고 마을 회관을 비롯해 가게가 생겨나고 버스가 자주 드나들게 되었다. 우 순경으로 인해 그 시골이었던 궁류가 천지개벽할 정도로 변한 것이었다.

이 교수는 옆의 사람과 함께 당시 우 순경과 관련 있을 법한 곳을 돌아보며 늘 그래왔던 것처럼 좀 더 다른 것은 없을까 싶어 눈여겨 보았다.

사실 이런 것을 처음 찾아다닐 때는 그저 그런 거니 싶었는데 한번 이런 일을 글로 써야겠다고 생각하니 누구나 알고 있는 것만 가지고는 되지 않았다.

"당시 우 순경은 우리 나이로 스물여덟이었는데 아저씨는 그때 나이가 어떻게 되셨어요?"

"스물아홉이었어요. 우 순경보다 한 살 많았어요."

그러고보니 옆의 남자는 겉 모습과는 달리 이 교수와도 또래임을 알 수 있었다.

　"우 순경과는 그래도 잘 지내셨나봐요?"

　"잘 지냈지요. 술도 한잔 허구 그랬는데 그 와이프가 우리 어머니 쪽 친척이야요. 전촌 양이라고 패 무던했는데."

　"아니, 우 순경이 결혼을 했어요?"

　"아니 결혼은 않고 그냥 살구 있었어요. 가을에 결혼식을 할 거라구 했지요. 우 순경 술 때문에 자주 싸웠지요."

　"원인은 술이 문제였군요."

　"그런데 무어가 좋다구 결혼을 약속했는지, 처가살이 하니까 괄세도 좀 받았어요. 지금과 달라 당시 경찰 정말 엉망인 놈 많았어요. 하긴 궁류 같은 곳도 몇몇 사람을 빼고는 읍내 고등학교 나온 사람도 얼마 되지 않았던 때니."

　"무어라고 생각하셔요. 우 순경이 그런 짓을 벌인 게."

　"인사가 문제였겠지. 청와대에서 이런 시골 구석으로 떨어진 것이 말이나 돼요. 잘못했으면 징계나 해임처분을 해야 할 것이지 이런 궁벽한 곳으로 쫓아 보내니 기분이 얼마나 상했겠어요. 꾹 참고 있었던 울분이 한꺼번에 터져버린 것이겠지. 그런데 참 망할 놈도 그 분풀이를 왜 엉뚱한 사람에게 하는 것인지, 숫제 경찰 자체에서 해결해버리면 그래도 이 모양까지 되지는 않았을 텐데."

　그와는 평촌리에서 헤어졌다. 그는 매우 친절하게 이 교수와 함께 다니며 자기가 내려야 할 곳도 지났을 텐데 우 순경이 다녔던 길을 소상히 설명해 주었다. 그 바람에 이 교수는 쉽게 우 순경이 지나왔던 사건의 현장을 차례로 돌아볼 수 있었다. 그러나 그는 내릴 듯 내릴 듯 하면서 내리기를 매우 저어했는데 내리면서 아주 어렵게 이야기를 하는 것이었다.

"실은 내게 대학 나온 아들이 하나 있는데 이 아들이 벌써 몇 년째 취직을 못하구 있어요. 좀 힘이 있으면 끌어줄 수 없겠어요?"

그는 이 교수의 외제 차와 이 교수의 차림, 그리고 이 교수의 말투가 예사롭지 않다고 여겼는지 아무런 힘도 없는 이 교수에게 이런 부탁을 하는 것이었다. 그는 이 교수를 무슨 회사를 운영하거나 아니면 정부 기관의 높은 자리에 있는 것으로 아는 것 같았다. 이 교수에게 잘 보이면 취직 못한 자신의 아들을 혹 데려갈지도 모른다는 생각을 은근히 하고 있었던 모양이었다. 농촌에 있는 부모의 마음이 다 이런 것이구나 싶었지만 이 교수는 아무런 말도 할 수 없었다. 그냥 웃어줄 수밖에 없었다. 그는 이 교수에게 쪽지에 전화번호까지 적어 주었다. 꼭 기회 되면 자신의 아들을 써달라고 하였다. 이 교수는 그 모습을 보면서 가슴이 뭉클해지는 것을 느꼈다. 그렇지만 자신에게 지금은 아무런 힘이 없었다, 그럴만한 위치에 있지도 못했다.

그렇게 평촌리에서 노인을 내려주고 다시 토곡의 궁류초등학교까지 왔다. 궁류초등학교는 텅 빈 채로 아이들의 그림자라고는 보이지 않았다. 코로나 때문인 것도 같았고 아예 학생이 없기 때문인 것 같았기 때문이기도 했다. 겨우 열댓 명의 학생이 온다고 하던 노인의 말이 생각났다. 거기에다 학년수만큼 선생님이 있어야 하고 교감, 교장도 있어야 하니 경제적으로는 매우 비효율적인 구조였다. 오늘날 우리의 농촌 교육의 실태가 다 이런 것이라고 생각하였다. 특히 궁류는 우 순경 사건 이후로 인구가 거의 절반이 줄었다고 했으니 어느 농촌보다도 더할 것이었다.

이 교수는 그냥 학교 운동장을 한 바퀴 비잉 돌았다. 그리고 그만 차를 몰아 궁류를 빠져나가려고 하였다. 그때였다 버스정류장에서 버스를 기다리고 있던 한 사내가 이 교수 차를 보자 손을 번쩍 들었다. 그냥 지나치려고 하다가 이 교수는 앞의 사람들이 생각나서 차를 세웠다.

그가 어디를 가는 것은 생각지 않고 무조건 타라고 했다. 차를 처음 살 때에는 아끼고 세차도 자주하고 그랬지만 조금 지나서는 이까짓 차 깨끗해야 무슨 소용일까 하는 생각이 들었다. 이까짓 차, 좋은 일이나 하자는 심리도 없지 않았다.

"어디 가는 차인가요?"

남자가 물었다.

"읍내로 나가려고 합니다."

"이 시골엔 어인 일로 오시게 되었나요? 이곳 사람 같지 않으신데."

"합천 초계가 제 고향이어요. 고향에 온 김에 좀 기를 얻어갈까 싶어서."

"이병철 씨하고 구태회 씨, 효성그룹 조홍제 창업주 기를 말하는군요?"

"네."

이 교수는 아무렇게나 말해버렸다.

"그런데 그렇게 말씀하시는 선생님은 어떻게 오시게 되었나요?"

"저는 여기 궁류가 고향입니다. 우 순경 사건이 있은 이후 고향을 떴는데 꽤 되었네요. 서울로 오고 나서 고생이 많았습니다. 간신히 자리를 잡았습니다만 곧 아이엠에프가 터져 폭삭 망하고 말았습니다. 그래 이제는 나이도 있고 고향 생각도 나고 해서 시간을 내 오게 되었습니다. 그때 있던 사람들은 하나둘 다 떠나고 문득 돌아보니 제 나이도 팔십을 바라보게 되었네요. 인생 참 허무하군요."

"그럼 지금 사시는 곳이?"

"염천교 근처에요. 서울살이 참 고달팠지요. 서울에서 집 한 채를 갖는다는 것은 성공한 인생이라고 할 수 있어요. 특히 시골에서 상경해서 자기가 누울 자리가 있다는 것은 놀라운 발전이 아닐 수 없지요."

그러면서 그는 조금은 쓴웃음을 지었다. 노인은 자신이 고향에 오는 것에 일종의 트라우마를 가지고 있다고 했다.

"우 순경에 대해 잘 알고 계시겠군요?"

"아다마다요. 바로 그 총구 앞에 섰던 것이 바로 나였는데."

그러면서 그는 마치 무용담을 펼치듯이 구사일생으로 빠져나왔던 때를 생각했는지 그 큰 몸뚱이에 어울리지 않게 부르르 떨었다.

"그때 어디에 계셨어요?"

"평촌리 초상집에 있었어요. 저는 그때 집에서 멍청하게 총을 쏘는 우 순경을 바라보고 있었어요. 딴은 우 순경이 왜 저러지 하는 생각을 했기 때문이었어요. 총 쏘는 자세도 남달랐다고 할까. 그냥 앞에 대고 총을 쏘는데 그 모습이 예사롭지 않았어요. 한두 번 해본 솜씨가 아닌 것 같았어요. 그런데 어느 순간 그 총이 저를 향하는 것이 아니겠어요. 재빨리 부엌 안으로 쏘옥 들어갔지요. 그 찰나 담벼락에 총알이 날아와 박히더군요. 우 순경은 어두워서 그런지 아무 데나 대고 총을 쏘았어요. 그냥 감으로 총을 쏘는 것 같았어요. 순식간에 상가가 아수라장이 되고 말았지요. 한 5분 동안 그랬을까. 아무 소리 없고 잠잠해지고 피 냄새가 이리저리 코를 찌르더라구요. 그리고 나서 우 순경은 상가를 빠져나가지 무업니까. 그때까지 저는 부엌에 숨어서 이 광경을 낱낱이 보고 있었습니다. 아마 우 순경의 행동을 처음부터 끝까지 본 사람은 저뿐이었을 겁니다."

이 교수는 옆의 사내가 하는 소리가 빈 것이 아니라는 것을 느낌으로 알 수 있었다.

"그 후 서울엔 어떻게 오게 되었습니까?"

"잘 모르겠어요. 사건이 나고 한 오륙 년 지내다가 그냥 아버지 어머니가 돌아가시자 아내와 아들을 데리고 무작정 서울로 올라 왔지요."

"당시 무슨 보상 같은 것은 받지 못하셨습니까?"

"왜요? 나라에서는 그 당시 사고가 난 집에 보상을 많이 해주었지요. 시신 1구당 얼마 이런 식으로. 그런데 저희 집은 희생당한 사람이 없어서 그냥 현장에 있었다는 이유로 약간의 위로금만을 받았을 뿐이에요. 그 뒤 마을을 떠난 사람들도 꽤 되었는데 그냥 궁류 인구의 반이 줄었다고나 할까요. 여하튼 인구도 적은 지역이었는데 사람이 절반 빠져나가고 나니까 텅빈 유령 마을이 되더라구요. 하긴 이 궁벽진 곳에 무어가 좋아서 남아 있겠어요. 형편이 되면 떠나야지요. 한번 떠난 사람은 돌아오지 않았어요. 우 순경이 밉기는 하지만 남은 사람들한테는 고마운 일이기도 하였지요. 사람 목숨값을 돈으로 대신 받는다는 것이 이상하긴 했지만. 마을도 그 바람에 많이 발전했지요. 우 순경이 아니었다면 여전히 가난한 마을에 지나지 않았을 터인데 가난했던 마을이 갑자기 부자 동네가 되었지 무업니까. 마구 돈이 쏟아져 들어왔으니까요."

그랬다. 당시 전두환 정권 초창기라 민심이 이반될까 봐 전두환 정권은 조기에 수습한다고 궁류에 엄청난 물량 공세를 폈다. 문화시설이라고는 고작 작은 면사무소와 지서, 초등학교, 우체국이 전부인 마을에 길이 넓혀지고 포장이 되고 보상금이 나오고 우 순경으로 인해 확 바뀌어져버린 것이었다. 제일 먼저 변화되었던 것이 도로 포장이었다. 울퉁불퉁 먼지 일고 돌맹이가 튀는 그야말로 시골길에 불과했던 마을 앞길이 순식간에 포장이 이루어졌다고 했다.

"그래 서울 가서는 어떤 일을 하셨어요?"

"서울역 근처 염천교 아시죠. 80년대 말 염천교 길 건너 동네는 말이 집이지 정말 비참한 쪽방 같은 곳 많았어요. 쪽방이나 다름없는 그런 곳에서 저와 아내가 남대문 시장 한구석에서 생선을 팔아 먹고 살았지요. 당시 300

원쯤 남는 조개 30포장을 떼어다가 이것 저것 다른 생선들과 함께 팔면 겨우 하루 먹고 방세 내고 버티어낼 수 있었어요."

"그래도 용케 서울에 입성을 하셨네요."

"네, 지금껏 밀리지 않고 버티어온 것을 보면 서울살이에 숨은 돌렸다고 할 수 있지요."

"그런데 이 궁류를 찾은 다른 이유가 있을 것 같은데요?"

"그 친구 나처럼 우 순경 사건 때 살아남은 친구였는데 그만 암으로 죽고 말았다네요. 그 친구 문상하느라 고향 떠난 지 삼십여 년만에 고향인 궁류 땅을 밟게 되었습니다."

"저 역시 마찬가지입니다. 큰아버지께서 세상을 버리셔서 고향인 초계를 찾았다가 이 궁류가 생각나서 돌아보게 되었습니다."

"그 시대 사람이라면 특히 합천이라면 징용간 사람이 많았을 텐데 혹 집 안에 징용을 다녀오신 분이 계시지는 않는지?"

"네 바로 보셨어요. 큰아버지께서 징용을 다녀오셨어요. 히로시마 원폭 희생자셨어요. 97세신데 우리나라 마지막 원폭 희생자라 할 수 있지요."

"마지막이라는 말이 특히 인상에 깊군요. 마지막 동학농민, 마지막 내시, 마지막…… 그러나 저러나 무얼 하시는 분이세요?"

"그냥 공무원으로 있다가 퇴직했어요. 퇴직하고 나니까 할 일이 없어 이 곳저곳을 떠돌아 다니고 있어요. 궁류처럼 과거의 사건 현장을 찾아보는 것도 큰 재미지요. 이렇게 사람을 만나는 것도 재미있기도 하고."

"그럼 궁류를 찾은 것은 그 이유겠군요. 우 순경……"

"맞아요. 그런데 궁류는 좀 특이했어요. 여기 내려오기 전 우 순경에 대한 꿈을 꾸었거든요. 이번엔 어디로 갈까 생각하고 있었는데 꿈에 우 순경이 나타나지 뭡니까? 우 순경과는 정말 일면식도 없는데."

"우 순경이 무어라 하던가요?"

"별말 없었어요. 그냥 멍하니 저를 바라보고 있었어요. 그때 전화벨이 울려 잠을 깨고 말았는데."

"어떻게 우 순경인 걸 알았어요?"

"자신이 그렇게 말했어요. 또 제복에 우범곤이라는 이름만은 뚜렷이 볼 수 있었어요. 우범곤."

그러나 그는 잠시 한숨을 길게 들이키더니 뜻밖의 말을 했다.

"우 순경도 그렇지만 우 순경 부모야 오죽 했겠어요. 그렇게 천하의 몹쓸 놈을 낳았으니. 우 순경 어머니를 압니다. 아버지는 일찍 죽었고 그 엄마 되는 사람을 한 번 본 적이 있습니다. 우 순경이 자취를 할 때 한 번 이 궁류에 온 적이 있었습니다. 그때 우 순경이 살던 모습을 보고 돌아간 적이 있는데 아마 아들에 대한 엄마의 사랑이었겠지요. 우 순경은 신문에 난 그대로예요. 술만 먹으면 미쳤지요. 우 순경이 죽고 나서 이야긴데 우 순경 어머니가 몰래 시신을 수습하러 온 적이 있었다고 해요. 그때 세상 사람들 분노가 작은 게 아니었는데. 부모가 무슨 죄인지."

그리고 그는 깊은 한숨을 내쉬었다. 궁류를 다 빠져나갈 때까지 그는 아무 말이 없이 계속 한숨만 내었다. 그래서 이 교수는 그에게 묻지 않을 수 없었다.

"갑자기 왜 그러십니까?"

이 교수는 다만 그가 읍내로 나가는 줄로만 알고 있었다.

그러자 그는 갑자기 '괜찮다면 대구까지 같이 갈 수 없겠습니까' 했다

"대구까지요? 이 차 대구로 가지 않는데……"

"그래요. 그래도 혹 서울 가는 길이라면 대구로 들러가지 않으시겠습니까. 필요하면 제가 교통비를 내겠습니다."

하고 말하는 것이었다. 사실 이 교수는 궁류를 둘러보고 남해고속도로를 달릴 생각이었다. 마음속에 앙금처럼 남아 있는 화 같은 것이 차를 몰다 보면 사라지는 것을 더러 느꼈다. 그러나 옆 좌석에 앉은 그를 보자 생각을 바꾸어 바로 대구로 빠져나갈 생각을 했다.

"그러세요, 어차피 서울 가는 것 어느 쪽으로 가든 무슨 상관이겠어요."

이 교수는 내비를 켰고 내비가 이끄는 대로 차를 몰았다. 이쪽 길은 전혀 낯선 길이었다.

"우 순경 사건 정말 안타깝지요. 차라리 태어나지 않았더라면, 그 어미 심정은 어땠을까요? 인물은 멀끔하던데 그만한 인물도 그 시대에는 드물었을 것 같아요."

"네, 맞아요. 얼굴 보면 훤하고 건강하고 성실할 것 같던데, 그놈의 술이 뭔지 원."

이 교수가 차를 대구 쪽으로 흔쾌히 틀자 그는 연거푸 말이 헤퍼졌다.

"그런데 좀 우울해 보이진 않던가요. 오래 살 것 같은 인상은 아니었어요."

"동거녀와 결혼을 못하고 있었다는데 부모가 혹 결혼이라도 시켜주었다면 그런 일이 일어나진 않았을 것이 아닌가 하는 말을 들은 기억이 납니다."

당시 우 순경에게 아버지는 돌아가시고 어머니만 있던 걸 모르지는 않을 텐데 그는 자꾸만 부모라는 말을 꺼내었다. 하지만 그 말은 이상하게 이 교수의 폐부를 콕콕 찌르고 있었다. 그리고 이 교수는 곧 그 이유를 알 수 있었다.

"그런데 대구로 가려는 이유는 무엇인가요?"

그는 말하기를 한참 동안 주저하는 것 같았다. 그 모습을 보자 이 교수는 묻지 말아야 할 것을 물은 것은 아닌가 싶어 그의 표정을 흘깃 쳐다보았다.

"답하기 곤란하면 아니해도 괜찮아요."

"아닙니다. 못할 것도 없지요. 이렇게 좋은 분을 만났는데……"

그러면서 그는 이제와는 달리 자신이 대구에 가는 이유를 말하였다. 실은 내일이 아들의 공판날이라고 했다. 아들은 대구에서 호프집을 운영하는데 어찌하다가 취객과 싸움 끝에 살인까지 하게 되었다고 하였다. 어떻게된 셈인지 아들의 정당방위는 인정되지 않고 재판은 불리해져 아들에게만살인의 누명을 씌우는데 돈이 없어 변변한 변호사를 구하지 못하다 보니 빤히 눈 뜨고 당하는 꼴이라고 하였다. 그리고 그는 자신이 궁류에 온 실제적이유도 아들에게 조금이라도 도움이 될까 싶어 아들이 다녔던 초등학교 시절의 생활기록부와 아들의 초등학교 동창이 있는 이 궁류로 와서 탄원서를받아 가고 있는 것이라고 했다.

"이제 마지막 재판인데 앞에까지 징역 15년을 먹었지 무업니까? 마을에살인자의 아비라는 소문이 나서 참 속이 상할 지경입니다. 징역을 다 살고나오면 아들 나이 60을 넘는데 이게 무슨 꼴인지 아비로서 변변한 변호사를구해주지 못하니 한심하고 답답합니다."

그러면서 그는 흐느꼈다. 아들이 너무 불쌍하고 억울하다는 것이었다.이 교수는 아무 말을 할 수 없었다. 그리고 부끄러웠다. '나처럼 비정하고나밖에 모르는 사람을 좋은 사람이라니?' 그의 말에 이 교수는 마찬가지로눈물을 찔끔 흘렸다. 세상에 나서 이런 일로 눈물을 흘리는 것은 처음 있는일이었다. 이 교수는 그 사람이 편하도록 내려달라는 곳에 내려주며 그의아들이 진정 잘 풀리기를 바랐다.

이 교수는 경부 고속국도를 탔고 문득 시계를 보니 네 시가 지나 있었다.서울 도착하면 많이 늦으리라. 이 교수는 액셀레이터를 밟았다.

이 교수는 차를 몰면서 오늘 있었던 일을 떠오르는 대로 생각해 보았다.

모두들 자식을 위해 저렇게 애쓰고 있는데 나는…… 자신이 부끄러웠다. 일찍 떠나간 아내와 그리고 아내의 죽음을 아버지의 탓으로 돌리며 자신과 싸우고 나갔던 하나뿐인 아들, 그 아들이 어떻게 사는지 모르겠다. 아들은 배우지 못했던 아내를 이 교수가 학대했다며 자신은 결혼조차 않겠다고 선언하며 떠나갔다. 하긴 이 교수 하나 박사를 만들기 위해서 아내가 한 고생은 이만저만이 아니었다. 그런 아내가 고마워서 딱히 아내에게 크게 잘못하지는 않았는데 그런데도 고생하는 엄마를 옆에서 보아왔던 아들은 그런 이 교수가 못마땅했던 모양이었다.

우 순경만큼이나 충동적이었던 이 교수는 그런 아들을 마땅치 않아 하며 인연을 끊고 산 지가 벌써 5년여가 지났다. 그동안 교수라는 사회적 지위에 편승해 명사로서 살아온 자신이 견딜 수 없도록 미웠다. 눈물마저 나왔다. 이게 제대로 된 인생일까? 우 순경 어머니도 다른 사람들은 미워해도 자신만은 아들을 미워할 수 없다고 했다는데 나 자신은 무어란 말인가?

이 교수는 당장 올라가서 아들과 화해하리라 생각했다. 그동안 말은 하지 않고 있었지만 이 교수는 얼마나 괴로웠던가? 강한 척, 안그런 척 했지만 아들과 떨어져 있는 그동안 이 교수 자신은 가끔씩 혼자 있을 때면 눈물을 흘리며 아들이 돌아오기를 기다리고 있었다. 그동안 이루었던 이 명예, 이 부귀, 이 아파트, 이런 것이 무슨 소용이란 말인가? 이 교수는 또다시 눈을 훔쳤다. 눈물이 앞을 가려 갓길에 차를 대고 한참 울었다. 더 없이 눈물이 나왔다. 도착하면 바로 아들에게 전화 걸리라. 그리고 먼저 찾아가리라. 이 교수는 다시 힘을 주어 핸들을 잡았다. 날은 아직도 겨울 티를 벗어나지 못하고 있었지만 따뜻했던 봄날은 그렇게 지고 있었다.

엑스트라

문제의 발단은 '결과'라는 말의 해석에 있었다. 시험문제는 동학농민운동의 결과를 묻는 문제였는데 '동학농민운동은 실패했다'가 그 답이었다. 그런데 동학농민운동으로 인해 일어난 문제, 이를테면 '청일전쟁의 도화선이 되었다', '일본의 내정간섭이 심화되었다', '동학도의 뜻은 의병활약으로 이어졌다', '전통 질서 붕괴를 촉진했다.' 이런 것을 결과로 이야기해도 되는 것이 아닌가 하는 것이었다.

연수원 측에서는 그런 것은 동학농민운동의 영향이라는 것이었고 동학농민운동의 결과는 '실패'라는 것이 가장 문제에 맞는 답이라고 계속 고집하였다. 그래서 우리는 '결과'라는 의미를 사전을 통해 정리했고 사전에도' 내부적 의지나 동작의 표현이 되는 외부적 의지와 동작 및 그곳에서 생기는 영향이나 '변화'가 '결과'라는 뜻으로도 나와 있기 때문에 계속 이의를 제기하였으나 연수원 측은 한번 정리된 답을 정정할 수 없었던지 계속 인정해주지 않았다. 교재에도 있지 않느냐는 것이었다. 교재에 동학의 결과와 영향이라고 각각 분명히 나와 있는데 왜 자꾸만 이의를 제기하느냐 하는 것이었다.

우리는 생각을 접었고 대신 이따위 것을 문제로 낸, 그리고 동학농민운동을 외세를 몰아내기 위한 독립운동이라고까지 미화, 확대하며 강의를 한 K 교수에 반발이라도 하듯 모여 우리가 아는 한의 동학농민운동에 대하여 이야기를 나누었다. 처음엔 서로가 알고 있는 범위 내에서만 말을 주고 받았다. 그러다가 동학농민운동의 성격, 영향을 규정하는 부분에 이르자 서로의 의견이 분분했다. 방향은 두 방향이었다. 하나는 '혁명'이라는 긍정적인 입장이었고 또 하나는 '난'이라는 부정적인 입장이었다. 그러나 그러면서도 이 두 입장의 공통점은 '난'이든 '혁명'이든 기념은 필요하다는 것이었다.

"문제는 동학농민운동을 어떻게 바라볼 것인가 하는 거야. 시대에 따라 다른 것 같아. 일례로 우리가 배울 때는 동학농민운동이라고 배웠어. 말을 들어보니까 우리 앞 세대는 동학(농민)혁명, 앞의 앞 세대에는 동학란으로 배웠다고 해."

"백낙청 씨 같은 경우는 동학농민전쟁이라고 부르더군."

"그것은 동학농민운동을 바라보는 시각이 시대마다 달랐다는 뜻이겠지."

"우리가 배운 동학농민운동은 중립성을 띤 명칭이고 괜찮다고 보는데 어떻게 생각해?"

"민중운동 예찬에 젖은 사람들은 동학농민운동을 민중들이 들고 일어난 대단한 혁명으로 이야기를 하지."

"그런데 근래 정읍시에서 동학농민운동의 후손들에게 정부 보조금을 준다는 소식을 들었을 때 정말 이래도 되는가 하는 생각이 들었어."

"맞아. 지자체에서 좀 심했다고 생각지 않아?"

"그냥 두어. 그 지방 사람들이 뽑은 민선 단체장인데 그 지방자치단체 시민들이 알아서 할 내용이지."

"남 지방자치단체가 망하든 망하지 않든 상관할 바 아니지만, 그것이 내가 낸 세금으로 생색을 내니까 하는 문제지."

"그런 식으로 따지면 대통령도 마찬가지 아닐까?"

"맞아. 그 사람을 단체장으로 뽑은 것은 그 지역 사람인데 존중해야지."

"그건 그렇고 우리 문제로 집중해보지 '결과'란 무엇일까?"

"결과는 목표와 내용, 방법을 결정하지."

"겉모습만 그럴 듯한 것, 그것 또한 결과지. 오늘날 성형수술이 바로 그런 것 아니겠어."

"고전주의가 지나치면 바로 그런 꼴이야. 꼴, 겉모습, 형식만 중시하다 보면 속은 썩어도 겉은 번지르하니 그럴듯하게 되지."

"그러나 형식이 나쁜 것이 아니야. 교육과정용어에 태도화란 것이 있어. 태도를 잘 갖추다 보면 내용, 실질이 생겨난다는 이론이지. 예를 들어 인사를 잘하면 정말 그 사람에 대한 존경심이 생긴다는 거야."

"태도화가 문제가 아니라 그걸 역으로 이용하는 사람이 문제지."

"그래. 결혼이란 것도 그런 것 아닐까? 상견례 때 상대 부모님에게 잘 보이기 위해 형식을 잘 갖추는 것 그것은 바로 그런 맥락일 거야."

"사람들은 소위 출세하면 보이지 않는 사회 인프라의 소중함과 고마움을 모르고 그게 오로지 자신의 노력과 능력 덕분인 것으로 알지. 모두 결과중심적인 생각의 소산이야."

"결과는 어쨌거나 중요해. 왜 우리 사회에서 석·박사 과정을 밟았을 때 석사과정은 별로 중요한 것이 아니야. 그가 박사 과정을 무엇으로 했느냐에 따라 그의 전공이 무엇인지 결정되거든. 우리 한국 사회에서 특히 더 그래."

"아홉을 잘못하다가 10번째 잘하면 모든 것은 묻어지기 마련이지. 그 반대도 같아. 망나니 딸이 어느 날 임용고시에 합격했어. 그 이전의 모든 잘못은 어느새 묻어지더군."

"결과지향적이다 보니 목표중심적이게 되고 그러다 보니 목표 이외에는 보지 않게 되지. 좁아들게 되고, 쪼그라들게 되고, 편협하게 되고, 오그라들고, 독단적이게 되고……"

"한때 수업에 학습목표를 칠판에 꼭 쓰라고 했잖아. 행동적 목표, 명시적 목표라고 해서 말이야. 말은 그럴 듯한데 어딘가 좀 교육과는 어울리지 않지. 모든 걸 시험 중심, 결과 중심, 목표 중심 그런 사고에서 나온 발상이지."

"나비효과란 말도 똑같아. 어느 한 곳에서 일어난 작은 나비의 날갯짓이 뉴욕에 태풍을 일으킬 수 있다는 거야. 효과는 결과야. 그런 걸 보면 결과는 원인이나 동기보다 훨씬 중요하다 할 수 있지."

"두려운 것은 그 결과가 조작이 가능하다는 거지. 결론은 정해놓고 필요한 것만 갖다 붙이고 진실은 배척해 버리고……"

그러다가 우리는 다시 동학농민운동 문제로 돌아오게 되었다.

"동학농민운동도 그런 것이 아닐까? 원인 과정보다 그 결과가 불행했다는 거지. 그러니까 동학농민운동을 우리가 곱게 평가할 수 없다는 거야."

"동학농민운동을 두고 한편으로 곰곰이 생각해봐. 동학농민운동은 당시 우리나라 형편을 생각지 못하고 단순히 농민들 자신들의 불만을 토로하기 위해 일어난 농민의, 농민에 의한, 농민을 위한 것에 지나지 않는다는 것을 알 수 있어. 그것을 자신이 가진 시각에 따라 어떤 학자들은 풀뿌리 민중의식의 발로라는 말로 포장하지만 결과는 모든 것을 결정한다고 앞에서도 이야기했지. 그 원인이 어쨌건 그 과정이 어쨌건 일본군을 우리나라에 끌어들인 결정적인 계기가 되었고 그것이 결국 나라를 일본에 먹혀버리게 하는 촉

진제 역할을 하고 말았으니 동학농민운동을 마냥 미화하는 것은 옳은 판단이 못된다고 보아."

"더우기 농민들은 돌아가는 세계정세를 읽지 못했어. 오로지 그들 앞의 문제만을 위해 봉기했으니 더욱이 그 결과가 나라를 다름 아닌 이민족인 일본에게 앗겨버리게 하는 데 일조하고 말았으니……"

"그래, 지금 우리나라 꼴이 그런 것이 아닐까 생각하게 돼. 지금 위정자들이 세계를 읽는 능력이 없는 것 같아. 나라의 위기를 위기로 느끼지 못하고 이념, 주의에만 빠져 있는 것 같아 걱정이야."

"그런데 나라를 잃은 것이 그 당시 동학농민운동 때문만이었을까?"

"아니야. 그렇지만 어쨌든 그것이 나라가 일본에 앗기는데 일조를 했다는 데서 비난을 피할 수는 없어."

"설사 동학농민봉기가 그런 의도가 아니었더라도 결과적으로는 협조하게 된 꼴이지."

"맞아, 동학농민운동이 긍정적인 면이 많다고 하여도 그러나 그 운동이 나라를 앗기는 결과를 초래하였다면? 더욱이 이민족에게."

"문제는 배울 만큼 배운 우리의 젊은이들이 더더욱 이런 것을 깨닫지 못하고 있는 거야. 눈앞의 것에만 밝지 세계를 보지 못하는 것."

"너무 부정적인 모습으로만 우리 청년들을 보지 마. 우리 청년들은 밝고 긍정적이고 좋은 면이 얼마든지 있어."

"아니, 그 말에는 반대해. 내가 청년들을 부정적으로 보고 있는 것이 아니야. 있는 그대로 보고 있는 거지. 그렇게 말하는 정 선생이야말로 청년을 낭만적으로 보지 마. 현재의 모습을 있는 그대로 보란 말이야."

"남 말하고 있네. 지금 우리는 젊은이 아닌가?"

사실 그랬다. 1정 연수를 받고 있는 사람들은 삼십 이쪽 저쪽의 젊은이들이었다.

"맞아. 그러니까 바르게 바라보아야지. 지금 위정자들이 알아야 하는 것은 바로 우리 지금의 상태야. 적어도 경제 문제는 가장 큰 문제라고 할 수 있어. 우리가 지금의 일본만큼 경제가 발전한다면 나는 틀림없이 통일도 이룰 수 있다고 생각해. 아니 인간사 모든 문제의 90퍼센트 이상은 돈에서 시작해 돈에서 끝나. 얼마나 경제가 중요한가 하는 것을 알 수 있지. 결국 동학농민봉기도 일정 부분 경제와 관련 있는 것이 아닐까?"

그런데 우리의 관심은 다시 결과에 대한 문제로 넘어가고 있었다. 정말 결과란 무엇일까? 이 세상의 모든 것은 결국 결과의 기록일까? 그렇다면 과정은 생략되어도 좋은 걸까? 그렇다면 이 세상의 모든 실패는 나쁜 것일까?

"검사들의 말투가 생각나네. '예' 아니면 '아니오'로 답하시오. 그 과정이 생략되었잖아. 그것은 결과가 얼마나 중요하냐는 것을 나타낸 거라 할 수 있지. 언젠가 책 제목이 생각나네. '인생이라는 결산서에는 변명이 소용없다' 뭐 그런 것이었는데 바로 그것이 결과의 중요성을 여지없이 나타낸 것 아니겠어."

"그런 말로 유투버 어느 할매가 한 말 있지. '인생은 끝날 때까지 끝난 것이 아니야'라는 말, 정말 정말 결과를 놓쳐버린 사람들에게는 희망이 되는 말이지. 괜히 전반전에서 좀 앞섰다고 깝죽대는 사람 보면 우습기도 하지."

"그러니까 과정중심주의라는 말도 나온 것이겠지. 너무 결과만을 중시하니까 애써 과정의 중요성을 말하려는 몸부림이지."

"그래 과정도 참 중요하지. 그런데 좋은 과정은 좋은 결과를 이끌어내지 못해 반드시. 그러니까 더욱 결과가 중요한 거지."

"그런데 과정을 무시한 채 결과만을 중시하면 될까? 좋은 과정없이 좋은 결과를 이루는 경우가 얼마든지 있거든. 그리고 좋은 결과가 반드시 좋은 것만도 아니야. 자신을 힘들게 채찍질하며 몰아붙이는 경우, 설사 성공하였다 하더라도 돌아보면 그게 만족스런 삶의 방식일까?"

"영화에서 라스트 신이 가장 중요해. 사람들에게 가장 멋있는 모습으로 기억되어야 한다."

"장관들 청문회할 때 봐. 깨끗한 놈 하나 없어. 그렇게 큰 소리 치며 검증하는 국회의원이란 작자를 보면 지는 또 얼마나 깨끗할까? 아마 더하면 더하지 못하지 않을 거야. 그러나 중요한 것은 그 결과거든. 그 과정이 어떻게 되든 당선이 되면 그것으로 모든 것이 끝이야. 그 당선이란 결과는 희망이고 권력이고 목표의 실현인 거지."

"그래, 특히 권력투쟁은 일단 권력을 잡고 보아야 하는 거지. 페어플레이가 어디 있어. 지면 모든 것이 끝나는 건데. 그러기에 수단 방법을 가리지 않지."

"괜히 자기만 깨끗한 척 할 필요없어. 권력의 세계, 그 세계가 이미 지저분한 것인데 없앨 수 있는 것도 아니고. 그러니까 권력을 얻기 위해 분투하는 그들을 긍정적으로 볼 필요도 있어."

"우리가 동학농민운동을 이야기하다 어디까지 왔는지 모르겠는데 여하튼 동학농민운동은 그 원인이 아무리 순수하다고 해도 그 결과는 최악이었어. 당시 급박한 세계의 흐름을 읽어내지 못했다는 데서 한계를 가진다고 할 수 있지."

"우리가 너무 동학농민운동을 폄하하고 있는 것 아닐까?"

"아냐, 있는 그대로 말했을 뿐이야."

"동학농민운동을 민중 혁명의 시작이자 민주화 운동의 뿌리라고 여기고 있는 많은 사람들이 문제를 제기해 을 텐데 어쩌려구 그래. 니가 동학농민운동을 알면 얼마나 안다고 다시 공부하라고 말이야."

"아니, 박 선생, 무슨 소리를 하는 거야. 역사 교사인 내가 감정에 따라 함부로 역사를 이렇게도 말하고 저렇게도 말하겠어. 아니 대한민국의 역사 교사가 고스톱이라도 해서 자격을 딴 거야."

"지금 공주 우금치와 정읍 황토현에 가면 동학혁명위령탑이 있어. 특히 정읍의 동학혁명기념관에서는 매년 기념 축제를 벌이는 모양이야. 중요한 것은 동학의 원인, 과정에만 치우쳐 있고 동학의 결과가 없다는 점이야. 이게 무엇보다도 동학농민운동을 잘못 이해하고 있다는 점이야. 그것만큼 이 동학이 왜 실패했으며 그 결과가 어땠다는 것을 부각시켜 역사의 교훈으로 삼아야 하는데 그런 것은 없고 당시 농민들의 피해와 동학농민봉기의 긍정적인 모습만 비추어주고 있으니……"

"만일 동학농민운동이 성공했다면 어떻게 되었을까?"

"글쎄, 우선 생각해볼 수 있는 것은 전봉준을 비롯 농민 우두머리들은 스스로 정치세력을 만들고 농민정치를 하겠지. 양반에서 농민으로의 권력 이동이랄까. 처음엔 조금 그들이 원하는 대로 방향이 틀어지겠지. 그러나 고도의 술수가 요구되는 정치에서 정치력이 떨어지는 그들은 곧 좌절하고 그리고 가장 쉬운 과거 방식으로 돌아갔을지도 몰라. 그들의 이념상 쇄국정책을 쓰고 대원군을 끌어들였겠지."

"집강소를 설치하는 등 자치적인 활동이 있었겠지. 그러나 기존의 정치를 크게 벗어나지는 못했을 거야. 무어가 변할까?"

"그런데 전봉준이나 김개남 같은 사람은 역사에 이름이라도 남겼지만 동학농민운동에서 앞에 서서 싸웠던 사람들은 무엇일까? 그냥 총알받이밖에 더 되었을까? 그 공주 우금치 전투에서 그만큼 희생을 당했으면 다른 작전을 쓸 만도 한데 우직하게 한 방향으로 돌진만 했으니 전략이고 뭐고 아무것도 없었어. 그래서 그들의 죽음이 억울한 거지."

"그런 것이 역사상 오죽 많을까? 장군들은 그렇다치더라도 진정 앞서 싸웠던 이들은 억울한 죽음이라고 밖에 할 수 없는 거지."

그래도 그들의 죽음을 가엾게 보지 마. 그들은 순수하게 일어난 것이었고 그들의 지도자에 충실한 거였어."

"어떤 저명 언론인은 동학농민 봉기를 당시 풍전등화의 우리나라 형편에서 볼 때 침몰해가는 배에서의 난동이었을 뿐이라고 부른 사람도 있어."

"동학농민운동을 보는 관점이 다양하다는 것이겠지."

우리는 동학농민운동을 두고 계속 이야기를 이어갔다. 아마 동학농민봉기를 부정적으로 자꾸 보게 되는 것은 연수원이 인정해주지 않아 점수가 깎인 것에 대한 화풀이 탓도 있을 것이었다. 집으로 갈 시간은 계속 지났지만 우리는 아직도 할 이야기가 많았다.

"만일 동학농민운동이 오늘날 긍정적인 평가를 받으려면 그때 어떻게 했어야 했을까?"

"그 총부리를 조선 조정이 아니라 일본으로 향해야만 하지 않았을까? 당시 국제정세를 생각해보면 말이야. 그런 것을 읽을 줄 몰랐던 농민이었기에 그만 일본에 좋은 일만 해주고 말았지."

"맞아, 동학농민운동의 가장 큰 잘못은 그 당시 세계의 정세를 읽지 못한 것이었어."

"나도 그렇다고 생각해. 시대마다 그 시대를 이끄는 정신이 있기 마련인데 그 시대 흐름을 깨달았어야 했는데 농민들은 그렇지 못했어."

동학농민운동에 대한 비판은 끝이 없었다. 벌써 여섯 시가 지나 있었다. 우리는 곧 저녁 먹을 생각을 하였다. 결혼한 여선생님들은 거의 집으로 빠져나갔다. 결혼 않은 여선생님과 대부분의 남 선생님들이 남아 있었다. 끝까지 남아 있는 선생님들은 타지에서 온 역사 선생님들이었다. 이번에는 1

정 대상 연수 역사 교사가 많지 않았는지 자격이 되는 몇 개의 이웃 시, 도 역사 교사를 모아 연수를 했다. 그래서 멀리서 온 선생님들은 인근에 한 달 동안 하숙을 하는 선생님들도 있었다. 마침 오늘이 연수 마지막 전날인 목요일이었기 때문에 우리는 좀 여유를 부릴 수 있었다. 우리의 자리는 자연 술집으로 이어졌고 술집에 가서도 토론은 이어졌다. 한 달간의 자격 연수에서의 해방감이랄까 아니면 시험의 결과라는 점을 꼬투리 삼아 괜히 심술이라도 부리고 싶은 마음에서일까 우리는 술과 함께 마구 구순 본능의 즐거움을 누렸다.

우리는 저녁을 먹으면서도 정치에 대한 비판도 서슴지 않았는데, 그것은 모두 점수에 대한 아쉬움 때문이었다. 모든 것은 결과가 말하는 것이었기 때문에 점수 1점을 앗긴 것에 대해 더욱 그러했다. 시험은 그렇다치더라도 객관적으로 보았을 때 만일 동학농민운동이 그때의 시대 흐름을 읽어 그 동력을 바람 앞의 등불 같았던 조선을 지키는데 썼다면 감히 일본이 우리나라를 쉽게 점령할 수 있었을까? 아마 적어도 일본이 피 흘리는 전투 없이 쉽게 조선을 먹을 수는 없었을 것이다.

"게다가 죽창이라니? 당시 첨단 무기로 무장한 일본군에게 죽창을 든 애국심, 열정이 무슨 씨나락 까먹는 소리야. 지금의 죽창가 운운하는 정치가들도 참."

"오늘날의 잣대로 과거를 재평가하는 것이 정당할까 하는 생각도 들어. 현재는 현재를 평가해야 하고 과거를 다시 쓰려는 것은 안 돼."

"그렇지만 역사를 공부하는 것은 바로 과거를 현재로 다시 쓰려고 하는 작업이 아닐까? 역사를 공부하는 것은 다시는 그런 비극을 겪지 않으려고 하기 때문이야."

"만일 그때 우리 국민이, 우리 위정자들이 현명하게 그 격랑의 시대를 잘

헤쳐갔었다면 지금의 불행은 없었을 텐데, 예를 들어 친일파 문제만 해도 그래. 그때 일본에 당하지만 않았다면 오늘날 이렇게 쓸데없는 친일파 공론에 나라의 동력을 쓰지 않아도 되었을 것을, 당해 놓고 이제 와서 이렇고 저렇고 친일파 운운하는 것은 얼마나 나라의 에너지를 소비하는 거냔 말이야?"

"게다가 걸핏하면 친일파 문제를 정치에 이용하고 친일파 문제가 자기들의 전유물인 것처럼 생각하는 데에는 기가 막혀. 조금이라도 일본에 우호적인 말을 하면 친일파로 몰아치니 차라리 그렇게 당한 우리 조상을 먼저 욕해야지. 당해 놓고 무슨 그런 분개를 떠는지."

"맞아. 일본을 미워하는 것도 그렇지만 나라를 앗긴 조상도 저주받아 마땅해. 어떻게 보면 친일파 운운하는 것보다 그 시대 무능한 임금과 정치를 탓하고 나라와 국민들 전체가 우리나라를 지키지 못했다는 것에 대한 깊은 반성과 성찰이 우선되어야 하는 것 아닐까?"

"그렇다고 친일파 문제를 그냥 두고 갈 수가 있을까? 역사는 결과야. 일본이 우리를 식민지배했다는 것은 사실이야. 친일파 문제는 끝까지 파고 들어야 할 문제가 아닐까?"

"그 말도 옳아. 그러나 개인 간에 벌어진 시비에서는 남을 탓할 수도 있어. 그러나 국가 간에는 제일 먼저 자신에게 엄중하게 물어야 해. 일본의 침략근성에 대한 비판은 그 다음이야.[1] 어디 우리가 당시 우리 조상들에 대해서 책임을 물은 적이 있었던가?"

"그러니까 일본의 그게 잘못되었다는 거야. 약하면 약한 대로 강하면 강한 대로 그냥 두어야지. 강하다고 약한 조선을 먹으라는 법은 없잖아."

"참, 낭만적인 소리하네. 전혀 당시 시대 상황을 읽고 있지 못하고 있어.

---

1 박훈, '청일전쟁은 아직 끝나지 않았다', 동아일보, 2022.1.7.

약하면 잡아먹히는 것이 당시 세계적인 질서야."

"언젠가 서정주 시인이 친일파 시인이라고 비난의 봇물이 온 나라 안을 흔들었지. 그 뒤 한 교수로부터 들었는데 하도 친일파 시인이라고 떠드니까 서정주 시인이 그랬다는 거야. 너희들이 일제 강점기에 태어났어 봐. 오히려 너희들은 더했을 거라. 그 뒤 교과서에 서정주 시인의 시가 무참히 사라졌어."

"참 무서웠어. 친일 시인이라고 찍힌 순간 모든 영광과 명예는 사라지지."

"그 시대 태어나지 않았다는 것을 감사해야지."

"친일파에 대한 문제는 간단한 거야. 진정으로 친일을 극복하려면 과거를 탓하고 원망하는 것보다 더 부강한 나라, 더 강병의 나라, 국민이 행복한 나라를 만드는 거야. 그래서 멋지게 우리도 한번 일본을 굴복시키는 거야."

"그런데 그게 가능할까? 아마 과거 역사를 보았을 때, 또 지금의 우리 국력으로 보았을 때 쉬울 것 같지 않아. 그러니까 피해의식에 젖어 이렇게 맨날 천날 친일 문제를 물고 따지고 드는 것이 아닐까?"

"맞아, 아무리 와신상담, 굴기를 해도 안될 것 같으니까 이렇게 친일을 두고 시끄러운 것일 거야. 치고 받고, 이기고 지고, 이런 것을 여러 번 경험했더라면 그냥 그러려니 할 터인데 강한 일본놈들한테 당하기만 했으니까 피해의식이 남다른 거지."

"그 예가 프랑스와 독일 아닐까? 그들 국민은 우리와 일본처럼 서로를 그렇게 증오하지는 않거든."

"일제하에 별다른 저항이 없었다는 것도 우리 국민들의 한계를 보는 것 같아 안타까워. 지금처럼 친일 문제를 따지고 든다면 그만큼 그때 일본에 대한 저항을 좀 더 강력하게 했었어야 했던 것 아닐까? 겨우 3·1운동 하나

해놓고 그 이후 별다른 국민적 저항이 없었잖아."

"그래서 일본 역사 교사들이 주장하잖아. 3·1운동 이후 뚜렷한 국민적 저항이 없었다는 것은 일본이 그만큼 조선을 잘 대해주었기 때문이라는 식으로 일본의 조선 병탄을 합리화하고 있어. 일본이 아니었다면 고요한 아침의 나라가 계속되었을 텐데 일본이 정체된 조선에 충격을 줌으로써 오늘날 한국발전의 기초를 닦아주었다는 거야. 정체사관, 충격사관의 일본의 전형적인 식민사관 태도지."

"그 당시 아직 일본보다 국민들이 깨어있지 않을 때였으니까 그랬지 않았을까?"

"그게 깨어 있고 아니고의 문제일까? 그렇다면 동물들의 경우를 보아. 자기 영역을 침범해오는데 가만 있던가? 동물조차 죽기 살기로 싸우는데 그 당시 우리 조상들은 무엇을 하고 있었을까? 나라를 앗기는 것에 대한 저항은 국민의 깨어 있고 아니고가 문제가 아니지. 남이 나를 범하지 않으면 나도 남을 범하지 않는다. 만약 남이 나를 범하면 나도 반드시 남을 범한다는 그 누구의 말도 있잖아."

"수천 년의 역사 가운데 일제강점기는 정말 쏘옥 빼버리고 싶은 역사야. 그런데 한편으로는 인접국과의 갈등으로부터 자유로운 나라는 없어. 또 그렇다고 이웃나라를 바꿀 수도 없지. 더욱이 일본과의 관계는 한 번에 해결할 수 있는 것이 아니야. 우리의 행복은 일본의 불행이고 일본의 불행은 우리의 행복인 경우가 많아. 이웃 나라의 강함은 결코 우리에게 좋은 것이 아니지. 그러기에 일본과의 문제는 쉽지 않지."

"말이 쉬워 극일이지. 일본을 극복한다는 것이 가능할까? 세계 제3의 경제 대국, 우리나라 3배의 경제력, 과거 역사를 살펴보아도 우리가 일본을 극복한 적은 찾아보기 힘들어."

"그러나 이제는 한번 해볼 만하잖아. 역사는 돌고 도는 거잖아."

"과연 그럴까? 지난 역사를 돌아보고 앞으로 내다보아도 일본을 두고는 역사는 돌고 도는 것이 아닌 것 같은데."

"일본을 생각하노라면 속이 상해. 그래서 아예 신경을 쓰고 싶지 않아."

"누구나 그래. 그래도 생각해야 해. 생각해본들 두렵거나 막히거나 허무할 뿐 답이 있는 것도 아니고 또 속만 상하니까 그런 건 줄 알겠지만 일본이 어쨌다는 소리를 들으면 그냥 속이 상하지. 특히 독도문제 같은 경우 말이야. 스트레스 받지 않으려고 생각을 거두게 되지만 그래도 생각해야 해. 일본이 이 세상에 없어질 국가가 아니라면 말이야."

결국 그날 우리가 생각한 동학농민운동에 대한 생각은 조금은 비판적이었다. 그것은 연수원에서 인정해주지 않는 것에 대한 역하심정도 약간 있었다. 그러나 아무리 좋게 생각하여도 동학농민운동의 결과는 우리나라가 일본 손아귀에 들어가게 하는 일정한 역할을 했다는 것에 이의를 제기할 수는 없는 것이었다. 아니 그때 농민들이 시대적 흐름을 읽어 그들의 봉기가 우리 정부를 향한 것이 아니라 우리나라를 지키는 원동력으로 작용하였더라면 감히 일본이 우리나라를 쉽게 호락호락 먹을 수 있었을까?. 민심이 천심이라지만 오히려 그 민심 때문에 나라가 어려움에 처할 수밖에 없었다면 그것을 마냥 찬양만 할 수 없는 것이었다. 더욱이 그것이 타민족인 일본에 먹히는 국가 존립의 문제라면 동학농민 봉기는 어떤 명분으로라도 크게 미화할 수 없는 것이다.

그러면서 우리는 동학농민운동에 대해 알고 있는 인물이 전봉준, 김개남, 손화중, 고부군수 조병갑 등 몇 명만을 알고 있고 그밖에 전적으로 몸소 몸을 아까워하지 않고 싸웠던 많은 농민들에 대해서는 잘 알지 못한다는 것을 생각했다. 그들은 누구이고 또 무엇인가? 위의 인물들은 그래도 이름은 남았지만 그 밑에서 관군과 싸우고 우금치 전투에서 일본군의 총알받이 했던 많은 농민들에 대해 우리가 아는 바란 무엇인가? 그 사람들은 무엇이란 말인가? 그 사람들은 역사의 주인공이 아니란 말인가? 그 사람들은 그냥 동학농민군이란 말인가? 그런 방향으로 이야기가 돌아가자 우리는 또다시 울분을 토했다.

"언젠가 영화 '안시성'을 본 적이 있어. 그냥 신문에서 소개가 되었기에 내 취향은 아니었지만 아이들과 함께 가서 본 적이 있지. 그런데 한 가지 그런 중에 눈에 들어오는 것은 장군의 명령에 따라 무조건 열심히 싸우는 군사들의 모습이었어. 사람들이 적기나 하나. 장군 하나에 그를 둘러싼 수천 명의 군사들이 적과 맞부딪쳐 싸우는데 참 화살에 맞고 창에 찔리는 것은 전부 군졸들이야. 장군은 뒤에 온갖 보호를 받으면서 싸우는데 결코 죽지를 않아. 그걸 보고 문득 내 인생도 저런 것이 아닐까 하는 생각이 들더라구."

"그게 참 지금 내 형편을 생각하니 꼭 그래. 내 인생 저런 엑스트라로 살다 갈 것이 아닌가?"

"글쎄, 그것은 오늘날도 마찬가지 아닐까? 광화문에서 촛불이든, 태극기든 그 많은 사람들이 나와서 난리를 치던 것을 보아. 그리고 그 후의 모습을 보아. 알맹이들은 전부 다 시위에 나서지도 않던 사람들이 가져가지. 승리는 그들의 몫이야."

"그러고보니 참 민주화란 말도 우스워. 민주화 운동이 일어난 지 벌써 수십여 년이 지났는데 아직까지도 우리가 민주국가가 아닌지 걸핏하면 민주화라니? 민주화의 문제점이 있다면 그것을 고치면 될 것 아닌가? 수십여 년이 지나도록 아직도 맨날 똑같은 문제 가지고 민주화 타령을 하고 있으니? 더욱이 최고의 학력과 최고의 지능과 빨리 빨리의 성격을 가진 민주화의 성지라는 우리나라가."

"민주화가 수학 공식 같은 것이 아니잖아. 또 쉽게 이루어지는 것도 아니구."

"그런 식으로 따지려면 민주화 정의부터 먼저 확실히 해야지. 무엇이 민주화인지, 어디까지가 민주화인지."

"그런 식으로 말하면 좋아하지 않는 사람들이 많을 텐데."

"다 자기네들 유리한 대로 해석하는 거지. 또 편리하기도 하구. 난감하면 그냥 민주화라고 하면 되는 거니까."

"그때 시위에 나섰던 사람들은 훗날 그때 내가 민주화를 위해 싸웠다고 자위 할텐가."

"먼 훗날 자식들 앞에서 자신도 시대의 아픔에 한몫을 했다고 할지도 모르지."

"그게 왜 어때서?"

"아니, 곰곰 생각해보면 다른 사람은 몰라도 내가 한 행동이 주체적이지 못했다는 거지. 이제 생각해보니 내 철저한 판단과 신념에 따라 행동한 것이 아니었어. 가짜뉴스와 거짓 선동에 휘말려 옳고 그름을 판단하지 못하고 남들이 그러니까 나도 그렇다고 생각했던 것 뿐이었어. 내가 가진 삶에서조차 엑스트라였어."

"그런데 그것이 무어 그리 가슴 아픈 일이지? 앞으로 주인공으로 살면 될 거 아냐."

"세상이 그렇지가 않다는 거지. 원래부터 될성부른 나무가 있다는 거지."

"글쎄, 원래부터 될성부른 나무는 신의 뜻이 아닐까? 그것은 신의 자유 영역인 거야. 신의 자유에 속하는 것을 가지고 우리 인간이 왈가왈부할 수 있는 것은 아니잖아."

"그러니까 기분이 나쁘다는 거지. 하나님, 당신은 당신의 의지에 의한 자유를 마음껏 누리지만 당신의 그 자유의지 때문에 엑스트라로밖에 태어나지 못한 나는 이렇게 밑바닥에서 고통에 시달리고 있는 것이 아닙니까? 당신을 저주합니다."

그의 말을 듣고 있는 우리는 아무 말도 하지 않았다. 잠시 침묵이 흐르는 사이 침묵을 깨고 별로 말이 없이 듣고만 있던 박 선생이 말했다.

"정말 이 선생의 말은 우리들 가슴을 흔들게 해놓았어. 어떤 놈은 부자로, 어떤 놈은 장군으로, 나 같은 놈은 맨날 밑바닥에서만 노는 엑스트라로 살게 되는 것이 가슴 아픈 일이지. 그런데 한편으로는 그렇기 때문에 마음의 평안을 얻을 수 있었던 것은 아니었을까? 시키면 시키는 대로 함으로써 아무것도 책임질 필요가 없고 신경 안써도 되는 좀 노예의 삶이기는 하지만 그런 장점도 있어."

"그렇지만 영화 안시성 싸움에서 보았던 그 수많은 이름 없는 병사들을 보면 마음이 아파. 나 역시 그런 엑스트라에 지나지 않을 것이라는 생각을 하면……"

"그래, 내 인생 주체는 나지."

동학농민군의 그 많은 농군들은 누구를 위해, 무엇을 위해 그렇게 싸웠던 것일까? 그렇게 함으로써 그들에게 돌아왔던 것은 무엇일까? 그들이 싸웠던 목적은 이루어졌던 것일까? 오히려 나라를 일본인들에게 빠르게 넘겨주는 결과를 가져왔다. 자연적 시간은 그냥 두어도 흘러간다. 그러나 역사의 시간은 지도자들에게 미래를 창조할 수 있는 주어지는 선물이라 할 수 있다. 그렇지만 우리 같은 밑바닥 사람들에게 시간은 무엇인가?

우리들은 그냥 무언가 화가 나서 진창 술을 마셔대었다. 문제 출발은 동학농민운동이었지만 이 역사의 수레바퀴 속에서 엑스트라로밖에 살아갈 수밖에 없는 우리들의 하찮음에 대해서 절망했다. 결국은 거창한 담론인 역사적, 국가적 사건을 생각하다가 우리 자신에 대한 소소한 생각으로 귀결된 것이었다. 우리는 1정 점수에 대해 생각했고 이 여름방학을 연수에 빠져 아이들과 아내에 대해 소홀했던 것에 대해 미안함을 떠올렸다. 또 틀린 문제에 대해 앞으로 이 1정 점수가 작용할 교감 차출시 연수성적을 따졌고 그 문제를 내었던 K 교수와 '결과'를 인정 않는 연수원을 성토했다. 모든 것은 결과가 결정하는데 우리의 미래는 어떤 결과일까 하는 생각과 그동안 서로 털어놓지 못했던 고민도 이야기했다. 우리는 그렇게 밤늦게 갖가지 이야기를 하다가 헤어졌다. 그렇게 지겹던 1정 연수도 내일로 끝이 난다. 이 짧은 세상, 지금 우리 가족과 내가 잘 살아야지. 나라가 망하든 말든, 어느 놈이 대통령이 되든 말든 무슨 상관이야 하는 소시민적인 생각이 스멀스멀 올라왔다.

서귀포에서 한 달 살기

서귀포에서 한 달 살기로 하고 펜션 하나를 구한 첫날 나는 주체할 수 없이 바빴다. 비행기표를 끊고 펜션을 찾아가고 짐을 풀어놓고 계획은 미리부터 해놓은 것이었지만 실행한 것은 어느 날 갑자기 이루어진 것이었기 때문에 그렇게 허둥지둥 댈 수밖에 없었다. 더욱이 여지껏 제주도는 처음이었기 때문에 혼자 서귀포에서 한 달을 살기로 한 것은 생각과는 달리 그렇게 낭만적인 것이 아니었다. 그러나 어쨌건 제주 서귀포에서의 생활은 시작되었고 펜션 주인의 봉고차를 타고 서귀포 한 펜션에서 내린 나는 부랴부랴 짐을 풀기 시작했다.

주인집 아저씨는 얼굴이 검붉은 매우 다혈질의 남자였고 제주토박이라고 하였다. 원래는 감귤 농사를 지었지만 지금은 정리하고 펜션을 지어 전국 각지에서 오는 나 같은 손님을 대상으로 집을 빌려주는 일종의 숙박사업을 하게 되었다고 하였다.

그가 소개해주는 대로 나는 첫날 서귀포 생활에 필요한 일종의 생활 방식, 그리고 한 달 동안 살면서 보게 되는 제주도 각처의 가볼 만한 곳을 소개받게 되었다. 서귀포 주변을 먼저 돌아보면서 차츰 반경을 넓혀가는 것이 좋을 것이라고 조언하였다.

그렇게 첫날은 정신없이 짐을 풀었고 주인이 일러주는 서귀포 명소 한 곳을 돌았다. 쇠소깍이었다.

둘째 날 나는 계획에 따라 서귀포를 중심으로 한 여행지를 가보기로 하였다. 외돌개였다. 그런데 나는 거기서 한 여인을 만나게 되었는데 그 여인의 정체가 수상했다. 그러나 곧 우리는 서로에게 호감을 느껴(그녀와 나는 그녀 표현대로라면 좀 예술적이었다) 해안 길을 따라 걷게 되었다. 그녀는 몹시 종알거렸다. 그녀는 서귀포에 대해 이야기를 하였는데 그것은 내가 펜션 아저씨에게 들은 서귀포의 맛, 서귀포에서 가보아야 할 곳, 서귀포의 예술 그런 것이 아닌 서귀포의 이국적 겨울, 외돌개에서 바라보는 밤하늘, 해가 떨어지는 모습, 폭포를 바라보며 멍 때리기 같은 감성적인 것에 대해 이야기를 하였다. 그것은 이제껏 내가 그리고 생각해온 그런 서귀포가 아니어서 좀 놀라기는 하였다.

그날 나는 그녀가 이끄는 대로 서귀포의 이름이 알려진 곳이 아닌 그녀가 생각하는 아름다운 곳곳을 돌아다녔다. 그녀는 매우 세련되고 익숙하였다. 어느 정도였는가 하면 내가 그녀와 함께 돌아다니게 되자 주변의 사람들이 나를 쳐다보는 시선이 달라지는 것을 느낄 정도였다. 다른 사람이 볼 때는 나를 그녀의 연인쯤으로 생각하는 것 같았다. 그러나 그것이 다였다. 시인이라고 하는 그녀는 나와 같이 시간을 보내다 내가 별로 기대할 만한 인물이 못된다는 것을 알았는지 어느 순간 저절로 사라졌다.

셋째 날 나는 천지연 폭포를 가보았다. 딴은 부산에서 수학여행 온 한 소녀에게서 폭포가 가장 인상적이었다는 말을 들은 것이 생각났기 때문이었다.

제주까지 오면서 나는 여러 사람들을 만났는데 그 사람들 가운데 압권은 제주 공항에서 수학여행 온 부산의 모 여고생들과의 만남이었다. 여학생들을 보자마자 나는 문득 학창 생활에 대한 향수를 떠올렸다. 저렇게 밝고 웃고 떠들던 때가 내게도 있었던가 싶은 생각에 눈물을 찔끔 흘리기도 하였다. 지금의 내 처지가 너무도 처량했다. 우리는 잠시지만 서로 이야기를 나누었다. 그 소녀들의 목소리가 동굴 속에서 물방울 떨어지는 소리처럼 맑았고 청량했다.

"가장 인상 깊은 곳이 어디였어요?"

여러 아이가 말했으나 나는 그중 한 소녀가 매우 독특한 답을 해 머릿속에 와닿았다.

"폭포였어요. 흘러내리는 폭포를 한없이 바라보노라면 그냥 모든 것이 씻은 듯이 가라앉는 것을 느꼈어요."

소녀는 나를 보고 배시시 웃으며 말했다. 그녀는 아담한 체구에 이가 가지런한 아이였다. 수학여행을 왔으니까 고2 곧 18살의 소녀였을 것이었다.

"폭포는 다 돌아보았나요?"

"네, 천제연, 천지연, 정방폭포 등 서귀포에 있는 폭포들을 다 돌아 보았어요. 그렇지만 천지연 폭포에서 한참 멍하니 있었어요. 그 무한함, 그 깊이, 그 낙하 이미지, 인생은 폭포가 아닌가 하는 생각을 했어요."

"왜 그렇게 생각했나요?"

"특별한 거 없어요. 폭포를 바라보니 그냥 그런 생각이 문득 들더라구요."

그녀는 곧 집합하여 돌아가는 비행기를 탔지만 나는 폭포가 인생 같다는 그 말이 잊혀지지 않았다. 그래서 당장 서귀포에 펜션을 구하면 무엇보다 폭포부터 먼저 가보리라 했다. 웬일인지 폭포에 끌렸다. 걷는 것 같지 않게 걸었는데 어느새 나는 천지연 폭포 앞에 와 있었다. 섬과 연결된 아름다운

다리를 보았고 선착장과 연결된 식당 거리도 보았다.

그때까지 이 펜션에는 나 말고 드는 사람은 없었다. 그 다혈질의 펜션 주인은 운영을 잘못하고 있는 것 같았다. 이 좋은 펜션에 손님이 이렇게 없을 수야.

펜션 주인은 저녁이면 혹시 손님이 오는가 싶어 때때로 뜨락에 나와 길가 쪽을 한 번씩 바라보고는 했는데 그때 지는 해를 마주하려는 나와 더러 마주치고는 했다. 그는 내게 웃으며 말했다.

"펜션 집어치우고 싶은데 살 사람은 없구 어때 손님께서 한번 해보지 않으시려우 내 싸게 내놓을 테니."

그렇지만 나는 이런 일에 전혀 관심이 없었다. 하고 싶지도 않았다. 이런 것을 할 나이도 아니었다. 나름대로 목표가 있었다. 건방지지만 나 같은 고급인력이 이런 것을 할 수는 없다는 오만한 생각도 들었다.

"아저씨도 참, 나는 그냥 한 달 살기로 하고 이 서귀포에 온 것 뿐인데 그냥 한 달 살고 나면 또 다른 데로 갈 거에요."

"아니, 왜 젊은 사람이 역마살이라도 끼었나? 한참 일 할 나이에 그 무슨 살이 끼어 돌아 다니려우?"

"저마다 사정이 있는 것이 아니겠어요."

"사정, 무슨 사정? 아무리 사정이 있다 그래도 자네가 무슨 재벌가 자식이라도 되어? 그저 일해야 해. 우리 같은 나이 사람들은 그저 일을 해야 살 수 있었어. 그런데 지금 젊은이는 행복에 겨워 쓰잘데 없는 것에 신경을 쓰고 다니는 것은 아냐?"

"그런데 아저씨 나이도 그렇게 되어 보이는 것 같지 않은데."

"이래 뵈어도 58년 개띠야. 온갖 고생은 다하면서 살았어. 그때야 어디

먹을거리, 일할 거리라고도 많았나, 학교라도 제대로 다닐 수가 있었나, 나 중학교밖에 졸업 못했어. 부모님이 남겨놓은 귤밭을 팔아 나이 들어 좀 편할 거라고 펜션 하나 지었는데 이즈음 같아서는 영 젬병이야. 호텔도 어찌나 빽빽이 들어섰는지."

"그래도 펜션만의 장점이 있지 않겠어요. 저 같은 경우, 이런 펜션만을 찾아다니는데. 더욱이 여긴 바다를 바라볼 수 있어서 얼마나 조망이 좋아요. 좀 더 펜션을 알려보시지요."

"그걸 내가 잘 몰라. 그래서 자네더러 해보라는 것 아냐."

그날 나는 인터넷에 이 펜션을 소개하는 글을 올렸다. 그런데 다음날이었다. 내가 올린 글 때문인지 아니면 그냥 여행객이 어찌 알고 찾아왔는지 아침부터 펜션을 찾는 사람이 있었다. 그는 간단히 찾아와서는 2, 3일만 머물 것이라고 말했다. 나는 그가 오는 모습을 바다로 뚫린 통유리창을 통해 바라보고 있었다.

그날 저녁, 나와 아저씨는 내 옆 펜션에 새로 들어온 사람과 인사를 하게 되었다. 매우 젊은 사람이었는데 놀랍게도 아메리카 은행 한국 지점장으로 온 것이었다.

"미국 어디서 있었나요?"

"앨라바마에 있었습니다."

"앨라바마 하니까 '오 수재너'가 생각 나네요."

멀고 먼 앨라배마 나의 고향은 그 곳/ 밴조를 매고 나는 너를 찾아 왔노라/ 떠나온 고향 하늘가에 구름은 일어/ 비끼는 저녁 햇살 그윽하게 비치네/ 오 수재너여, 노래 부르자/ 멀고 먼 앨라배마 나의 고향은 그 곳

그러면서 나는 살짝 '오 수재너'를 불렀다. 그러자 그도 반갑다는 듯이

같이 노래를 불렀다.

"고향이 이 제주입니까?"

"아닙니다. 서울에서 서귀포에 한 달간 머물기로 작정하고 내려왔습니다."

"좋고 멋져 보이십니다. 풍부한 여유를 가지고 있는 것은 정말 좋은 일입니다."

"그렇게 보이십니까? 실은 마음의 여유가 없어 고민 중인데."

"그래도 좋아 보이십니다."

"그렇지만 이런 일은 미국에선 흔한 일이 아닙니까?"

"네 흔한 일이지요. 그렇지만 한국에서의 이 낭만과 비교할 수 있겠습니까?"

그러면서 그는 내 처지를 무척 부러워하는 모습이었다. 그저 룸펜에 불과한 나를 부러움의 대상으로 바라보다니 별일도 다 있다 싶었다. 우리는 같은 펜션에 머물렀다는 이유로, 마침 별빛도 총총하고 해서 맥주 1캔씩을 앞에 놓고 이야기를 나누었다. 그러나 우리는 술에 익숙하지 못했다(놀랍게도 술을 잘 할 것 같은 펜션 주인도 술에 관한 한 맥주병(?)이었다). 그래서 맥주 1캔을 두고도 오랫동안 이야기를 나눌 수 있었는데 그러다가 분위기가 썰렁해진 것은 펜션 주인 때문이었다.

"제주에는 어떻게 오게 되었나요?"

그때까지 조용히 말을 듣고만 있던 주인 아저씨가 그 손님에게 제주에 온 이유를 갑자기 물은 것이었다. 그러자 금방 분위기가 썰렁해졌다. 사실 이런 여행을 하는 사람들에게 자신이 밝히지 않는 이상 어떻게 오게 되었느냐고, 어떤 일을 하는 분이냐고 묻는 것은 조금 실례되는 이야기이기도 했다. 시간이 지나도 분위기가 풀리지 않기에 나는 아저씨의 체면도 살리고 분위기를 조금 바꾸기 위해서 먼저 내 이야기부터 하였다.

　내가 이곳 제주도 온 것은 특별한 목적이 있어 온 것이 아니었다. 나를 둘러싸고 있는 모든 압박으로부터 벗어나 한 달 동안 제주에서 모든 세상과 인연 끊고 살고 싶다는 생각을 한 때문이었다.

　사실 나는 변변한 직장을 가지지 못한 백수였다. 이 백수로부터 탈출해 직장인이 되어야 한다는 것은 서른에 가까운 내 나이를 무척이나 압박하고 있었다. 친구들은 모두 자리를 잡아 가고 있는데 그러지 못한 채 빌빌대는 내 모습이 부모님은 무척 안타까운 모양이었다. 그런 부모님을 보는 내 자신 역시 이만저만 괴로운 것이 아니었다. 게다가 사랑하는 여인과의 결혼 문제 또한 나를 심각하게 압박하고 있었다. 그러나 취직조차 못하고 있는 내게 결혼은 최후의 문제일 수밖에 없는 것이었다.

　나는 이 모든 고통과 문제로부터 벗어나고 싶었다. 나는 배낭을 꾸렸고 모든 것을 벗어나 제주에서 한 달간 지내다가 생각을 정리한 후 다시 올라오리라 생각했다. 아니 제주가 좋으면 이대로 눌러 앉아도 좋다는 생각도 했다. 그런데 갑작스럽게 부모님이 교통사고로 돌아가시는 바람에 그 일은 미루지 않으면 안되었다. 부모님의 사고는 내게 충격적이었고 나는 근 1년 간을 두문불출하다가 이럴 수 없다는 생각에 서귀포 한 달 살기 계획을 다시 끄집어낸 것이었다.

　그러나 서귀포 한 달 살기는 생각과 달리 차질이 생기는 것이 한두 가지가 아니었다. 무엇보다 밤마다 몰려오는 속 시림을 견딜 수 없었다. 고민 끝에 생각을 놓기로 하였다. 무어 그리 서두를 게 있느냐 차츰차츰 달래나가자. 시간 많은 사내는 그렇게 제주도 서귀포에서의 생활을 시작했다.

　"서귀포의 일출과 일몰을 보고 싶습니다. 그러다가 날짜가 채워지면 다시 올라갈 생각입니다."

그는 결코 자신이 여기에 오게 된 이유를 말하지 않았다. 우리는 늦도록 이런저런 이야기를 나누었다. 그가 한 이야기 중에 그가 미국의 지역감정에 대해 말한 것은 충격이 아닐 수 없었다. 아직도 남부 주에서는 남북전쟁 이전의 향수를 그리워하는 사람들이 있다고 하였다. 그게 언제적 일인데, 게다가 민주주의의 보고라는 나라에서……

"여기는 어떻게 오시게 되었습니까?"

그러다가 이번엔 내가 당당하게 물었다. 조금은 분위기가 풀어졌다고 여겨졌기 때문이었다. 주인 사내의 주눅 들어있는 것을 조금 덜어주려는 의도도 있었다. 나는 아무렇지도 않게 물었는데 그는 순간 마치 수음을 하다 들킨 소년처럼 움찔하는 것 같았다. 그 모습이 너무 이상해서 나는 혹 내가 잘못 물었는가 싶어서 다시 둘레를 둘러보았는데 그냥 주인 사내와 나 이외에는 아무도 없었다. 그는 말하기 상당히 저어된다는 듯이 나를 빤히 쳐다보았다. 그에게는 이 물음과 관련 말 못 할 사연이 있는 것 같아 보였다.

"제가 혹 못 물을 것을 물은 것은 아닌지요? 말하고 싶지 않다면 말하지 않아도 됩니다."

"아, 아닙니다. 뭐 특별한 것이 있다고?"

그가 들려준 것은 다음과 같았다.

정말 우리는 이렇게 밖에 살 수가 없는 것일까? 부부간에 이렇게 사사건건 다를 수 있다는 말인가? 그렇다면 사람들은 왜 결혼을 하고 애를 낳아 키우는 것일까? 연애 때는 발견되지 않던 것이 결혼하고 나니까 아내의 숨어 있던 모습이 발견되는 것이었다.

언제부턴가 우리는 서로에게 저주를 퍼부었다. 아니 우리가 서로 결혼했다는 사실을 저주하였다. 그리고 결혼을 하고서는 수년 여를 살아왔다는 것에 저주를 하고 치를 떨고 있었다. 아내를 볼 때마다 나는 절벽을 느꼈고 아내 또한 나를 볼 때마다 마찬가지였을 것이었다. 어디에 문제가 있는 것일까?

오늘도 나는 회사를 마치자 집에 갈 생각을 못 하고 거리를 생각 없이 걷고 있었다. 회사를 마치면 집으로 돌아가는 것이 지극히 당연한 일이건만 집으로 돌아갈 마땅한 즐거움이 없었다. 아내와의 냉전은 언제부턴가 미지근하게 이어져 왔고 우리는 같은 집에 사는 사람일 뿐 부부라는 어떤 증명이 없었다. 아이라도 있으면 그 아이가 매개가 되어 아내와의 관계를 회복할 수도 있으련만 우리들 사이에는 아이도 없었다. 원래 아이가 없는 것이 아니라 아내가 아이를 갖기를 원하지 않기 때문에 우리 사이에는 아이가 없었다. 지금은 이런 것을 딩크족이라고 해서 새로운 트랜드로 자리를 잡아가는 모양이지만 우리 부부는 이런 것을 앞서 경험했으니 우리를 잘 모르는 사람이 보면 우리가 앞서가고 있는 부부로 생각할지 모른다. 그러나 우리가 아기를 갖지 않는 것은 내 생각이 아니라 아내의 고집 때문이었고 나는 그런 아내를 마지 못해 그냥 따라가고 있을 뿐이었다.

우리가 만난 것은 아내가 미국 유학 중이었을 때였다. 미국 교포 2세였던 나는 그때 아메리칸 은행의 앨라바마 몽고메리 지점에 근무하고 있었다. 한 학생이 우리 은행으로 들어오며,

"통장을 하나 개설하고 싶어서요. 이 통장으로 매달 돈을 받고 싶어요."

하고 말했다.

영어가 매우 서툴렀다. 그녀의 얼굴 표정을 보고서야 나는 그녀의 말뜻을 이해할 수 있었다. 그런데 그녀의 얼굴을 보는 순간 나는 깜짝 놀랐다. 그녀가 한국인임을 담박 알아차릴 수가 있었기 때문이었다. 이 앨라바마에

는 한인이 잘 살고 있지 않은데 어떻게? 다소는 의아하였다. 주로 유학을 오는 사람들은 보스톤이나 뉴욕, 엘에이 같은 데 있을 뿐 이 앨라바마까지 오는 경우는 드물었다.

나는 반가워,

"유학생이신가요 한국인입니까?"

하고 만면에 웃음을 띤 채 물었다. 그러자 그녀는 이 낯선 땅에서 한국인을 만난 것에 매우 놀라워하며 자신이 찾아온 이유를 한국어로 말하였다. 역시 계좌 개설이었다. 보통 유학을 오는 학생들이 하는 것은 계좌 개설과 카드 신청을 하는 경우가 많았다. 한국에 있을 때부터 가지고 있는 비자나 마스터카드 같은 것을 가지고 있는 경우도 있으나 환율에 있어서 자국 화폐 가치를 가진 카드로 결제할 경우 환율이 높기 때문에 사람들은 미국에서 새로운 카드를 발급하는 경우가 많았다. 그녀도 그런 거려니 하고 생각하고 있었다.

"앨라바마주립대에서 여성학을 공부하고 있어요. 이곳에 온 지 석 달이 지났어요."

그것이 인연이 되어 그녀와 나는 사귀게 되었다. 나는 내가 아는 한의 미국의 유명지를 주말마다 그녀와 함께 찾아다녔다. 그녀와 함께 지내면서 나는 그녀의 생각이나 외모, 그리고 한국인이라는 것이 마음에 들었다. 그녀가 박사학위를 받고 귀국할 때까지 그녀의 옆에서 함께 했다. 장차 그녀와 함께 결혼도 하고 싶었다.

그녀가 한국의 대학에서 자리를 잡았다는 소식을 들었던 것은 그녀가 학위를 받고 귀국한 다음 해였다. 그리고 내가 한국의 지점장으로 오게 된 것은 그해 후반기였다. 후반기 인사이동에 따라 나는 한국본부를 지원하였고 내가 한국인이라는 것과 평소 성실히 근무한 성적이 인정되어선지 나를 한국 지점장으로 발령을 내었던 것이었다.

미국이 아메리칸 드림을 이룰 수 있는 것이라고는 하지만 그것은 옛날이 야기일 뿐 지금은 그렇지가 않았다. 게다가 유색인종, 트기, 아시아 인종에 대한 차별은 흑인에 대한 것 못지않았다. 그들은 백인 우월주의의 나라였 다. 좋은 자리의 대부분은 백인들이 차지하고 있었다. 밑바닥 일자리만이 유색인종에게 돌아갔다.

더욱이 아버지가 이곳에 와서 정착한 앨라바마는 남부주였기 때문에 이 런 면은 더욱 심했다. 오죽했으면 버스에서 흑인이 같은 버스에 타고 다닌 것이 불과 얼마 전의 일이었다. 그것도 도시에서만 그렇지 시골에서는 여전 히 흑백인이 동일 버스를 타는 것을 보는 것이 쉽지 않았다.

우리의 결혼은 내가 한국 부임을 하자마자 빠르게 이루어졌다. 아내는 성격이 매우 유순한 여자였다. 더욱이 그녀의 맑은 눈빛과 순종적인 태도는 보호본능을 일으키게 했고 나는 이 여자를 사랑하지 않으면 안될 것 같았 다. 그런데 그녀는 변한 것이었다. 결혼 후의 그녀는 내가 아는 그녀가 아니 었다. 내가 미국에서 그녀를 아껴 주어야 하고 보호해 주어야겠다고 생각했 던 그 여자가 아니었다.

그녀는 결혼 후 얼마 되지 않아 여자는 보호받아야 할 대상이 아니라는 듯 나와 대등한 관계를 유지하려고 하였고 뿐만 아니라 나에게도 남편이 아 닌 하나의 사회인, 회사원을 대하는 것 같게 대했다. 결코 나에게 지지 않겠 다는 듯 집에서의 공평한 일처리를 요구했고 아이를 갖지 않고 딩크족으로 살겠다고 선언하는 것이었다.

나는 놀라웠다. 그녀의 갑작스런 변신도 그렇고 그녀가 점차 한국 사회 에서 페미니스트로서의 수월한 위치를 찾아가는 것에 대해서도 놀라웠다. 얼마 가지 않아 그녀는 텔레비전에서도 자주 출연하는 유명인사가 되었다.

한국 페미니즘의 최일선에서 활약하는 그녀를 보며 그녀 자신은 성공했을 지 몰라도 우리 가정은 그럴수록 점점 냉랭해져가고 나는 점점 아내에게서 멀어져가는 것을 느꼈다. 페미니즘이란 것이 그런 것일까? 피해의식에 사로잡혀 남성을 공격하고 남성과의 대등을 넘어 여성우월의식마저 가지려는 것이 아내가 말하려고 하는 것일까? 집안이 점점 냉기가 흐르면서 나보다도 아내가 더 나를 경계하는 것 같았다. 나는 이런 아내가 싫었다. 아내도 역시 내가 그녀를 피하자 그녀도 나를 내가 하는 것만큼 피했다. 우리의 집은 그냥 사무실이었지 온기가 흐르는 가정이 아니었다.

아, 어디서부터 이렇게 된 것일까? 아내는 유학 시절 정말 곱고 순수하고 다정다감한 여자가 아니었던가? 그런데 지금 아내는 여성이 마치 피해자인 양 피해의식에 사로잡혀 모든 남성을 저주하고 여성을 해방하자고 앞서서 외치고 있는 것이다. 나는 이렇게 가정을 이끌고 있는 나 자신에 화가 났다.

나는 집을 나왔다. 무작정 이 냉기가 흐르는 집을 뛰쳐나왔다. 아내는 내가 왜 가출했는지 모를 것이었다. 그녀의 마음엔 가족이, 가정이 전부가 아닌, 그냥 자신이 하는 일상 중의 한 부분이었기 때문이었다. 나는 공휴일이면 이곳저곳으로 떠돌아다녔다. 나는 부산과 광주를 떠돌다가 문득 제주를 생각한 것이었다. 그냥 제주를 한 바퀴 돌다가 가자, 하긴 집에 돌아가 보아야 반기는 사람이 있는 것도 아닌데, 나는 집을 떠나 제주에서 일주일을 살아보기로 했다. 그리고 이왕이면 제주도의 남쪽인 우리나라 최남단의 서귀포에 묵기로 했고 비행기에서 내리자마자 망설이지 않고 서귀포로 왔다.

우리는 밤 12시가 넘어 각자 펜션으로 들어갔다. 서귀포 한여름 밤의 별자리가 너무도 뚜렷했다. 그런데 이튿날 깨어보니 그의 방은 완전 비어 있었다. 그는 깨끗하게 방을 정리해놓고 사라진 것이었다. 왔다 간 흔적이 없었다. 간밤 늦게 이야기를 하였기 때문에 그도 좀 나처럼 느지막이 일어나 제주 생활의 느긋함을 느낄 것이 아닌가 하는 생각이 들었지만 이런 내 예상과는 달리 그는 아침에 소문도 없이 사라진 것이었다.

나는 느지막이 일어나 제주도의 따뜻한 햇살을 해바라기 하였다. 그날은 그렇게 펜션에서 지냈다. 서귀포의 폭포, 바다, 하늘이 언젠가 사진에서 본 사이판의 이국적인 풍경 같다는 생각을 했다.

그런데 내가 소개한 글 때문이었을까? 그날 저녁에는 또 다른 한 사람이 찾아들었다. 한 달 가도록 든 사람이 거의 없었다는 이 펜션에 이틀 연속 사람이 든 것이었다. 바로 앞에 나간 그 미국 은행의 한국지점장으로 온 친구가 묵었던 방이었다. 제주에 내려오고 나서 그냥 편히 쉬겠다는 이유 이외에는 아무것도 없었기 때문에 나는 내 옆방에 누가 왔는지 소소한 것에 저절로 관심이 갔다. 내 옆방에 들어온 친구는 다섯 시쯤에 멀찍이 둘러져 있는 울타리의 문을 열고 들어왔는데 놀랍게도 스님 차림의 사람이었다. 스님일까? 왜 스님이 절을 찾지 않고 굳이 이 펜션에 머무르려는 것일까? 이상한 생각이 들었지만 무슨 특별한 사정이 있겠지 싶어 그냥 지는 해를 감상하고 있었는데 그는 어느 틈에 소리없이 내 곁에 다가와 역시 낙조를 바라보았다. 이 펜션은 해가 뜨는 것도 좋았지만 지는 것을 감상하기에는 더없이 좋은 장소였다.

우리는 지는 석양을 바라보며 그렇게 앉아 있다가 조금은 답답함을 느껴 내가 먼저 입을 열었다.

"스님은 어느 절에서 오셨습니까?"

"수국암입니다."

그는 나를 흘깃 한번 바라보더니 합장하며 말했다.

"네, 수국암 잘 압니다. 몇 번 가보기도 했구요. 거기서 시를 짓고는 했습니다."

"시인이십니까?"

"아닙니다. 그냥 아마추어 왜 있지 않습니까. 조금 글 쓴다는 사람이 끄적대는 거, 바로 그런 수준입니다."

그러면서 나는 수국암에 관한 시를 한 편 읊어주었다.

"시가 매우 아름답습니다."

"수국암 가는 길이 너무 인상적이서 지었습니다."

"오늘만 묵으실 예정인지?"

펜션 주인이 물었다.

"아닙니다. 그냥 이 제주에 오면 생각이 좀 풀릴까 싶어서 왔습니다. 때로는 고요한 절 같은 곳보다 사람 냄새가 나는 저자 거리가 훨씬 좋은 때가 있습니다."

"네, 이해해요. 그 고절한 곳에서 어떻게 견디어내는지 정말 스님들이 대단하다는 생각을 합니다."

우리는 역시 밤늦도록 그와 이야기를 나누었다. 그와는 죽음에 대한 이야기를 주로 나누었다. 불교에서 말하는 죽음의 문제가 마음에 와 닿았지만 그보다는 그가 스님이면서도 이상하게 죽음을 몰고 다니는 것 같은 서늘함이 있었기 때문이었다. 밤 11시가 넘을 때까지 이야기하다 보니 이 얘기 저 이야기가 쏟아져 나왔는데 약간 수다끼가 있던 내가 주로 이야기를 하는 편이었고 스님은 주로 내 이야기를 들어주는 편이었다. 그런데 분위기를 깬 것은 역시 펜션 주인이었다.

"스님이 되신 특별한 계기가 있습니까?"

그는 아무 말도 않았다. 이런 경우 나는 상대의 반응이 어떻게 나올지를 잘 알고 있었다. 신분까기(?)를 하는 것은 정말 조심해야 할 내용이었다.

"제주도에 오게 된 특별한 이유가 있겠군요."

말이 없자 역시 다음 질문을 던졌던 것도 집주인이었다. 펜션 주인은 사람이 그리웠던 것인지 펜션에 사람이 들 때마다 술도 할 줄 모르면서 맥주와 안주를 가져와서는 끼이려 들었다. 아메리칸 은행 한국지점장이 왔을 때 알아차렸을 법한데 모자란 것인지, 둔한 것인지. 그런데 내 예상과는 달리 우리가 기대했던 것도 아니었는데 그는 어느 순간 무슨 생각에선지 자신이 이곳에 오게 된 경우를 말하기 시작하였다.

새벽 예불에 맞추어 일어나긴 했지만 어제 밭일을 한 탓일까 온몸이 뻐근하면서 머리가 맑지 못했다. 능성이 문을 열었을 때 뜨락에는 겨울 입성을 알리는 듯 나뭇잎 몇 개가 떨어져 있을 뿐 이즈음 자주 눈을 하얗게 찔러 오던 무서리도 사라지고 없었다. 아직 계절은 가을이지만 산사에서의 가을은 잘못 든 길손처럼 서둘러야 하는 일이 많았다. 능성은 새들도 아직 깨지 않은 새벽을 바라보며 공기를 물 마시듯 들이켰다. 엊그제 꽃이 핀 것 같았는데 벌써 겨울이라니 산이 미친 것 같았다. 언젠가는 초록이 미쳐 하늘을 뒤덮은 것 같더니 이젠 초록이 힘이 없다.

능성은 밖으로 나왔다. 산으로 비잉 둘러싼 산골에도 날이 서서히 밝아 오고 있었다. 산사에서는 모든 것이 늦게 시작하고 빠르게 끝났다.

서둘러야 했다. 주변의 단풍이 아름답다 보니 관광객이 시도 때도 없었고, 조그마한 암자에 웬 관광객이 왜 그리 많은지 하루 종일 소란함이 그치지 않았다. 능성은 무거운 몸을 이끌고 밖으로 나왔다. 스님이 다섯인 암자는 주지 스님이 잘 가꾸어 놓은 탓에 절의 살림이 윤택했다. 그만큼 스님들이 몰려들었다.

그러다가 능성은 조금은 웃는다. 어찌 절에 들어올 생각을 했을까? 처음

절로 가겠다는 생각을 한 때가 군대를 다녀와 다시 복학을 한 때였던가? 왜 그랬던 것일까? 능성은 심호흡을 하며 잠깐 자신이 절 생활을 하겠다고 생각했던 때를 떠올렸다. 그것은 자신도 신기하고 신비하다고까지 생각하였다.

"스님, 일어나셨어요?"

"아, 네, 안녕하셨어요?"

그녀가 능성을 보자 발갛게 웃는다. 얼굴에 주근깨가 자욱한 그녀는 아침 일찍 아침 공양을 돕기 위해 이 이른 새벽에 마을에서 올라온다. 그녀는 남편의 불치병을 부처님의 원력으로 고쳐보겠다고 아침부터 저 치성이었다.

능성은 간밤 자신이 몹시 불안한 꿈에 시달렸다는 것을 깨닫는다. 이즈음 이어진 불길한 꿈은 계속 그를 괴롭혔다. 능성은 밤마다 가위눌린 듯하다가 깨어나고는 했다. 이상했다. 깨고 나면 전혀 그것이 무엇인지 알 수 없었다. 능성은 분명 간밤 가위눌려 자신이 고통 속에 질퍽이다가 깨어나고 깨어났다가는 다시 잠속으로 들기를 반복했던 것 같았는데 기억은 없다. 아침이 개운할 리가 없다. 승려 생활을 하면서 얻은 불면증이라는 또다른 고통이 잿불처럼 숨어있다가 살아나는 것 같았다. 절 생활이 맞지 않는 것일까? 화두를 잡지 못했기 때문일까? 아무튼 맞지 않는 옷을 입은 것처럼 헐렁함이 이어졌다. 자신을 괴롭히는 것은 그뿐만이 아니었다. 내가 산사로 들어온 이유가 무엇인가에 대한 끊임없는 번뇌가 외롭게 했다. 아직까지 무얼 버리지 못했다는 말인가? 무얼 버리지 못해 이 모양이란 말인가? 아닌 척, 안 그런 척 나 자신을 속이고 한발은 늘 속세에 두고 있지 아니했던가? 무엇 때문에 잠 못 이루고 이토록 괴로워하는 것일까?

능성은 허위단심 주위를 둘러보았다. 푸르던 산이 앙상해지고 추해보였다. 모든 것이 무상하다는 것을 느꼈다. 왜일까? 자연의 신비의 변화 때문일까?

능성은 오솔길로 나서다가 순간적으로 떠오르는 한 여자의 환영으로 비틀거렸다. 간밤 이상한 꿈을 꾼 탓일까? 왜 이리 아침부터 설레게 만들지.

능성은 고개를 흔들며 중심을 바로 잡으려 했다. 수행한다는 것이 무엇인지 무엇을 어떻게 수행한다는 것인지 능성은 수행을 한답시고 절밥을 먹은 지 벌써 십 년째나 되었지만 자신이 지금 무엇을 위해 이렇게 하고 있는지 몰랐다. 이렇게 절 생활을 하며 하루하루 넘기는 것이 수행인 것일까 능성은 알지 못했다. 스스로 의미없다고 생각하며 살던 날이 얼마이던가? 능성은 나서다 말고 다시 안으로 들어와 붉은 색 감을 무겁게 들고 있는 감나무를 바라본다. 잘 익은 모습이 문득 그녀 같다는 생각을 한다. 지금쯤 어떻게 지내고 있을까? 아기 엄마가 된 그녀와 그 옆의 남자, 그런 생각을 할 때마다 능성은 고개를 떨쳐내며 위해 고개를 흔들었다. 속세의 일은 속세일 뿐이다.

아, 어느 날 보았던 아버지의 불륜 현장, 더욱이 그 불륜녀가 아버지 자신이 가르쳤던 제자라니? 더욱이 그녀에 빠진 아버지가 어머니를 내쫓고 자식마저 팽개쳐버리다니? 사랑은 그럴 정도로 강한 것이었을까? 불륜이라는 이름의 사랑도 있는 것일까? 교회 장로였던 아버지의 용서치 못할 불륜, 그리고 목사의 딸이었던 사랑하는 그녀의 결혼과 함께 모든 것이 끝나버렸던 세상, 능성은 세상에 존재하는 것이 싫었다. 나를 아는 모든 이로부터 사라지고 싶었다. 과감히 모태신앙이었던 기독교를 버리고 불교로 개종했다. 그리고 산사로 들어왔다. 그로부터 수계를 받고 절 생활을 하면서 능성은 늘 자신이 흔들렸다고 생각한다. 뜻을 가지고 들어온 절 생활이 아니었다. 그냥 불륜의 아버지와 사랑했던 그녀를 보아야 한다는 것이 괴로워서 들어

온 산문이었다. 마음은 이래서는 안 된다 하면서도 몸은 늘 속세에 한발 걸쳐놓고 있는 느낌이다.

큰 절에서 지내던 어느 날, 절에 놀러 왔던 그녀, 그녀 옆에 키 큰 남자와 예쁜 딸이 있었다. 갑자기 눈앞이 푹 젖어오면서 밀짚모를 깊게 눌러쓰고 종종걸음을 해대었다. 마치 못 볼 것을 본 것처럼. 그러나 속은 마구 방망이로 두드린 듯 요동쳤고 멀찍이 가서 뒤돌아보았다. 그리고 못 볼 것을 본 것처럼 다시 돌아 이번에는 더 빨리 걸었다. 그녀가 능성을 보고 있었다.

능성은 일부러 동작을 크게 하며 무설전無說殿으로 빨리 걸어갔다. 그로부터 능성은 몇날 며칠을 열병을 앓았는지 모른다. 잊었다 다짐하고 또 다짐하였는데 능성은 밤에 잠을 들 수 없을 정도로 괴로웠다. 이게 무얼까? 그녀가 내 가슴에 이렇게 크게 자리 잡았던 것일까? 이렇게 한 여자에 빠져도 되는 것일까? 여지껏 십여 년간의 수행이 그녀의 한순간의 등장보다 못하다는 생각을 했다. 그러나 한편으로 능성은 이제껏 자신을 짓눌러왔던 것이 무엇인지 알았다. 능성은 깊은 생각의 늪에 빠져들고 말았다 그녀를 이제껏 잊지 못해 괴로워해 왔다는 것이 부질없다는 것을 알았다. 그 부질 없다는 것을 알기 위해서 이제껏 이렇게 돌아왔다는 것이란 말인가? 그러나 한편으론 능성은 품었던 알 수 없는 화두가 풀리는 것을 느꼈다. 그녀를 봄으로써 그리고 그녀의 행복한 가정을 봄으로써 자신의 사랑이 곱게 승화했다는 것을 느꼈다. 능성은 급히 암자로 돌아왔다. 그리고 아무에게도 알리지 않고 짐을 싸 만행을 했다. 벗어나자. 그동안 나를 짓눌러왔던 이 맞지 않는 옷을 벗어버리자.

우스웠다. 어떻게 그냥 이 제주도에 한 달 살아보기로 하고 온 내가 만나는 사람마다 이토록 진한 사연을 갖고 있다는 말인가? 그러면서 한편으로는 서귀포가 묘하다는 생각을 했다. 이를테면 사람들은 우월감에 젖어 뭍의 모든 진기한 소식을 후진(?) 서귀포에 들여놓는다고 생각하는데 오히려 사람들은 이 후진 서귀포에 와서 선진적인 힐링과 생활 의욕을 찾아가지고는 다시 집으로 가는 것이었다. 그 스님 역시 이튿날 아침 바로 떠났다. 흔적도 없이.

그 스님이 떠나고 며칠간은 펜션에 사람이 들지 않았다. 교통이 불편한 이 펜션까지 와서 묵을 이유가 없기 때문이었다. 바닷가 뷰가 썩 괜찮다는 것 말고는 또 불편하느니만치 가격이 좀 저렴하다는 것 말고는 내세울 것이 없었다. 이곳을 아는 사람들도 그렇게 많지 않았다. 나처럼 이렇게 저렴한 가격으로 한 달간을 보내려는 사람이나 관심을 가질까, 서귀포를 찾는 사람들의 관심 밖의 펜션이었다. 그런데 어떻게 이런 고급 손님들이 오는지 모르겠다. 여하튼 그 미국 은행 한국지점장이라는 사람도 그렇고 스님도 이곳을 알고 있다는 것이 그렇고 또 그들이 한결같이 떠오르는 일출이 아니라 지는 해를 바라보고 싶었다는 것도 내게는 신기한 일처럼 보였다.

내가 이곳에 묵은지 한 보름 쯤 지났을려나(그 두 사람이 가고 나서 드는 사람은 한동안 없었다) 어지간히 서귀포 생활도 익숙해지고 나름대로 갖고 있던 복잡해진 생각도 한둘 정리되어갈 때쯤 내가 연속적으로 두 번이나 이 펜션을 알리는 글을 올렸음에도 손님은 없었다. 그런데 두 번째 글을 올린 지 사흘 때 되던 날 펜션에 손님이 들었다. 놀랍게도 여자 손님이었다. 여인은 아침에 문득 택시를 타고 펜션을 찾아왔다. 보통은 오후나 오후 늦게 찾아오는 경우가 많았는데 여인은 공항에서 내려 바로 찾아온 것처럼 보였다. 아니면 어제 제주에서 하룻밤 묵고 이곳 서귀포로 온 것 같기도 했다. 펜션 주인은 여자 혼자 찾아올 때는 조금 불안해하는 것 같았다. 그것도 아침에, 그것도 수심 가득 찬 얼굴로 찾아왔기 때문에 방을 내준다는 것이 내

키지 않은 모양이었다. 혹 여자가 이상한 저의(?)를 가지고 찾아온 것은 아니닌가 하는 생각을 갖고 있는 것도 같았다. 때때로 혼자 찾아오는 여자 손님인 경우에 그런 생각하기 싫은 경우도 있다는 것이 펜션업계에서는 알려져 있는 사실이라고 했다. 그러나 지금 서귀포에 펜션이 한두 개인가? 또 이 제주에서 지금은 숙박업이 가장 불황인 것이다. 손님을 놓쳐서는 안될 것이다.

주인은 의심쩍어 하면서도 선뜻 방을 내주었다. 그것도 바로 내 맞은편 방을 내주었다. 혼자 떨어져 있는 방에 여자를 두어서는 안될 것 같았던 모양이었다. 그리고 사무실이 있는 곳에서 수시로 이 여자가 묵는 방을 감시하고 있는 것 같았다. 그런데 그런 우려와는 달리 여자와는 이내 말을 트는 사이가 되었다. 역시 낙조를 바라보기 위해 코카콜라 차양 그늘에 앉아 있을 때였다. 역시 펜션 주인도 말없이 우리 곁에 앉았다. 우리는 낙조에 빠져 한동안 아무 말도 하지 않았다. 그런데 여인은 특별히 가까이하려 한 것도 아니었는데 내 얼굴과 내 행동을 보더니 죽은 남편이 생각난다며 어느 순간 자신이 여기에 온 이유를 말하고 있었다.

"여보 이상해 내 옆구리가."

어느 날 학교를 다녀온 남편은 오자마자 침대에 무너지며 통증을 호소했다. 그런 일은 너무도 뜻밖이어서 나는 남편이 심상치 않음을 알았다. 불현듯 119를 불러 병원으로 갔다. 남편과 동기인 닥터 조는 재빨리 응급조치를 취했고 몇 번의 검사를 하더니 이내 떨리는 목소리로 말했다.

"이 지경이 되도록 뭐하고 있었어. 집으로 데리고 가."

닥터 조는 내게 그렇게 말하며 혀를 끌끌 찼다. 나는 순간 닥터 조 앞에 무너지며 남편을 살려달라고 애원했다. 남편은 멍하니 천정을 바라볼 뿐 아무 말이 없었다. 그리고 남편은 빠르게 절망해갔다. 마치 죽음을 예비해두었던 사람처럼 쉴 새 없이 구토와 호흡곤란, 그리고 참을 수 없는 고통의 신음, 남편은 으레 폐암 환자가 가는 길을 빠른 속도로 가고 있었다.

산빛은 누렇게 변해 있었고 하늘은 구름 한 점 없었다. 이따끔 산자락에 만들어진 밭에서는 낡은 허수아비들이 그림처럼 서 있었다. 어쩌다 보면 추수를 하는 모습이 보였다가 사라지고는 하였다.

정은 차창밖에 시선을 주며 무심코 지나치는 시골 풍경을 바라보았다. 특별한 생각은 나지 않았다. 보는 것과 마음이 일치하지 않았다. 마음은 둥둥 떠 있었지만 아무런 의욕이 나지 않았다.

남편을 묻고 허허로운 마음을 견딜 수 없어 시작한 여행, 정은 벌써 나흘째 이렇게 정처 없이 돌아다녔다. 생각할수록 자책감과 후회감이 밀려왔다. 아, 남편이 그 지경이 되도록 몰랐다니? 정은 자신의 부주의로 남편의 운명을 달리한 것만 같아 또다시 고개를 숙이고 말았다. 생각할수록 눈물이 쏟아졌다. 남편의 죽음보다 자신이 남편을 막지 못한 것에 가슴이 먹먹해온 것이었다.

'의사인 내가 남의 몸은 고치면서 정작 자기 식구인 남편을 고치지 못했다니.'

정은 마음을 주체하지 못해 견딜 수 없었고 그때마다 떨쳐내려고 고개를 흔들었다. 남편과의 추억이 깃든 곳마다 정은 찾아다녔고 이곳 통도사까지 오게 된 것이었다.

남편은 통도사를 자주 왔다. 통도사는 자신의 추억이 깃든 곳이라는 것이었다. 자신이 교육대학을 졸업하고 두 번째 발령받은 학교가 바로 통도사 인근에 있는 학교였다. 남편은 이곳에 있는 많은 아이들과 자신의 인생에 있어서 둘도 없는 추억을 쌓았다고 했다. 처음 남편과 함께 통도사에 왔던 때를 기억했다.

"여기 있지. 여기 오심 스님이 내 친구야 그래서 자주 오게 되어."

우리는 이 얼마 전에 오심 스님이 설법을 하는 것을 들으러 울산에 온 적이 있었다. 그 스님이 자기 친구라며 생각나면은 자주 그에 대해 언급했다. 남편은 기독교 신자였다. 그런 그가 자기 친구인 오심 스님을 찾아 자주 이 통도사에 온다는 것은 좀 신기한 일이기도 했다. 언젠가 정은 이 문제로 남편에게 물어본 적이 있었다.

"글쎄, 그냥 딱히 무슨 이유가 있다기보다는 그냥 좋았어. 통도사 주변의 경치, 통도사라는 이름이 주는 분위기 이런 것이 그냥 좋았어. 그래서 절이라면 통도사를 떠올리게 되지. 어렸을 적부터 친구인 오심이가 있어서 더욱 그래."

"그래도 통도사가 좋은 이유가 있을 게 아니에요."

"글쎄, 그냥 좋았어. 그리고 길지도 않고 짧지도 않은 그 길을 걷는 길도 좋고."

남편은 통도사에 이르기까지 얼마 되지 않는 그 길이 좋다고 했다. 초등학교 때는 소풍까지 왔던 길이라고 했다. 남편은 어려서는 그 길이 좋아서 통도사를 찾았고 나이 들어서는 오심 스님과 친구여서 찾았다고 했다.

우리의 만남은 오로지 우연이었다. 남편이 내 병원의 환자로 온 것이었다. 그를 처음 본 순간 나는 화들짝 놀랐다. 사람이 한 번 보고 이렇게 끌릴 수 있다니…… 그것은 남편도 마찬가지인 모양이었다. 남편의 치료가 끝나던 날, 나는 지금 아니면 내 감정을 표현할 길이 없을 것 같아 그에게 먼저 고백했다. 남편과 결혼을 앞두고 연애를 했을 때 남편이 정을 첫 번째로 데리고 왔던 곳도 바로 이곳이었다. 그는 자주 이곳을 다녔기 때문일까? 통도사에 대한 지식도 많았다.

"통도사는 우리나라 3대 사찰 중 하나야. 그중에 가장 중요한 부처님 진 신사리를 가지고 있는 곳이지. 그래서 통도사 대웅전에는 따로 부처님을 모시지 않아. 그렇지만 그런 것보다 더 좋아하게 된 것은 통도사가 재미있어 서야. 통도사 극락보전 뒷벽에는 반야용선도가 그려져 있는데 그 반야용선 도의 뒤에서 일곱 번째 사람이 뒤돌아보고 있는 거야. 다들 앞을 보고 있는 데. 왜 그 사람은 뒤돌아보고 있을까?"

남편은 통도사 예찬론을 폈다.

사실 우리 때 나이의 사람들은 절에 대해서 잘 몰랐다. 정이 통도사에 간 것도 그때가 처음이었다. 야외로 나가 산과 들을 보고 이름 있는 곳을 찾기 도 했지만 절을 찾는 것은 조금 드물었다. 딴은 정이 기독교인이었기 때문 이었다. 그러나 남편은 같은 기독교인이면서도 어찌나 불교 지식이 해박한 지 혀를 내두를 정도였다. 불교 해설가라 하여도 좋았다. 차라리 성경에 대 해 그렇게 밝았다면 할 정도였다. 남편과의 추억이 깃들었던 그 생각을 하 자 정은 또다시 눈물이 나왔다.

그 큰 사람이 조그만 도자기 하나를 채우지 못하고 나왔을 때 정은 털썩 그 자리에 주저앉아 울어버리고 말았다. 이것이 끝이라니? 그런 생각을 하 며 정은 또 울었던 것 같았다. 남편의 모습 하나하나 남편의 행동 하나 하나 가 눈앞을 주마등처럼 스쳐갔다. 어느 순간 머물고 싶지 않은 순간이 없었 다. 좀 더 살아 좀 더 많은 것을 누리고 갔어야 했는데.

정은 버스를 내려 통도사 입구까지 걸었다. 보도 블록들이 오히려 정 앞 을 가로막는 것 같았지만 옛날 남편과 이곳으로 오던 때를 기억하며 말없이 걸었다. 그 옛날 푸르기만 했던 날들이 허전하기만 했다.

정은 통도사 주차장으로 쓰고 있는 광장까지 걸었다. 광장에서 바라보는 광경은 전체를 볼 수 있어서 좋았다. 가을의 소란함도 관광객의 소란함도 가버린 늦가을 평일의 사찰은 이따끔 관광을 온 외지 사람들일 뿐 평소의 박시글대던 때에 비해 언제 그랬던가 싶게 쓸쓸함마저 들었다. 텅 빈 광장은 저 위로 차들이 지나가는 모습만 이따금 보일 뿐 나고 드는 이 없이 뜨악했다. 다리 건너 박물관은 날씨에 어울리지 않게 화려했고 키가 커서 주위 배경과 어울리지 않아 보였다.

정은 광장 이리 저리 고개를 돌리며 주변의 광경을 눈을 다 담아보려고 했다. 남편의 빛깔, 남편의 냄새 그런 것이라도 있다면 정은 그것을 손으로 끄집어 올릴 수도 있다고 생각했다. 그러나 정은 주변에서 남편의 그 어떤 것도 끄집어 내지 못한 채 실망하고 있었다.

"그렇게 그렇게 남편과의 추억이 깃든 곳에 대한 여행을 끝내고 다음으로 이 서귀포에 오게 된 것이었어요. 서귀포는 남편과 신혼여행을 왔던 곳이기도 해요. 제가 그때 병원 일에 너무 바빠 신혼여행으로 외국으로 나갈 수가 없었어요."

나는 이 펜션에 들었던 사람들의 이야기를 듣자 이들이 어딘지 모르게 어린 왕자가 사라져버렸던 그 세상에서 온 사람들 같다는 생각이 들었고 그런 한편 이들이 문득 바다 속에서 한 웅쿰 시를 건져 올릴 정도로 매우 아름다운 사연을 가지고 있는 시인들 같다는 생각도 들었다.

그것은 방에 들어 자리에 누우면서도 역시 마찬가지였다. 참 이상한 인생도 많구나. 그러다가 나는 갑자기 내 귀를 강타하는 듯한 충격을 먹게 되었는데 그것은 잠깐 그럼 너는? 하는 생각으로 내 안의 내가 묻고 있었기 때문이었다. 그것은 이내 나에게 쇠망치로 때리는 것 같은 충격을 주었다. 나는 눈물을 찔끔 흘렸다.

병신같은 자식, 허약한 신체와 병마 그리고 간신히 그것을 이기고 나니 쏟아지는 가난, 그리고 실연, 실패, 아니 실패랄 것도 없는 무능과 용기 없음, 가난한 부모를 원망하고 저주하고 열등감에 빠져 지냈던 지난날, 그리고 세상을 마주할 수 없어 그냥 도피, 또 도피, 그래서 그 도피 끝에 찾아온 곳이 서귀포가 아닌가?

나는 눈물을 흘렸다. 이제 한 달을 살고 나서는 또 어떻게 할 생각인가? 부모를 원망했지만 그나마 지금 나는 부모님이 남겨주신 보험 유산으로 이렇게 방랑하고 있는 것이 아닌가?

나는 그 밤 내내 자신에 대한 회오와 자책으로 잠을 이루지 못하다가 새벽에 잠깐 잠이 들었다. 내가 다시 깨어났을 때는 10시가 훌쩍 지난 때였다. 나는 늘 그래왔던 것처럼 노트북 앞에 앉았고 통유리로 푸르게 다가온 바다를 보았다. 날씨가 너무 좋아 밖으로 나왔다. 아무도 없었다. 그러다가 빨래를 널고 있는 주인아저씨를 보고,

"어젯밤 그 여사님 아직 일어나지 않았나 보지요?"

하고 나는 멋쩍게 웃으며 물었다. 그런데 주인아저씨는,

"그 사람 아침 일찍 떠났어. 다들 이삼일씩 묵을 것 같이 이야기하더니만 오는 사람마다 그냥 말도 없이 하루도 되지 않아 썰물처럼 가버리더군."

하고 조금은 허탈해 하며 말하였다. 그 실망해 하는 모습을 보며 나는 아저씨는 그 사람들이 이 서귀포에 온 이유를 묻지 말았어야 한다고 생각했다. 자신의 처지가 밝혀진 이상 그들은 여기에 더 머무를 필요가 없었던 것이다. 주인은 서귀포에 오래 살았으면서도 왜 서귀포가 익명의 도시가 되어야 하는지 모르는 것 같았다.

그러나 아저씨의 그것과는 별개로 나는 거듭거듭 참 서귀포가 신기하다는 생각을 했다. 사람들은 괴롭거나 슬프거나 또는 문제가 있을 때 제주를

찾아왔다. 그리고 한국의 최남단 이국적인 이곳 서귀포에 와 머물렀다. 서귀포에 와서는 아무도 모르게 자기가 가지고 왔던 근심, 걱정, 불안, 절망, 미움을 모조리 털어놓았다. 그리고 소리 없이 사라졌다. 그런데도 보면 서귀포는 한 번쯤 그런 것에 오염될 법도 하건만 언제 보아도 또 보아도 또다시 보아도 오고 싶은 늘 청정지역이었다. 신기하고 또 신기했다.

베트남 탈출의 기록

나는 낙오병이었다. 1973년 3월, 우리 부대는 상급 부대의 지시에 따라 카츄샤라고 불리는 능선에서 완전 철수를 하였다. 나는 그 철수하는 때 하필이면 파견대에서의 임무를 마치고 혼자 본대로 귀환하다가 길을 잃는 바람에 낙오병이 되고 말았다.

내가 간신히 밀림을 헤맨 끝에 본대가 있는 783고지에 도착했을 때는 부대는 이미 철수하고 난 다음이었다. 나는 당혹감에 부랴부랴 다시 파견대로 복귀했지만 파견대도 이미 철수하고 난 다음이었다.

나는 나의 귀대를 기다리지 못하고 떠난 부대원들에 대해 끓어 오르는 분노를 주체할 수 없었지만 그러나 다음 순간 내가 낙오되었다는 절박한 현실에 우두둑 떨지 않으면 안되었다. 어느새 내 눈에서는 내가 낙오병이라는 생각 때문에 눈물이 뚝뚝 떨어지고 있었다. 그때부터 1975년 4월 30일 월남 패망까지 나의 긴박하고 절망적인 2년여간의 낙오병 생활은 시작된 것이었다(나는 조국에 대한 배신감에 귀국길을 찾지 않고 중부 베트남을 떠돌았다).

내가 처음 LST로부터 해안을 따라 형성된 아메리칸 사단에 착륙했을 때

내 눈에 보였던 것은 거대한 잡초밭이었다. 곳곳에 뻘겋게 녹슨 레이션 깡통이 집채를 이룬 사이로 잡초가 줄기차게 솟아나고 있었는데 전혀 어울릴 것 같지 않은 이 극과 극을 보며 내가 지금 전쟁과는 아무 관련이 없는 초현실주의 그림을 감상하고 있다는 느낌이었다. 인도지나의 잡초. 그러나 보다 더 내게 생생하게 다가왔던 것은 첫밤도 되지 않아 이 남지나 해를 가로막고 있는 저 잡초밭에서 방금 마악 쏘아올린 포탄이 섬광을 그리며 저쪽으로 날아가는 모습이었다.

카츄사 능선은 우리가 오기 전까지는 제법 치열한 전투를 벌인 흔적도 있지만 내가 오고부터는 한 번도 적과 싸워 본 적이 없었다. 그러나 해가 바뀌고부터는 적잖이 적의 공세를 받았는데 소문으로는 미국이 베트남에서 완전 손을 뗀다는 소리가 심심찮게 들렸다. 그 때문일까? 적의 공세는 매서웠고 월남의 정예 사단인 공수 특전대가 적의 공세에 초반에 무너지는 것을 보게 되면서 우리는 철수를 서두르지 않으면 안되었다. 아닌 게 아니라 얼마 지나지 않아 상부로부터 긴급철수 명령이 떨어졌고 우리는 최대한 빨리 다급하게 철수하지 않으면 안되었다. 이후부터 월남이 패망하기까지 나의 생활은 철저한 낙오병의 그것이었고, 나는 몇 차례나 철없이 베트남 전선에 지원했던 것을 후회하였다.

내가 공로로 들어섰을 때에는 흐렸던 날씨는 개면서 그대로 폭염이 되어 있었다. 피난민의 행렬이 1번 공로를 따라 물결처럼 흐르고 있었다(나는 1975년 4월 24일 경까지 중부 베트남에서 한국어 강사 생활을 하다가 사태가 긴박하게 돌아가자 아무것도 챙기지 못하고 급하게 떠나와야 했다). 그러나 나는 이 1번 공로가 곧 VC에게 실함 위기에 처해진 것을 알아차렸다. 곳곳의 조개껍데기 같은 민가에는 VC 깃발이 폭염에 파김치처럼 시들어 있었고 폭격으로 인한 깊게 패인 웅덩이에 물이 고여 있다가 뜨거운 열기와 함께 찐빵처럼 김이 피어올랐다. 불과 며칠 만에 월남 야전군 사령부의 요충인 이곳도 VC들에게 떨어져 나갔던 것이다. 피난민들의 행렬은 문쥐 떼처럼 끝없이 밀어 닥치고 있었다.

남쪽으로 내려갈수록 행렬은 더 커졌다. 무딜 대로 무디어진 신경은 간간 포성이 날아들어도 변변한 생색을 내지 못하였다. 정부군의 그림자는 리엔흐영에 왔을 때까지도 볼 수가 없었다.

나는 행렬에서 빠져나와 얼마나 길게 그 행렬이 이어졌는지 돌아다보았다. 내 앞에도 내 뒤에도 비슷한 행렬이 끊어질 듯 끊어지지 않고 계속되고 있었다. 공로상으로 이따금씩 먼지를 뽀얗게 날리며 피난 차량들이 지나갔다.

피난 행렬이 이어진 공로 한쪽으로는 산과 밭이 죽 이어져 있었고 또 한쪽은 논과 바다였다. 이따금 공로 주변 마을 아이들이 떠드는 소리가 들려왔다. 밭에서 주운 개머리판 없는 칼빈을 들고 있는 왼쪽 손이 땀에 미끈거렸다. 이 1번 공로는 사이공까지 닿아진 유일한 공로였다. 게다가 이웃 닌투언 성과 람동 성이 바로 공산군에게 실함되어 더욱 난민들이 몰리고 있었다.

나는 말없이 피난민 행렬을 따라가며 언젠가 작전으로 이곳을 지나칠 때 아오자이를 입은 월남 여인으로부터 받은 꽃다발을 기억해 냈다. 그때는 자유와 평화의 거리였는데…… 내 앞으로 핏덩이를 안고 가는 피난민 가족이 나를 슬프게 했다. 저들은 왜, 무엇때문에 피난을 가지 않으면 안되는 것일까? 나는 그들과 난민들의 또 다른 행렬을 이었다. 혼자 있다는 것은 공포감만을 줄 뿐이었다. 폭염이 엄청난 무게로 내 육신을 누르고 있었다.

나는 지도가 있는 수첩을 꺼내 들고 그때까지 잡초밭이라고 쳐다보지 않던 베트남 지도를 조심스럽게 펼쳐보았다. 이렇게 걷는 걸음이 잘못되어진 것은 아닐까 하는 의구심이 울컥 받혔지만 어쩔 수 없이 거대한 행렬에서 이탈치 못하고 휩쓸려가고 있었다. 남쪽의 방위선이 후퇴된 뒤라 소문대로 이 공로를 VC들이 장악하기가 쉬웠지만 아직 그런 징후는 보이지 않았다. 쉬지 않고 무감각하게 걷는 이들의 표정엔 걷는 것이 다만 살고 싶다는 본능 이상일 수 없었다.

그때였다. 갑자기 작전 차량들이 먼지를 뽀얗게 몰고 오며 잔뜩 시야를 긴장시켰다. 난민들은 그들을 피해 야자수 그늘 밑으로 모여들었다. 후퇴하는 야전군 사령부 차량들의 행렬은 한동안 계속되었다. 사람들은 차량들을 향해서 월남식 쑥떡을 먹였다.

난민의 행렬은 하나의 거대한 물결이었다. 이러한 물결이 곧 전 베트남에서 일시에 사이공으로 밀어닥치리라. 그러나 들리는 소문으로는 사이공의 앞날도 결코 밝은 것만은 아니었다. 공화국의 방위는 언제나 형식적일 뿐이었다. 조국에 대한 애착이 없었다. 가족 간에 VC와 공화국이 나란히 공존했다. 거의 맹목적이다시피 한 불타에의 신앙과 아열대 민족의 느슨함은 이 전쟁의 의미를 알 수 없게 했다.

그늘 하나 없는 도로를 지날 때는 내리퍼붓는 거칠고 우악스런 햇볕 때문에 몇몇 사람들이 주저앉았다. VC들에게 습격을 당한 흉한 민가가 뙤약볕에 졸고 있었다. 나는 걸어가면서 옥수수를 몇 번 씹다 뱉어내었다. 단맛만 빨고 나면 비쩍 마른 씨 옥수수는 유리 조각을 씹는 것 같았다.

바다가 보이는 곳을 지날 무렵, 이 더위에도 아랑곳없이 사람들이 나와 논에서 일을 하고 있었다. 그들은 우리의 피난을 알 수 없어 하는 것 같았다. 이때쯤은 실컷 낮잠을 즐기던 시간이리라.

비엔호아가 공산군의 압박을 받고 있다는 소식이 누군가의 라디오에서 흘러나왔다. 난민들은 그래도 한 가닥 설마 사이공이야 하는 희망으로 걷고 있었다.

난민들의 큰 수레바퀴는 마을 앞 탑이 인상적인 갯마을 근처에서 해가 지는 것과 함께 더 이상 굴러가지 않았다. 그러나 산발적인 행렬은 끊어지지 않고 계속되었는데 그들은 늦은 거리를 따라잡으려고 하는 것 같았다. 그때였다. 갑자기 나는 가슴이 섬뜩해졌다. 아오자이를 입은 여인이 미 흑인에 꼭 안겨서 걸어가고 있었기 때문이었다. 그들은 주위의 시선에 아랑곳없이 서로 껴안고 걸어 오히려 이 더위를 무색케 했다. 여인은 임신 중이었는지 배가 불러있었다.

나는 그들을 바라보다가 그 산발적인 피난 행렬에 내 몸을 합쳤다. 우리는 서로가 이국인이라는 생각으로 동류의식을 느꼈다.

"하루종일 아무 것도 먹질 못했어."

"나도 마찬가지야."

나는 그들에게 마을에서 훔친 옥수수를 주었다.

그날 밤 빌리와 콴, 그리고 나는 VC들에 야습당한 듯한 한 빈민가에 들어가 밤을 보내었다. 새로운 아침의 햇살이 쏟아지면서부터 난민들의 행렬은 또다시 거칠게 흘렀다. 우리는 다시 그 거대한 수레바퀴에 몸을 얹었다.

때때로 난민들은 그늘이라고는 없는 곳에서 한참 동안 머물다가 나아갔다. 그때마다 난민들 신음 소리가 여기저기서 터져 나왔다. 사격이 끝난 뒤의 도마뱀의 청승맞은 울음소리 같아서 거의 환장해 미칠 지경이 되어 버렸다. 그때마다 지우고 싶은 낙오병에의 기억이 떠올랐다. 하지만 난민들 누구 하나 그런 것에 신경을 쓰는 사람은 없었다.

콴이 견딜 수 없는지 연신 헛구역질을 했다. 콴은 걸음이 느렸고 연신 배를 가리키며 고통을 호소했다. 그 바람에 나는 자꾸만 내가 또다시 낙오할지 모른다는 두려움을 느꼈다. 이 급박한 상황에 혼자라는 것은 두려움이었다. 내가 이런 고통을 한국말로 투덜대자,

"킴, 자네가 우릴 거추장스럽게 여긴다면 먼저 떠나가게."

하고 빌리는 나를 걱정해주는 건지 아니면 동정을 바라는 건지 눈물을 글썽이며 말했다. 그는 판티에트까지만 가면 어떻게 되지 않겠느냐고 낙관적으로 말했다. 거기에 미군 휴양기지가 있었기 때문이었다. 나는 또다시 수첩을 꺼내 들며 동강난 땅을 손바닥에 올려놓고 보았다. 판티에트가 멀지 않았다.

빌리는 개머리판 없는 칼빈을 내가 몇 번이고 다잡자 그가 갖고 있던 권총과 바꾸어 주었다. 빌리는 얼마쯤 가다가 숲속에다 칼빈을 던져버렸다.

판티에트는 그날 밤 이슥해서 닿았다. 그러나 거리는 이미 유령 도시가 되어 있었다. 움직일 수 있는 것은 전부 남쪽을 향해 떠나고 난 뒤였다. 미군 휴양기지 따위는 애초에 없었다. 뒤처진 난민들은 배편을 이용하려고 부두로 몰려들고 있었다. 사이공으로 통하는 동나이성이 여기보다 먼저 적에게 장악되어 공로로는 위험하다는 것이었다. 난민들을 상대로 한 배가 수시로 난민들을 모아 남쪽을 향해 떠났다.

뱃삯이 없었다. 내게는 고작 담배를 사기 위한 몇 피아스타의 돈이 있을 뿐이었다. 그나마 지금의 화폐는 큰 가치가 없었다. 반지나 고급시계 같은 명품이 더 요긴했다. 사람들이 몰려들면서 중개인들은 엄청난 액수의 금품을 요구했다. 빌리와 나는 뱃삯을 마련키 위해 빈집을 털기로 했다.

그날 밤 이슥해서 우리는 개량 주택들 사이로 우뚝 선 프랑스식 저택을 침입했다. 철살 대문이 굳게 닫혀 있어 키 큰 빌리가 받치고 내가 뛰어넘었다. 피난을 갔는지 안은 텅 비어 있었다. 그러다가 우리는 담뱃불 같은 가느다란 불빛이 안에서 새어 나오는 것을 발견하고는 흠칫했다. 밖으로 내보내

지 않으려고 애를 쓴 것 같았지만 모든 빛을 다 숨기지는 못하였다.

안에서는 노파와 소녀가 사람들의 눈을 피해 이제 막 밥을 먹고 있었다. 나는 권총을 들이대고 문을 박찼다. 소녀와 노파가 질겁을 했다. 그러나 빌리를 보자 다소 안심이 되는지 소녀가 언니가 지금 미국인 장교와 결혼해 괌에 가 있다고 유창한 영어로 말하였다. 노파와 소녀의 호의로 우리는 그날 허기진 배를 게거품을 뿜어낼 만큼 채웠다. 그러나 그것만으로 고마워서 차마 뱃삯마저 요구할 수가 없었다.

우리는 하는 수 없이 밖으로 나와 다른 집을 털기로 했다. 발걸음을 옮기는 소리가 낭하에 가득 울려 두려움을 주었다.

개량 주택을 다 빠져나왔을 때 콴이 갑자기 빌리의 품속으로 깊이 파고들었다. 우리와 같은 처지의 사람들로 보이는 검은 그림자들이 저쪽에서 부산하게 움직이고 있었다. 다행히 우리를 보지는 못한 모양이었다. 우리는 순간 긴장된 얼굴들을 마주 바라보며 씩 웃었다. 빌리의 하얀 이가 유독 빛났다. 그리고 그들이 지나간 반대 방향으로 꺾어지며 낯익은 프랑스식 저택으로 다시 들어갔다. 이 와중에서도 어디선가 맑은 피아노 선율이 새어 나왔다. 딩동거리는 연탄음이 빗방울 떨어지는 소리만큼이나 청아했다.

우리가 들어서도 여인은 그냥 피아노에 열중하고 있었다. 빌리가 우악스럽게 '쌍' 하며 여인이 치는 피아노 건반위로 시커먼 손을 들이밀자 그 연탄음이 멎으며 그녀가 빌리를 바라보았다. 그러나 여인은 조금도 동요하거나 당황하는 기색이 없었다. 그녀는 마치 이런 일을 많이 당해본 것 같았다. 여인은 우리가 아무 말이 없었는데도 안다는 듯이 그녀가 걸고 있는 목걸이를 서슴지 않고 벗어 내주었다.

우리가 골목길을 다 빠져나왔을 때 피아노의 연탄음은 다시 새어 나왔다. 이 절망의 도시에서 오직 한 가닥 평화의 소리였다.

부두에서는 여전히 사람들이 은밀히 거래가 이루어지고 있었다. 큰 배들은 다 떠나가고 소형 선박이 하나 마지막까지 남아 회원을 모집하고 있었다. 빌리가 찬 야광 시계가 밤 열두 시를 가리키고 있었다. 남십자성의 별빛이 짧게 빛났다. 어디선가 장밋빛 포연이 붉게 밤하늘을 수놓다가 사라져 갔다. 나는 신선감에 떨었다. 밤이 이렇게 아름답게 보이기는 처음이었다.

우리는 문득 누가 먼저라 할 것도 없이 알선하는 중개인에게 가서 목걸이를 내밀었다.

연안을 따라 항해하는지 크고 낮은 산 능선들이 사라졌다가는 떠오르고 떠올랐다가는 사라져 갔다. 빌리는 한쪽에 기댄 채 콴의 두 손목을 꼬옥 잡고 자고 있었다.

나는 갑판으로 나와 난간에 그네를 타듯 기댄 채 명멸하는 대륙의 불빛들을 바라보았다. 고독하다는 생각이 사무치게 밀려왔다. 어떻게 해야 할지, 무엇을 해야 할지 아무것도 떠오르지 않았다. 남쪽으로 갈수록 우리와 같은 처지의 배들이 점점 수효가 많아졌다.

한 두어 시간을 잤을까. 눈을 떠보니 대륙은 아직도 깨어나지 못하고 있었다. 빌리가 내 황량한 모습을 보고 코맹맹이 소리로 말했다.

"베트남의 새벽이 이토록 아름다운 줄은 미처 몰랐네."

"모든 것이 살아나고 있지. 새벽은 새로 탄생하는 것이니까?"

"사이공이 다 와 가는 모양이야."

"앞으로는 어떻게 할 셈인가?"

나는 내가 차마 대한민국으로 다시 돌아갈 수 있는지 말할 수가 없었다. 빌리는 한참동안 턱을 받치고 그런 나를 측은히 바라보았다.

"그쪽은?"

"난 괌으로 갈 생각일세?"

그는 영사관에서 이곳을 떠나라는 연락을 수 차례 받았지만 그가 이곳에 와서 벌어둔 적지 않은 재산 때문에 쉽게 떠날 수 없었다고 했다. 상황이 다급해지자 그는 정말로 아무것도 가지지 못하고 나처럼 몸만 빠져나온 것이다.

"킴, 가능하면 같이 괌으로 갈 생각은 없나. 잘은 알지 못하네만 아메리카 합중국은 자네 같은 사람을 꼭 필요로 하고 있다네."

그러나 나는 이번에도 차마 답을 할 수가 없었다. 그것은 전혀 생각해보지 않은 일이었기 때문이었다. 앞으로 닥칠 엄청난 변화가 두려웠다.

그때였다. 갑자기 뭍 쪽에서 포탄이 불기둥을 뿜으며 날아왔다. 물기둥이 치솟았다. 그 바람에 배가 한쪽으로 기웃거렸다. 그러나 갑판 위에 있던 사람들은 아무런 감동 없이 그런 광경을 멀뚱히 쳐다보기만 했다. 초소를 지키는 방위병들이 장난삼아 쏘아대는 포탄이었다.

태양이 솟아오르고 있었다. 모든 사물이 한결 세련되게 살아나고 있었다. 상쾌한 바닷바람이 금방 초조하던 기분을 말끔히 씻어주었다.

나는 빌리를 찾았다.

"빌리, 괌으로 날 데려가 주게."

그제서야 나는 가슴속에 억눌러있던 것이 풀어지며 홀가분해지는 것을 느꼈다. 빌리는 그런 나를 고양이 눈처럼 동그랗게 뜨고 쳐다보다가 이내 내 손을 뜨겁게 잡았다. 내 눈에도 빌리의 눈에도 작은 이슬 방울이 맺히고 있었다. 그러나 이런 감정은 곧 순식간에 사라져버리고 말았다. 얼마 떨어지지 않은 해안으로부터 또다시 포탄이 날아왔기 때문이었다.

포탄은 네댓 개가 더 날아왔다. 이번에는 VC의 소행인 것 같았다. 배는 방향을 바꾸고 사정거리를 벗어나려고 속력을 높였다. 사람들이 한쪽으로 몰렸다. 배가 기우뚱거렸다. 안에서 갑판원 하나가 나와 그런 사람들을 마구잡이로 반대쪽으로 밀어 넣었다. 배가 정상을 되찾는가 싶었는데 이번에는 또 다른 쪽으로 배가 기울어졌다. 사정거리를 벗어나고서야 배는 정상을 회복했다. 나는 살아 있다는 뜨거움을 느꼈다.

그날 정오 무렵에 배는 사이공으로 통하는 붕타우에 닿았다. 배는 더 이상 실어다 주지 않았다. 아침과 점심을 굶었기 때문에 우리들은 담배를 살 돈으로 빵 몇 개와 콜라 큰 병을 사들었다.

버스 주차장은 우리와 같은 사람들로 아우성이었다. 버스 지붕은 피난민들의 짐으로 이층을 이루다시피 하고 있었고 그것도 부족해서 차창으로 짐을 내놓고 밧줄로 매달아 놓았다.

나는 그것을 보자 문득 밀림에서 길을 잃고 절망감에 빠져 허우적대던 때를 떠올렸다. 살아야 한다. 살아야겠다는 생각이 다시 불끈 솟아올랐다. 콴은 더위를 먹었는지, 임신구토인지 연신 토악질을 해대고 있었고, 빌리는 처음 겪는 임산부의 고통에 어쩔 줄을 몰라 방방거렸다. 아스팔트에서 열기가 홧홧 끓어올랐다. 엄두를 못내고 있는 빌리 대신 콴을 업고 그늘에다 뉘었다. 그녀는 목을 자라처럼 움츠리고 연신 구토를 해대었다. 빌리가 수건에다 물을 적셔 가지고 와서 콴의 얼굴을 식혀 주었다. 그러나 콴의 신음은 계속되었고 참다못한 빌리는 콴을 일으켜 병원을 찾아 시내로 걸어가려고 했다. 나는 강렬한 태양을 가리키며 말렸다.

"나중에 해가 진 뒤에 가는 것이 나을 거야. 그동안 진정하도록 내버려 두게."

그늘에 앉아 있어도 땀은 관자놀이와 앞가슴에 비 맞듯 흘러내렸다. 느껴보지 못한 남쪽 지방의 지독한 폭염이었다.

저녁 무렵 빌리와 나는 콴을 양 어깨에 걸치고 어둑해지는 공로상을 따라 시내로 향했다. 공로상에 연한 논에서 폭염을 피해 느지막하게 촌로들이 나와 물을 대고 있었다. 그들을 제외하면 붕타우 부두 쪽은 의외로 한산했다. 이미 빠져나갈 사람은 다 빠져나가 버리고 난 다음 같았다.

우리는 부둣가의 한 허름한 병원으로 콴을 업고 갔다. 병원에서는 이상할 정도로 순순히 콴을 받아주었다. 저항을 받지 않으니까 오히려 신경질적인 불안이 느껴졌다. 그러나 의사는 청진기를 대어볼 뿐 어떤 처치도 하지 않았다. 그러니 오히려 콴이 잘못된 것은 아닌지 불안했다. 다행히 콴은 별다른 고통을 호소하지 않았다. 그날 밤 우리는 콴을 핑계로 붕타우 시의 한 병원 대기실에서 밤을 보냈다.

이튿날 아침에도 태양은 어김없이 똑같은 모습으로 떠올랐다. 거리에는 간밤에 없던 웅덩이가 패어 있었다. 폭격 소리는 듣지 못했는데 간밤 VC 야습이 몇 개의 폭탄 자국을 만들어 놓은 것 같았다.

우리는 시외버스 주차장을 향해 걸었다. 어제보다도 버스는 눈에 띌 정도로 줄어져 있었다. 우리는 빠르게 빌리의 시계와 운전사의 바로 뒷좌석과 맞바꾸었다. 그것은 콴이 빌리에게 그들의 결혼 선물로 준 것이었다. 판티에트에서 내가 뱃삯으로 그것에 은근히 눈을 돌렸지만, 웬일인지 빌리는 아무 말 없이 내 시선을 피하기만 하였다. 그런데 빌리는 이제는 그것을 순순히 벗어놓은 것이었다. 기사는 빌리의 시계를 훔치듯 만지작거리며 고급스러움에 흡족해했다.

우리가 타고나서도 버스는 시간 여를 더 지체하고서야 붕타우를 떠났다. 이제 우리에게 남은 것은 권총 한 자루밖에 없었다. 깊숙이 감추어 둔 권총, 그것이 우리에게 남아 있는 유일한 수단이었다. 버스는 가다가 두어 군데 검문에 걸렸다. 우리는 그때마다 바짝바짝 긴장과 두려움에 사로잡히지 않으면 안 되었다. 그러나 형식적일 수밖에 없는 그것은 기사가 던져주는 시계 하나로 무사통과할 수가 있었다.

사이공으로 다가갈수록 2차선 도로는 더욱 넓어졌다. 도로변에 위치한 방위군 초소들의 수도 자주 눈에 띄었다. 그들은 야자수 그늘 아래에서 옷을 벗은 채 한가롭게 잠을 자고 있거나 우리 난민들을 알 수 없다는 눈으로 바라보고 있었다. 그들은 전혀 전쟁의 위급함을 느끼지 못하고 있었다. 방위 의식도 없었고 VC들이 몰려오면 그대로 진지를 내줄 것만 같았다.

2차선 공로가 4차선으로 바뀌어진 그야말로 사이공 바로 코앞까지 오자 나는 비로소 긴장이 풀렸다. 문득 여자 생각이 났다. 수색을 끝내고 무사히 귀대했을 때나 아슬아슬하게 적의 포탄을 피하는 경우가 있을 때 긴장이 풀리게 되면 나는 여자를 샀다. 처음 여자를 샀을 땐 호기심과 수치심으로 얼굴이 벌게지고 화끈거려 제대로 숨조차 쉴 수 없었지만 만성이 되고부터는 배설 욕망 이외에는 아무것도 아니라는 생각을 했다. 그래도 사이공 밤의 꽃들은 달콤한 웃음을 지어낼 줄 알았지만 부대 근처에서 급해서 찾는 아오자이 입은 소녀들은 숫제 퍼덕이는 갈색의 살덩어리에 지나지 않았다. 대나무로 만든 침대에서 작은 살덩이를 껴안고 푸드덕거리며 쾌감에 도취하다 보면 그것은 승리감이 아니라 헤어날 수 없는 절망감이었다. 지금의 인도지나 잡초가 그런 것 같았다.

그때 또 한 차례 버스가 지체했다. 바리케이드가 놓여 있었다. 검색이 이제껏 당해왔던 것과는 사뭇 달리 엄격해지는지 차가 계속 밀리고 있었다.

우리가 탄 버스에 검색이 시작되었다. 나는 되도록이면 빌리 곁에 바짝 붙었다. 사람들로 빽빽한 차내로 방위군 하나가 비집고 올라서고 네 명의 다른 방위병들은 버스 주변에서 샅샅이 우리들을 훑어보았다. 빌리가 나를 생각했음인지 일부러 내게 말을 걸었다.

그런데 어떻게 된 셈인지 채 검문도 끝나기 전에 방위병은 이내 내렸고 버스는 곧 출발하였다. 나는 또 기사가 손수건에다 무언가를 싸서 그들에게 던져주는 것을 얼핏 보아버렸다. 버스는 포장된 길을 빠른 속도록 질주했다. 점차 많은 집들이 나타나고 차량들의 행렬도 점점 길어졌다. 사이공 외곽에 이미 들어와 있는 것이었다.

버스는 두 갈래로 교차되는 곳까지 오자 왼쪽으로 꺾어들며 쭈욱 안으로 미끄러져 갔다. 갑자기 사이공 번화한 시내가 눈에 들어왔다. 빌딩과 양옥들이 열병식처럼 줄을 잇고 서 있었고 많은 사이공 시민들이 거리를 활보하고 있었다. 전혀 전쟁을 의식 않고 있었다. 아오자이를 입은 여자들은 오토바이를 타고 가면서 웃고 떠들고 손을 흔들어 대었다.

나는 비로소 긴 한숨을 토해내었다. 기어코 바라던 사이공 시내에 들어선 것이었다. 사이공에 들어서면 일단 안심해도 좋았다. 빌리가 안심한 듯 내 어깨를 툭 치며 엄지를 치켜들었다.

버스는 야자수가 늘어선 길을 질주해 갔다. 그리고 이층 건물과 주유소가 있는 듬성듬성 패인 넓은 공터에 가 멎었다. 많은 난민들을 싣고 온 버스가 정차해 있었다. 사이공으로 들어오는 차들만 보일 뿐 사이공을 떠나는 차는 볼 수가 없었다. 가로수 그늘 밑으로 아오자이와 농을 쓴 여인들이 레이션 깡통과 껌, 초콜릿 등을 올려놓고 팔고 있었다. 다시 콴의 진통이 시작되었다.

"킴, 병원을 좀 찾아보게."

마침 맞은편 방송국 건물 옆에 큰 병원이 하나 보였다. 우리는 콴을 끌고 그쪽으로 데리고 갔다. 그런 우리들 머리 위로 성조기가 선명한 헬기가 낮게 날고 있었다. 땅이 진동을 하며 회오리바람이 말아 올라갔다.

그러나 병원은 텅텅 빈 채였다. 4층까지 올라가서야 사람의 그림자를 볼 수가 있었는데 간호원 몇몇이 라디오를 가운데 놓고 둘러앉아 척박한 전세에 귀를 기울이고 있었다.

"닥터, 어디 있어요?. 위급 환자요."

빌리가 눈을 부라리며 위협하듯 외쳤다. 그러나 빌리의 말은 간호사에게 통하지 않았다. 내가 대신 통역했다.

"의사 없어요. 닥터는 오늘 미 군용기 편으로 미국으로 떠났어요. 닥터는 대통령 주치의로 있었거든요."

콴이 계속해서 정신을 차리지 못하고 신음을 해대었기 때문에 우리는 콴에게 진정제만 맞히고 급히 밖으로 나왔다.

밖에서는 일단의 사람들이 갑자기 어둑해 오는 시내로 쏟아져 나오며 VC에 크게 잘못된 사람처럼 거리를 질주했다. 공항으로 가는 사람, 몰려드는 난민들, 그런 그들을 알 수 없다는 듯 멀건히 바라보는 사람들, 차량들이 사이공으로만 몰려들었기 때문에 그렇잖아도 만원인 사이공의 거리는 그들로 더욱 복잡해졌다.

멀리 폭음을 내며 지나갔던 헬기가 대사관 옥상에서 분주히 사람들을 어디론가 실어 나르고 있었다. 대사관의 성조기는 이미 내린 채였다. 우리는 그 모습을 한동안 물끄러미 바라다보았다. 무엇일까? 무엇 때문일까? 내가 이렇게 쫓겨야만 하는 것은 무엇 때문일까? 나는 문득 파견대에서의 호사스런 생활을 생각했고 이렇게까지 추락해버리게 한 신의 부당한 처사를 저주했다. 빌리는 이따금 인사불성인 콴을 들여다보며 거의 절망감에 사로잡혀 차라리 울고 있었다. 우선 대사관 안으로 들어가야 했다. 대사관 안에는 적어도 의무실 정도는 있을 것이었다.

그러나 인사불성인 콴을 이끌고 대사관 앞에 이르렀을 때 우리는 절망하지 않으면 안 되었다. 미 대사관 앞은 우리가 비집고 들어갈 틈도 없이 사람들의 물결로 장사진을 이루고 있었다. 대사관 정문은 굳게 닫힌 채 몇몇 GI들이 소총을 든 채 이쪽을 노려보고 있었다. 빌리가 사람들을 뚫고 나아가려 했지만 콴이 또다시 실신하는 바람에 대사관 안으로 들어가려는 일을 포기해야 했다. 콴이 너무 급했으므로 다시 병원을 찾는 것이 우선 급했다. 마침 길 건너편에 있는 적십자 불빛이 눈에 들어왔다. 내가 먼저 계단을 두세 개씩 뛰어올라 아무 데나 문을 열어젖혔다. 아무도 없었다. 층계를 오르는 벽에 북베트남군의 사이공 입성을 환영하는 대자보가 붙어 있었다. 아직 잉크가 마르지 않았다. 나는 반사적으로 권총을 뽑았다. 간호원 하나가 내가 들어오고 있는 것을 보았던지 와서는 아무도 없다는 이야기를 했다. 의사들은 이미 퇴근했다는 것이었다.

순간 나는 모두 철수해버린 고지에 나 혼자만이 횅덩그렁하게 남았던 일을 기억해 내며 이 사이공은 한국에서 아주 멀고 미국은 월남에서 손을 뗐다는 사실을 떠올렸다. 모든 나를 지탱하고 있는 것이 일시에 허물어져 내리는 것을 느꼈다.

빌리는 그의 손수건으로 인사불성인 콴을 열심히 닦아주고 있었다. 내가 힘없이 다가가자 그는 내 손을 잡고 눈으로 묻고 있었다.

"이미 떠났다더군. 여기서도."

우리는 더 이상 병원을 찾을 생각을 하지 못한 채 콴을 폭격에 허물어져 뼈대만 앙상하게 남은 창고 그늘에다 누이고, 다리를 위로 올린 채 벌렁 누워버렸다. 시내에서 내뿜는 네온사인 불빛이 전쟁과 상관없다는 듯 불야성을 이루고 있었고 거리마다엔 오토바이의 물결이 여전했다. 사이공은 밤이 되자 더욱 빛났다. 당장 배고픔이 밀려왔다. 나는 불현듯 빵을 구겨 넣고 온 것을 생각해내고 손을 더듬었다. 부스러기가 되어 있었다. 아무렇게나 입에다 구겨 넣었다. 빌리에게 나머지를 주었다.

갑자기 바람이 불고 골목의 쓰레기와 깡통이 바람에 굴렀다. 비가 올 모양이었다. 사람들이 서둘러 길을 재촉하고 있었다. 좀 진정이 되었는지 콴은 고이 잠자고 있었다.

다음날 언제 그랬냐는 듯 남지나 쪽에서 솟아오른 태양은 삽시간에 하늘을 뜨겁게 데웠다. 사물이 살아나고 있었다.

시내는 어제와 별반 다르지 않았다. 콴이 여전히 거의 의식을 차리지 못한 채 깨어나지 못하고 있는 것 말고는 빌리도, 사이공 시내도 마찬가지였다. 거리의 상인들은 전쟁 중에도, 사이공 함락 임박설에도 아랑곳하지 않고 미제 레이션을 겹겹이 쌓아놓고 이 환란의 와중에 하나라도 더 팔려고 노력하였다. 나라가 어찌 되든, 자신과는 상관없는 일이라는 듯.

빌리와 나는 콴을 교대로 업어가며 대사관 쪽으로 걸음을 옮겼고 내 등어리의 압박 때문인 듯 콴은 몇 번이고 크게 숨을 몰아쉬었다. 어떻게 하겠다는 뜻은 없었다. 다만 베트남을 벗어나야 한다는 생각 하나로 걸음을 옮겨놓고 있을 뿐이었다. 사람들이 우리를 힐끗힐끗 쳐다보았다. 그것이 얼만큼은 증오와 경멸로 변질되어 있었다는 것을 느낄 수 있었지만 빌리는 그것을 느끼는지 모르는지 쳐지는 콴의 어깨를 연신 받치며 어제 왔던 대사관 쪽으로 걸음을 옮겼다. 빌리의 콴에 대한 애정은 사랑을 넘어선 인류애였다.

역시 대사관 앞은 인산인해였다. 우리가 접근할 틈은 아무 데에도 없었다. 대사관에 들어갈 수가 없게 되자 부두를 향해 몰려가는 사람들도 있었다. 우리도 방향을 돌려 그들을 따라 움직였다. 우리가 걷는 쪽으로 은행과 대사관 건물들이 집중되어 있었다. 철제 서터가 내려져 있었다. 빵과 시계, 옷과 약품이 서로 교환되는 것을 보았다.

그곳을 지나자 고급 주택이 즐비하게 늘어서 있었다. 전쟁 중에도 역시 이곳은 평화의 거리였다. 옥상에서는 갈색의 여인들이 이쪽을 내려다보며 웃고 있었다. 더군다나 정신을 차린 콴이 오리처럼 뒤뚱뒤뚱 걷고 있었기 때문에 그녀들은 더러는 비웃고 조금쯤은 동정했을지도 모를 일이었다. 저들을 위해 이역만리까지 와 이 고생을 했단 말인가? 피가 끓었다.

이윽고 크고 작은 배들이 접안해 늘어서 있는 부두에 닿았다. 사이공 강의 역겨운 갯내가 코를 자극했다. 미 LST가 햇볕에 검게 빛난 채 떠 있는 것이 크게 와 닿았다. 갈매기 한 마리가 강 위를 선회했다. 여기서도 일대 소란을 이루고 있었다. 몰려드는 사람들로 항구는 숨가빴다.

여느 때 같으면 뜸했을 이곳이 사람들로 넘쳐 비집을 틈이 없다는 사실이 우리를 두렵게 했다. 빌리가 절망적인 얼굴로 나를 쳐다보았다. 콴만 아니었다면 어떻게 해보겠는데 어쩌지 못하고 주저하고 있었다.

우리가 할 수 없이 다시 시내로 발걸음을 옮긴 것은 콴이 쉴 새 없이 거품을 게우며 토악질을 시작했기 때문이었다. 자동차 보험 건물 옆의 한 해운 병원으로 우리는 콴을 들쳐 업고 뛰었다. 안에서 몇 명의 가난해 보이는 임산부들이 있다가 콴과 빌리를 보자 겁먹은 시선으로 바라보았다. 수술실에 들어갔다는 원장을 우리는 한참동안 기다려서야 만날 수가 있었다. 닥터가 유창한 영어로 빌리에게 물었다.

"몇 개월인가?"

"7개월."

"캄란에서 여기까지 줄곧 걸어왔습니다."

내가 말했다. 닥터는 안경 너머로 우리를 뚫어지게 훑어보았다. 거기에 있는 한결같이 못생기고 가난한 여인들이 우리를 쳐다보며 최소한 우리보다 우월하다는 생각을 가지는 것 같았다. 닥터는 콴에게 커다란 영양주사를 놓았을 뿐 별다른 조치는 하지 않았다. 콴은 다소 진정되었는지 신음을 하진 않았지만 그 큰 배가 호흡을 하는데 괴로운 듯했다. 콴은 오랫동안 지쳐 있었기 때문에 그만큼의 정양이 필요할 터이었다. 그러나 이 상황에서 그것은 사치일 뿐이었다.

우리는 폭격 맞은 빈집으로 들어가 콴을 뉘였다. 눈물처럼 식은땀을 흘렸다. 젖가슴이 보이고 허벅지가 허옇게 드러났건만 콴은 그것을 전혀 느끼지 못하고 있었다. 저 피둥대는 갈색의 살덩이, 인도지나의 잡초의 운명만큼이나 슬펐다.

바람이 불어왔다. 갑자기 송장 내가 코를 찔렀다. 우리가 있는 바로 앞에서 남녀 시체가 썩어가고 있었다. 빈집이라 아무도 거들떠보지 않은 모양이었다. 시체 주변으로 파리 떼가 극성이었다. 얼굴이 저절로 돌아갔다. 적어도 전장의 시체만은 깨끗했다. 전장의 임자 없는 시체는 대개 즉결 화장 처분되는 것이 보통이었다. 아무리 급해도 태울 수 있는 여유는 있었던 것이었다.

우리는 되도록 시체와 멀리 떨어져 앉으며 스콜이 한 차례 지나갈 것 같은 하늘을 바라보았다. 빌리가 개머리판 없는 칼빈과 바꾸어준 권총이 새삼 거추장스럽다는 생각을 하였다.

어느새 빌리의 코 고는 소리가 들려왔다. 반듯이 누운 콴의 배가 유난히 크게 부풀어 올랐다가 꺼졌다.

내가 깨어났을 때 거리는 스콜이 끝나 낯가림을 하고 있었고, 빌리와 콴은 여전히 잠들어 있었다. 그들이 손을 꼭 잡고 누운 모습은 마치 기형아 같았다. 콴의 커다란 배가 하늘을 향해 치켜들고 있었다. 숨을 쉴 때마다 주먹 하나만큼씩은 부풀어 올랐다. 저 아이의 불행이 역겨웠다. 베트남이 슬프고 이들의 처지가 슬펐다. 나는 눈을 감아버렸다.

내가 다시 눈을 뜬 것은 빌리의 다급한 목소리 때문이었다. 빌리가 콴을 가리켰다. 콴의 부풀던 배가 더 이상 오르내리지 않았다. 나는 콴의 가슴에 손을 얹어 보았다. 가슴은 죽은 듯 움직임이 없고, 이 열기 속에서도 차가웠다. 빌리는 콴을 들쳐 업고 어제의 그 병원으로 달려가려 했지만 콴의 축 늘어진 사지는 이미 산 자의 그것이 아니었다. 콴의 배가 유달리 부풀어 오른다고 여겼을 때, 이미 죽음의 신은 그녀 가까이에 있었던 것이었다. 나는 빌리를 달랬다. 빌리는 어린애처럼 울었다.

우리는 콴을 우리가 누웠던 바로 그 건물 뒤쪽 공지에다 땅을 파고 묻었다. 빌리의 눈에서는 눈물이 홍수되어 내리고 있었다. 빌리의 오열은 콴의 죽음보다 숫제 전쟁을 혐오하는 것에 대한 아우성 같았다. 삽시간에 콴과 콴의 뱃속에 든 아기가 침몰해 간 것이었다. 이튿날 우리는 콴 때문에 들어갈 수 없었던 대사관을 향해 걸었다. 빌리는 거의 허탈감에 빠져 내게 질질 끌려오고 있었다. 콴을 들쳐 업는 고통이 사라졌는데도 몸은 오히려 무겁기만 했다.

대사관으로 가는 길은 어제보다 더 급격하게 변하고 있었다. 가두에서 파는 신문에 철수하는 미 대사관 헬기와 비자를 발급 받기 위해 결사적으로 달려드는 사진이 시야를 어지럽혔다. 어제까지만 해도 사이공을 수놓던 수많은 오토바이 행렬이 뜸해 무언가 막바지에 오른 느낌이었다.

우리가 대사관으로 다가갔을 때 그러나 미 대사관은 이미 완전 철수된 상태였다. 빌리는 자포자기한 나보다 훨씬 다급해져 있었다. 빌리의 마지막 기대는 사이공 항에 정박해 있는 미 LST였다. 우리는 부두를 향해서 뛰었다. 부두라고 해서 다를 것은 없었다. 사이공을 떠나려는 많은 사람들은 배를 타기 위해 목숨을 건 것 같았다. 빌리의 생각대로 역시 미 LST가 부두에 접안해 마지막 철수를 서두르고 있었다. GI들의 눈초리가 날카로왔다. 그들은 사람들의 월경을 결코 용서치 않았다.

그때였다. 갑자기 빌리가 내 손을 우악스럽게 잡고 사람들을 헤치고 GI를 향해 접근해 갔다. 나도 덩달아 나아가기 시작했다. GI가 빌리를 보고 길을 터주었다. 빌리가 LST로 몸을 완전히 얹으며 나를 끌어당긴 것은 순식간의 일이었다. 그때였다. GI 하나가 갑자기 내 앞에 총을 들이대었다. 빌리가 다급해서 소리 질렀다. 내가 절박한 목소리로 한국인임을 밝혔지만 GI의 눈은 매서웠고 총을 들이대며 월경을 허용치 않았다. 그들은 나를 도우려는 빌리에게마저 총을 겨누었다. 나는 그런 빌리를 보자 마지막으로 손을 한번 흔들어주고는 사람의 아우성 속으로 묻어버렸다. 빌리가 놀라 눈동자가 동그랗게 변하며 내 이름을 부르는 화급한 얼굴이 나를 서럽게 했으나 나는 더 이상 그를 보지 않았다. 빌리마저 위급한 상황에서 내 몸 하나 얹는 것은 그에게는 죽음을 각오한 일이 아닐 수 없었다. 돌아보니 LST 위에서 빌리는 연신 내 이름을 발악적으로 부르고 있었다. GI가 그런 빌리를 안으로 내몰고 있었다.

빌리도 콴도 이제는 내게 없었다. 나만이 이 잡초의 땅에서 방향도 없이 질주해야 하는 것이었다. 나는 빌리가 GI에 끌려 안으로 사라지는 것을 보며 시내 쪽으로 발걸음을 옮겼다.

거리에는 아오자이를 입은 여인들이 환하게 웃으며 거리를 메우고 지나갔다. 그들의 환한 얼굴에서 전쟁의 그림자를 발견하기는 어려웠다. 그들은 그들의 조국이 이데올로기에 어떻게 물들든 관심이 없는 것 같았다.

독립궁이 멀리 보였다. 대통령의 권한을 믿을 사람은 이제 아무도 없었다. 배가 고팠다. 땀을 너무 흘려 모든 정기가 밖으로 빠져나간 것 같았다. 식당이 즐비하게 늘어선 곳을 향해 발걸음을 옮기는 순간 나는 흠칫흠칫 놀라지 않을 수가 없었다. 어느 틈에 벽마다 북베트남 깃발이 그려져 있었고, 공산군을 환영하는 표어가 나붙어 있었다.

나는 빌리가 내 개머리판 없는 칼빈 대신 바꾸어 준 권총을 주방장에게 건네주고 이름이 여자 유방을 나타내는 말과 비슷한 까페에서 하룻밤 진탕으로 먹어대었다. 그리고 이제 남은 것은 아무것도 없었다.

이튿날 낮 무렵, 내가 어느 빈집 계단 밑에서 깨어났을 때 모든 것이 변해 있는 것을 깨달았다. 베트남 공화국의 항복은 정식으로 접수되었고, 사이공 결전설이 고조되던 긴장도 그만큼 풀려 사람들은 이전처럼 자기의 일자리를 찾아가고 있었다. 독립궁의 깃발도 내려진 채 새로운 기가 올라가기를 기다리고 있었다.

내가 공산군의 사이공 입성을 본 것은 그날 정오를 지났을 무렵이었다. 북베트남의 정규 사단이 거리에 탱크를 앞세운 채 보무당당하게 입성하고 있었다. 그들은 얼굴 한쪽이 찢어졌거나 상처 난 얼굴들이었다. 그것은 그만큼 용맹하고 호전적으로 보이게 했다. 언제 준비했던지 사이공의 아가씨들이 꽃다발을 그들에게 걸어주었다. 먼지투성이인 그들의 얼굴에 입을 맞추기도 하였다. 모든 것은 하나, 둘 변하고 있었다. 사람들은 그들의 집 앞에 상점 앞에 공산군 입성 환영의 표어를 내걸었다. 그런가 하면 어제까지 찬양하던 그들의 민주주의가 온통 잘못된 것인 양 비판했다.

나는 거의 한 달간을 문전걸식하며 지내다가 어느 날 일단의 사람들에 의해서 연행되어 갔다. 거기에는 나 말고도 몇 사람의 한국인이 더 있었다. 특히 얼굴에 털이 나고 빨갛게 잘 변하는 사람은 일찍이 내가 안면이 있던 사람이었다. 그는 한국 대사관에서 일을 보고 있었던 것으로 알고 있었다 (이대용 공사였다. 그는 최근 육사 총동창회장에 취임했다). 이로부터 나의 수용소 생활은 시작되었던 것이었다.

나는 그들과 함께 사이공 외곽의 한 수용소에서 닭장같이 생겨 먹은 감방의 청소하는 일에서부터 길을 닦는다든지 다리를 놓는데 필요한 모래, 시멘트, 자갈 따위를 나르는 일을 하지 않으면 안 되었다. 처음 몇 달간은 정국의 기틀이 제대로 잡혀 있지 않아서 그런지 우리의 신분을 잘 모르는 감시원들은 무작스러워서 우리는 그들에 그야말로 적응해 가지 않으면 안 되었다. 감시원들은 엄격했고 시간 운영에 융통성을 보여 주지 않았다. 비가 계속 올 때에는 몇 날이고 감방에 갇혀 있어야 해 그 냄새 나고 습기 찬 감방에서 서로의 역겨운 살냄새를 맡지 않으면 안 되었다.

네댓 달 지나면서부터는 더위와 질병에 지친 많은 사람들이 쓰러져가기 시작하였다. 어떤 사람은 고열로 몇 날이고 신음했고, 이런 척박한 환경을 견딜 수 없어 사람들은 의무병동에 들어가기 위해 스스로 자해하기도 하였다. 그리고 무서운 것은 어느 날 우리와 같이 있던 사람들이 보이지 않게 되었다는 사실이었다. 나는 그런 그들을 보면서 억울하지 않게 악착같이 살아남아야겠다는 생각을 했다. 살아야 했다. 악착같이 살아서 언젠가는 조국에 돌아가야 했다. 여기서 죽는 것은 개죽음일 뿐이었다. 나는 가능한 한 시간이 나는 대로 운동을 했다. 좁은 수용소 감방 안에서 움직이기를 원했고, 정신적으로 절망하지 않기를 원했다. 그러다가 내가 이 공산 베트남을 탈출하기를 결심했던 것은 바로 박 모朴某라는 사람을 만나고부터였다.

어느 날 하루는 사이공에서 식당을 하고 있다는 박 모라는 사람이 귀한 김치와 송편을 들고 나를 찾아왔다. 같은 한국인이면서 포로 생활을 하지 않는 그가 나는 좀 이상한 생각이 들었지만 그럴 수도 있으려니 싶었다. 그는 그날 사이공이 미제 압제에서 해방의 거리로 변했다고 했고 시민들의 생활은 점점 자유로워지고 있다는 알 수 없는 이야기만 하다가 그렇게 돌아갔다. 그는 이튿날에도 어제와 같은 무렵에 찾아와 금강산 이야기와 자기의 가족사진을 보여 주었다. 사진 속의 얼굴들은 전부 웃고 있었고 행복한 모습이었다. 나는 가운데에 앉아 천진난만한 웃음을 함빡 터트리고 있는 어린 소녀의 밝은 모습을 보자 문득 눈물이 핑 도는 것을 느꼈다.

그가 두 번째 다녀간 다음 날부터 나는 갑자기 이 수용소에서 나의 대우가 달라져 있다는 것을 깨달았다. 이튿날 아침 수용소의 간부 되는 한 사람이 나를 따로 불러내었다. 내가 긴 복도로 그를 따라 방갈로처럼 생긴 건물로 들어가자 거기에는 몇몇 환자들이 침대에 누워 잡지를 뒤적거리고 있다가 내가 들어오자 몸을 일으켜 나를 쳐다보았다. 나를 안내해 준 사람은 그리고는 말없이 가버렸다. 그것뿐이었다. 간호원들도 내게 아무런 말도 시키지 않았기 때문에 나는 그냥 침대에 누워서 한나절을 보내버렸다. 점심은 요리된 음식을 먹을 수가 있었다. 그러고 보니 여기 있는 사람들은 별로 환자인 것처럼 보이지 않았다. 주로 월남 사람들이었으나 정말 환자로 보이는 미국인도 두엇 보였다.

나는 이 안락한 곳에 누워있으면서 문득 뙤약볕에서 일하고 있을 동료들이 생각났다. 이 찌는 듯한 아열대의 기후, 심심찮게 만연하고 있는 풍토병, 모자라는 영양, 중노동, 그렇잖아도 불편하기만 한 땅에서 이런 악조건을 견디어낸다는 것은 정말 죽기 아니면 살기 같은 고통이었다.

아무튼 나의 이런 생활은 이듬해에 가서도 그대로 계속되었다. 그러나 나는 나의 대우가 이토록 달라진 것에 대해서 한편으로 불안해하지 않을 수 없었는데 그것은 절박하고 절망적인 내가 너무도 쉽게 행운을 잡고 있는 것이 아무래도 믿기지 않았기 때문이었다.

아닌 게 아니라 내 이런 생각은 틀리지 않았다. 어느 날 그 박 모가 또다시 내게 불쑥 나타난 것이었다. 그는 내게 정식으로 전향할 것을 말하진 않았지만 은근히 북의 이야기를 많이 떠들어댔다. 이상하게 그가 오는 날이면 나는 기분 좋은 대우를 받았다.

그날 나는 수용소의 한 간부에게 불려가서 번역 작가로 일하지 않겠느냐는 파격적인 제의를 받았다. 물론 이런 제의 역시 그가 찾아왔기 때문이었다.

　그런데 그 간부가 나를 어떻게 알고 내가 거절할 수 없을 정도로 좋은 제의를 해왔을까? 내가 베트남어에 능통하다는 것을 마치 알고 있는 것 같았다. 거절할 하등의 이유가 없었기 때문에 나는 그 간부의 호의적인 얼굴을 바라보며 고개를 끄덕였다. 내 머릿속에는 어쩌면 고국으로 돌아갈 수 있는 더 좋은 기회가 될지 모른다는 생각이 꽉 박혀왔다.

　그러나 나는 어쩌면 그것을 거절했어야 옳았는지도 몰랐다. 이런 파격적인 대우는 바로 그 박 모라는 사람의 영향력에 의한 것이었고, 어느 순간 나는 그 박 모의 청을 거절하지 못할 지경이 되어버렸다. 말하자면 나는 점점 그의 올가미에 걸려들고 있었던 것이었다.

　번역사 생활은 역시 좋았다. 나는 일요일과 공산 베트남의 공휴일에는 어김없이 쉴 수가 있었다. 때때로 사이공의 거리를 활보할 수도 있어 자유의 고마움도 한껏 누릴 수가 있었다. 역시 자유란 좋은 것이었다.

　생각했던 것과는 달리 공산 사회로 변한 사이공은 공산화되기 이전과 달라진 것이 별로 없었다. 여인들은 여전히 밝게 사이공의 거리를 활보했고 미제 제품도 여전했다. 오토바이 물결도 홍수 그대로였고, 떠나버린 대사관 건물들은 친공산 정권의 나라에서 다시 빌려 쓰고 있었다.

　이 거리를 자유롭게 활보할 수 있다는 기쁨, 그리고 내겐 얼마만큼 군것질을 할 수 있는 돈도 있다는 것, 나는 그렇지 못했던 때를 생각하고 이 작은 기쁨들을 소중히 생각했다.

　그런데 그날 오후, 나는 길거리에서 아주 우연히 박 모라는 사람을 또 만났다. 아니 그는 내 뒤를 주욱 미행하고 있었던 것 같았다. 그는 나를 보자 해맑은 웃음을 보이며 내가 파견대에서 관광객과 같은 생활을 하면서 언젠가 외출을 나왔다가 딱 한 번 들어가 본 적이 있는 사이공 시내의 일류 레스

토랑으로 데리고 갔다. 그는 여전히 능숙하게 그의 감정을 요리하면서 내게 한번 여행을 다녀오지 않겠느냐고 물었다. 평양이었다.

그 말을 듣는 순간 나는 온 몸을 사시나무 떨 듯 떨지 않으면 안되었다. 짐작은 하고 있었지만 그가 노리고 있는 것이 무엇인지 확인했고 치밀한 계획하에 그는 내게 접근해 온 것이었다. 그의 덫에 완전히 걸려들고 말았구나 하는 절박한 심정이 나를 욱죄이기 시작했다.

그날은 너무도 뜻밖의 일이라 아직 그런 것은 생각해보지 않았다는 말로 얼버무리고 말았다. 그러나 결코 그런 식으로 넘어갈 수 있는 성질의 것은 아니었다. 그는 일주일 후에 다시 찾아왔다. 그리고 내가 아직 대한민국에 대한 확고한 신념을 갖고 있다는 것을 알고는 때로는 나를 협박하기도 했고, 내가 이런 생활을 하고 있는 것이 다 누구 덕인 줄 아느냐며 은근히 김일성을 들먹거리기도 했다. 그 소리를 듣는 순간 사이공 교민 중에도 이미 김일성 사상에 빠져 있는 사람이 많다는 것을 알게 되었다. 순간 발버둥쳐야겠다는 생각이 불현듯 들었다.

사실 나는 처음 그를 만났을 때부터 호의를 갖고 접근해오는 그가 불안스럽기는 했다. 우선 그가 공산 베트남에서도 감옥에 있지 않고 자신의 사업을 하고 있다는 것이 의구스러웠다. 그런 중에 혹시 그가 북한의 지령을 받고 나를 포섭하려는 것인지도 모른다는 중압감이 늘 마음속에 잠재되어 있었는데, 이제 그것이 현실로 나타난 것이었다. 나는 결국 이런 불안과 초조감에 시달리다 못해 이 사이공을 탈출해야겠다는 생각을 하기에 이르렀다.

캄보디아로 가는 방법도 생각했지만 거기도 공산국가였다. 나는 소문만으로 들었던 소형 선박을 타고 공해상으로 떠돌아다니다가 외국 선박에 구조되는 아주 모험적인 방법을 택하기로 했다. 알고 보니 나만 모르고 있었을 뿐이지 베트남 전 지역에서 적지 않은 숫자가 공해상으로 빠져나가고 있었다. 하지만 그렇게 빠져나간 그들이 과연 얼마나 구제받고 있는지는 알 수 없었다. 수없이 많은 사람들이 탈출을 시도하지만 탈출 직전에 체포되기도 하고 또 바다에서 식량과 연료가 다 떨어져 표류하다 구조받지 못해 그대로 배 위에서 죽기도 하고 때로 태풍을 만나 배가 침몰 되어 죽거나 혹은 죽음의 일보 직전에서 공산 치하로 다시 돌아가 공산주의자들에 의해 심한 고문을 받고 종신 징역형을 받거나 강제노동에 끌려가기도 한다는 소리도 듣고 있었다.

그러나 다음 순간 나는 절박한 내 처지를 생각해보지 않을 수 없었다. 지금의 내 초조하고 불안한 처지가 저 공해상을 떠돌아다니며 굶주림과 풍랑 속에서 시달리는 것보다 낫다고 할 수 있을까.

아무튼 나는 이듬해 우기가 시작될 무렵 소형보다 조금 큰 선박에 탈출을 원하는 30여 명의 사람들과 함께 베트남을 빠져나갔다. 목적지는 싱가포르였지만 도중에 외국의 큰 선박에 발견이라도 된다면 하는 마음이 없지 않았다. 아 아, 내가 이 모험에 다시 살아 조국에 돌아갈 수만 있다면 이제껏 자포자기적으로 살아왔던 그런 어리석은 짓은 다시는 하지 않으리라.

배는 열 시간 이상을 베트남으로부터 떨어져 나왔다. 그동안 인근을 초계 중이던 베트남 신정부의 초계정 한 척을 만났으나 흔한 일이라는 듯 그들은 우리에게 아무런 제제도 가하지 않았다.

처음 하루는 견딜만 하였다. 첫날은 인도지나의 거대한 잡초밭을 벗어난다는 생각에만 급급해 오로지 긴장과 불안으로 보냈다. 몇몇 사람들이 멀미를 느꼈을 뿐 정말 신기할 정도로 사람들은 탈출해 나간다는 완전한 신념에 사로잡혀 두려움을 느끼는 사람을 볼 수 없었다. 그러나 다음날 아침 사람들은 동요를 나타내고 있었다. 이미 거대한 인도지나의 잡초는 시야에서 사라진지 오래였지만 그래도 사람들은 조금이라도 그들의 조국을 더 눈에다 담아두려고 사라져버린 잡초에서 눈을 떼지 않고 있었다. 그런 사람들의 표정에서 나는 그들이 다시 베트남으로 돌아가고 싶어하는 강렬한 욕구가 솟구치고 있는 것을 알았다. 떠나긴 했지만 펼쳐질 새로운 세계가 두려웠던 것이었다. 그러나 그런 감정은 곧 보다 절박하고 현실적인 감정에 시달리지 않으면 안 되었는데, 대륙에서 벗어날수록 이제껏 느껴왔던 파도와는 다른 너울이 이 작은 배를 여지없이 강타하고 있었기 때문이었다. 배가 공해상으로 빠져나올 때부터 이미 각오는 한 상태였지만 이토록 거대한 너울일지는 몰랐다. 배는 살찐 오리처럼 뒤뚱거렸고 여기저기서 토악질해대는 사람이 나타나기 시작하였다. 임신한 여자 하나는 난간을 꽉 움켜잡고 살 수 없다는 눈빛으로 나를 바라보았다. 시간이 지나자 건강한 사람들조차 토악질해대기 시작하였다. 채 이틀도 되지 않아 이 지경이었다. 그러나 이 절박하고 긴장된 순간에 그들에게 관심을 갖는 사람들은 아무도 없었다.

배는 계속해서 공해상에서 방황했다. 어디가 어딘지 몰랐다. 그냥 그 넓은 바다에 외롭게 떠 있는 것이었다. 기댈 언덕조차 없었다. 배가 가는 대로 파도에 밀리는 대로 사람들은 거의 자포자기한 채로 몸을 떠맡겼다. 갈수록 멀미를 해대는 사람들의 토악질 소리가 마치 장끼가 숨으며 내는 소리와 같았다. 일찍이 강인한 체력을 지니지 못했던 채식성의 그들이 겪는 고통은 차마 눈 뜨고 볼 수가 없었다.

인근을 지나는 배는 보이지 않았다. 허기가 졌지만 멀미 때문에 입에 음식을 댈 수가 없었다. 눈앞은 핑핑 돌았다. 음식만 보아도 속에서 올라오려고 했다. 물을 마셨다. 그래도 물을 마시면 훨씬 견디기가 수월했다. 나는 갑판으로 나와 내 몸을 갑판 의자에 얹은 채 멍하고 흐릿한 눈으로 바다를 바라보았다. 망망한 하늘이 그대로 내려와 있었다. 시야에 와 닿은 점 하나 없는 그야말로 공해였다. 배가 나타날 때까지 무작정 기다려야 한다는 무한 감이 숫제 폭풍우로 배가 저 시퍼런 물속으로 가라앉는 고통 못지않다고 생각했다.

나는 비로소 나의 베트남 탈출 계획이 무모했다는 것을 인정하지 않을 수 없었다. 하늘은 이런 내 마음을 비웃기라도 하는 듯 무한한 청자빛이었다. 바다와 하늘이 아스라하게 닿아있는 수평선은 보일 듯 말듯 흔들거렸다.

사흘째 되던 날은 전혀 참을 수가 없었다. 객실로 들어와 나는 여느 허약한 사람처럼 아무렇게나 내 몸을 던졌다. 파도가 칠 때마다 이리저리 술 취한 듯 움직일 수 있는 것이라면 모두 살아 나뒹그라졌다.

더 이상 움직일 수가 없는 상태가 되자 나는 선실 기둥에 내 몸을 꼭 묶어 매고 완전히 내 몸을 배에다 맡겼다. 배를 따라 내 몸도 이리저리 비틀거렸다. 살아 있는 것이 귀찮았다. 툭툭 묻혀있던 생각들이 솟구쳤다.

깜박 잠들었는가 싶었는데 그러다가 사람들의 웅성거리는 소리에 화들짝 깨어나 버리고 말았다. 갑판에서 사람들이 겁에 질려 부산스럽게 움직이고 있었다. 한 사람이 투신자살했다는 것이었다. 그리고 보니 생각나는 얼굴이 있었다. 이 배를 타고부터 죽 같이 붙어 있었던 중개인이 보이질 않았다.

그는 내게 이 해상 탈출에의 모험을 걸게끔 알선해 준 사람이었고 내 자유에의 의지에 끝없이 불을 당겼던 사람이었다. 그는 요행 베트남으로부터 공해상으로 탈출해 갈 수만 있다면 보르네오 해나 남지나 해를 지나가는 선박들에 의해 쉽게 구조받을 수가 있고 그때까지 살아 있어야 하고 구조받을 수 있다는 신념과 확신이 있어야 한다고 말했다. 그런데 생에의 애착이 강했던 듯 싶던 그가 제일 먼저 스스로 보르네오 해의 거센 파도에 몸을 던졌던 것이었다. 나는 문득 그가 잠자던 구명의를 넣어둔 바로 밑자리를 보자 눈물이 핑 도는 것을 느꼈다. 그의 시체를 건져보려는 사람들의 열망 때문에 배는 한 시간 가량 그 자리에서 지체했지만 시체는 보이지 않았다.

그 배에서의 첫 희생자는 그렇게 해서 생겼다. 그러나 우리는 속으로만 그를 생각할 뿐 아무도 그의 죽음을 말하지 않았다. 언제 우리가 저렇게 될지도 모르는 일이었다. 단지 그의 죽음은 우리보다 조금 앞서 있었다는 것뿐 언제 우리도 이 기약도 없는 탈출에서 언제 막이 내리려는지 알 수 없는 것이었다.

배는 한 시간여를 지체하다가 또다시 방향도 없이 항해해 갔다. 싱가포르를 향해 간다지만 조그만 배로 외해를 항해해 갈 수 없는 것이었다. 그냥 이 보르네오 해의 시퍼런 물결 위를 위태위태하게 떠다니는 것이었다. 그 한편으로 우리가 이 넓은 바다에서 나흘이 지나도록 배 한 척 볼 수가 없었다는 것은 정말 이상한 일이었다. 그것은 점점 우리들의 가슴을 초조케 했는데 말은 않고 있었지만 운명의 신이 우리 편이 아니라는 불안한 생각이 점점 우리들 가슴을 채워놓고 있었다.

멀미에 지친 소년이 쌀을 씹는 흉내를 내고 있었다. 그의 눈은 풀려있었고 이 멀미를 견딜 수 없다는 듯 쓰러져 있었다. 도대체 어린 그가 베트남을 떠나야 하는 이유는 어디에 있을까? 저 나이에 목숨을 건 모험을 해야 할 정도로 그는 신정부에 대해서 죄가 많은 것이었을까? 그뿐만이 아니었다. 이 배에 타고 있는 사람들 중에는 그렇게 베트남 신정부에 대해서 크게 잘못한 것 같지 않고 그대로 베트남 땅에 눌러 살아도 무방할 것 같은 사람들도 타고 있었다. 그런데도 그들이 조국을 버리고 탈출해 가는 이유는 어디에 있을까?

이 배를 부리는 기관원들은 모두 네 사람이었다. 그들은 원래 쌀을 실어

내는 사람들로 그들은 그것만으로도 충분히 공산 베트남에서 먹고 살 수 있는 사람들이었는데 그들이 왜 그들의 조국, 베트남을 버려야 했는지는 알 수 없었다. 내가 이 베트남을 벗어난 공해의 검은 물결 속으로 스스로 몸을 던진 그 중개인에 의해 처음 이들을 소개받았을 때 이들은 충혈된 얼굴로 내 돈과 비밀스럽게 갖고 있던 군번을 넘겨받고 눈짓으로 동반을 허락했다. 그들과 약속한 날, 내가 약속된 장소에 나갔을 때 이들은 비상식량을 준비한다는 명목으로 내가 가지고 있던 마지막 돈까지 빼앗았다. 이 판에 돈이 무슨 소용인가? 어차피 쓰지도 못할 돈, 나는 가지고 있던 동전마저 그들에게 다 넘겨주었다. 이들이 어떤 이유로 함께 탈출하려는 것인지는 모른다. 또 알 필요도 없는 것이었다.

멀미는 스멀스멀 기어가는 벌레를 연상시켰다. 나는 몸이 내 의지대로 움직여주지 않는 것을 느꼈다. 머릿속은 텅 비어 허공에 뜬 느낌이었다. 여기서는 해결해야 할, 짚고 넘어갈 문제도 없었다.

해가 졌다. 해는 언제나 똑같은 방향과 똑같은 시간에 뜨고 졌다. 남십자성 별빛이 유난히 외로웠다. 달 없는 밤이라서 별은 더욱 밝게 빛난다. 밤바다는 스산하고 고독하였다. 지금 어디로 가고 있는 것일까? 사람들은 불안으로 깊이 잠을 못 이루고 있었다. 그러고 보면 배는 나아가는 것이 아니라 빙빙 도는 것도 같다. 낮에는 앞으로 나아가고 밤에는 다시 돌아오고 그렇지 않고서야 이 넓은 바다에 배 한 척 보이지 않을 리 만무였다. 이만한 속도로 이렇게 많은 시간을 달려간다면 우리는 섬 하나쯤은 발견했을지도 모를 일이었다.

새벽녘이었다. 누군가 배라고 소리쳤다 배, 배, 거대한 배가 시야에 들어왔다. 사람들은 함성을 질렀다. 시커먼 바다에 한 검은 점으로 떠 있는 것은 그토록 기다렸던 인도지나반도의 보르네오 해를 지나가는 유조선임에 틀림없었다. 그것을 바라본 순간 사람들의 얼굴에서 생기가 돌기 시작했다. 누군가는 낮게 '휴'하고 깊은 한숨을 내쉬었다. '살았다'라고 외치는 사람들도 있었다. 사람들은 행여 눈에서 놓칠세라 시선을 다른 곳으로 돌리지 않았다. 배도 역시 그 검은 점을 향해서 기어갔다. 도저히 기어간다고 밖에는 표현할 수 없을 정도로 배는 따라가고 있었다. 그 배를 따라 얼마나, 몇 시간이나 달렸는지 몰랐다. 그러나 유조선과의 거리는 좀처럼 좁혀질 줄 몰랐고 드디어는 따라내지 못해 뻔히 눈뜨고 유조선이 수평선 저쪽으로 사라지는 것을 보아야 했다. 닷새만의 긴 항해 끝에 만난 유일한 배였기에 더더욱 사람들은 절망하는 것 같았다. 사람들은 비통해 했고, 허공을 향해 욕을 해대었다.

그런 절망 속에 또 얼마나 더 많은 죽음의 행진을 계속했는지 모른다. 엿새째 되는 날은 죽음이 저만큼 보이는 것 같았다. 저만큼 향해 가면 곧 죽음에 도착할 것 같은 생각이 들었다. 온몸이 숨처럼 허공에 뜬 것 같은 공황이 왔다. 체념을 한 사람들의 얼굴에서 내뿜어지는 빛은 신이 만든 빛깔 중에서 가장 실패한 빛깔이었다.

점점 얇아져 가는 식량 자루, 점점 비워져가는 기름통, 게다가 점점 쌓여져 가는 절망감. 다행히 날씨와 바다가 자고 있었기 때문에 그것만이 고마울 뿐이었다. 나는 이들 기관원들과 중개인들에게서 보통 일주일 이상 구조받지 못하면 절망적이라는 이야기를 들은 적이 있었다. 그래서 모든 것을 일주일분의 식량과 기름을 싣는다고 했다.

기관원들의 표정이 조금씩 당황해져가고 있었다. 기관원들이 그들끼리 하는 말로 뭔가 심상치 않은 것 같았는데 그들은 나보다도 더욱 이 배에 대해서 잘 알고 있을 것이었다. 그때였다. 갑자기 우리가 탄 배에서 시동이 꺼졌다. 배는 그 자리에서 더 이상 나아가지 않았다. 그리고 나서는 빙빙 도는 것이었다. 앞서 큰 배를 따라잡느라고 기름을 오버한 것이 잘못이었다.

　설상가상으로 그 날밤 우리는 공포로 온 밤을 새우지 않으면 안 되었다. 여지껏 아무런 탈이 없던 날씨가 갑자기 흐려지기 시작하더니 종래는 바람을 몰고 오며 심상치 않은 전조를 보였던 것이었다. 간간이 천둥과 같은 해명이 들렸다. 해명은 곧 태풍과 저기압의 존재나 접근의 징조로 여겨진다는 것은 상식적인 일이다. 점점 파도가 거칠어졌다.

　아침이 되자 해명은 더욱 기승을 부렸다. 아침인데도 검붉은 빛이 온 하늘을 가려 기분조차 우울했다. 바다는 거칠어졌고 소리는 더욱 커졌다. 불안한 가슴이 더욱 불안해졌다. 말은 않고 있었지만 최악이라고 생각했던 상황이 오고야 만 것이었다. 검은 구름이 몰려온다고 싶었는데 어느새 그것은 우리 배를 완전 휘감아 버리고 말았다. 파도가 심하게 기승을 부렸다. 바람이 갑판 위를 때렸다. 배는 안정을 유지하려고 발버둥을 쳤다. 방향을 바꾸어야 한다. 파도와 역방향은 자살행위나 다름이 없다. 사람들이 아우성쳤다. 그들은 이러한 불시의 조난에 대한 아무런 상식도 가지고 있지 않았다. 기관원들이 재빨리 구명복으로 갈아입었다. 그러나 구명복이란 용어조차 생소한 난민들은 그저 갑판 위에 고정된 의자를 꼬옥 껴안고 넘어지지 않으려고 발버둥칠 뿐이었다. 갑자기 커다란 물기둥이 고래처럼 높이 솟구쳤다가 선수를 때렸다. 배가 크게 기우뚱거렸지만 침몰하지는 않았다. 기관원들이 재빨리 뜰 수 있는 모든 물건들을 배 양쪽에 매달았다. 예비 부력을 이용하자는 뜻일 것이었다.

　그러나 그 작업이 끝나기 전에 배는 또다시 엄습해오는 커다란 물기둥 속에 파묻히고 말았다. 내가 움켜잡고 있던 고정된 의자가 부러지는 소리를 내면서 순간 내 몸은 갑판 한구석에 나동그라졌다. 그런데 이상한 것은 단지 그것만이 부러졌다고 여겼건만 어느새 선수가 맥없이 침몰하기 시작하는 것이었다. 내가 그 순간 마지막으로 보았던 것은 키 작은 기관원의 험상 궂은 얼굴과 배 안으로 들어오는 엄청난 파도였다. 그가 바다로 뛰어들었다. 나는 엉겁결에 그를 따라 그 시퍼런 파도 속으로 내 몸을 던졌다.

나는 대부분의 난민들이 허우적거리며 그대로 물속 깊이 가라앉는 것을 보았다. 그들은 전혀 이런 일에 상식이 없었다. 그래서 당황하다가 허둥대다가 사라졌다. 그대로 물속 깊이 들어갔다가는 다시 나올 줄 몰랐다. 내가 그래도 이만큼 그들과는 달리 뜰 수 있었던 것은 기관원들을 따라 엉겁결에 주워 입은 구명 자켓 때문이었다. 이 하찮은 옷이 이렇게 신기할 정도로 물속에서 나를 지탱해줄 줄은 몰랐다.

나는 꽤 오랫동안 허우적거렸다. 그러나 이 거친 파도를 이겨내기에는 역부족이었다. 시간은 분명히 아침을 조금 지났으리라고 여겨지건만 얼굴을 때리는 파도 때문에 낮과 밤을 구별할 수가 없었다. 그러나 다음 순간 나는 한바탕 물기둥이 솟고 뒤틀리는 요란한 소리를 들었다. 나는 그것이 우리가 타고 온 배가 영원히 저 수천 미터의 바닷속으로 가라앉은 소리라는 것을 생각했다. 몸서리를 쳤다. 이제 내 몸도 저렇게 저 수천 미터의 바닷속으로 가라앉을 것이 아닌가.

나는 자꾸만 앞으로 고꾸라지려는 나 자신을 간신히 버티며 내 손에 무언가 와 닿는 것을 느꼈다. 나무였다. 나는 나무를 결사적으로 끌어안았다. 몸부림치는 파도 때문에 나는 나무와 함께 솟구쳤다가 가라앉았다가를 반복했다. 헤아릴 수도 없이 솟구쳐 올랐다가는 가라앉기를 거듭하는 사이에 어느 순간 나는 정신을 잃었다. 그리고는 어떻게 되었는지 몰랐다. 다시 정신을 차렸을 때에는 그저 내 눈앞에는 시커먼 물기둥만이 보일 뿐이었다. 차가운 물방울이 마치 모래알처럼 온몸을 후벼 때렸다. 내가 깜빡 정신을 잃고 있는 사이 나는 바닷물을 몹시 마셨는지 속이 메스껍고 쓰리고 뒤집혀

졌다.

입술만 조금 달싹거려도 짠 물은 사정없이 밀고 들어왔다. 배가 고픈 것인지 쓰린 것인지 구분이 가지 않았다. 정신은 공중에 매달린 듯 했고, 상어 떼에 대한 공포나 죽음에 대한 공포는 없었다.

그러나 정신을 잃었다가 다시 깨었을 때 성난 바다가 죽어가고 있었다. 수평선이 조금 뿌예졌는가 싶더니 파도가 오를 때마다 바다와 하늘이 뚜렷이 구분되는 것이 보였다. 몸이 떨려왔다. 하긴 물속에 전신을 담고 있는 내 몸이 이제껏 추위를 느끼지 못하고 있는 것도 이상한 일이긴 했다.

시야가 트인 내 앞에 무언가 어른거리고 있었다. 눈앞을 때리는 물방울로 나는 다만 그것이 물체라는 것만을 확인했을 뿐 결코 그것이 무엇인지 확실하게 잡을 수는 없었다. 그러다가 나는 소스라쳤다. 구명정을 타고 있는 기관원들을 보았기 때문이었다. 순간 나는 이 절박한 상황에서 살 수 있을지도 모른다는 생각이 번개같이 스쳐갔다. 나는 의식이 자꾸만 흐려가는 속에서도 저 구명정을 잡아야 한다는 생각이 솟구쳤다.

나는 최선을 다하여 그곳으로 헤엄쳐 가자고 노력하였다. 이 무자비한 바닷속에서 그래도 저들은 나의 이 절박한 상황보다는 나은 것이었다. 나는 내 무감각한 사지를 버둥거리며 그들을 향해 헤엄쳐 갔다. 같이 있고 싶다는 것은 살고 싶다는 동류의식이었다.

그러나 내 의지와는 달리 나는 내 위치에서 한 발자국도 더 나아갈 수가 없었다. 구명정과의 거리는 조금도 좁혀질 줄 몰랐다. 나는 점점 탈진해 가는 나 자신을 느꼈다. 한 치도 다가갈 줄 모르는 나 자신에 짜증마저 왔다. 스스로 눈꺼풀이 감겨왔다. 살을 꼬집었다. 깨어있어야 한다. 저 구명정을 잡아야 한다. 그러나 나는 허우적대다가 또다시 정신을 잃고 말았다.

내 눈 위로 환한 하늘이 내려와 있었다. 뚜렷이 날씨가 개어 있었다. 바다도 요동치지 않았고 나는 내 몸이 이상하게 둥둥 떠 있는 것을 알았다. 나는 비로소 내가 구명정 위에 누워 있다는 것을 알았다. 발버둥치는 나를 차마 모른 채 할 수 없었던지 그들이 나를 구해준 것이었다.

내가 눈을 뜨자 그들 중의 한 사람이 나를 희미한 눈동자로 쳐다보았다. 그들은 영양 상태가 좋은 모습으로 시뻘겋게 얼굴이 타 있었지만 얼굴은 이미 산 사람의 그것이 아니었다. 나는 순간 벌떡 자리에서 일어나 앉았다. 구명정에는 나 이외에도 세 사람이 더 타고 있었다. 내가 갑자기 벌떡 일어나는 바람에 구명정은 그만큼 기우뚱거렸지만 곧 정상을 찾았다. 내 몸은 여전히 구명 자켓이 걸쳐져 있는 상태였고 이 구명정에는 약간의 식량도 비축해 두고 있는 것을 알았다.

기관원 하나가 어깨를 몹시 다쳤는지 신음을 내며 모로 누워 있었다. 나머지 두 사람은 양 끝에 비스듬히 기대앉아 파도가 밀리는 대로 전신을 내맡기고 있었다. 그 중 한 사람이 나를 초점 잃은 시선으로 보고 있었다.

불현듯 주변을 둘러보았다. 저녁이 다가와 초승달이 저만치 떠올랐다. 바람과 파도가 잦아드는 것 같았다. 달빛이 교교했다.

이튿날 아침은 태양이 떠올랐다. 감쪽같았다. 언제 그랬냐는 듯 바다는 숨조차 죽어 잔잔한 호수를 연상케 했다. 비바람 끝이어서 그런지 그런 감정을 더욱 절실하게 느끼게 했다.

태양은 시뻘겋게 날아올라 이 작은 구명정을 달구었다. 물에 젖은 식량을 말렸다. 여지껏 아무것도 먹지 못했다는 생각이 들었지만 식욕은 없었다. 나는 기관원이 주는 빵을 받아먹었다. 시체를 씹고 있는 기분이었다. 그러나 곧 갈증이 심해졌다. 목이 탔다. 여지껏 물이라고는 먹지 못한 것을 기억했다. 이때 빗물이라도 받아놓은 것이 있으면 먹으련만.

태양은 더욱 달아올라 우리를 뜨겁게 했고, 우리는 햇볕에 단 구명정이 더 이상 달지 않도록 물을 자꾸 끼었었다. 얼굴과 머리에도 끼었었다. 그것은 곧 허옇게 소금으로 변해버렸고 소금으로 범벅된 얼굴은 따가웠다.

소리가 났다. 가늠할 수 없는 곳에서 소리가 들리고 있었다. 나는 귀를 기울여 보았다. 물살이 구명정을 때리는 소리가 들렸다. 그러다가 나는 곧 내 귓속으로 거칠게 와 닿는 숨소리를 느꼈다. 그는 배를 몰고 죽음의 항진을 강행했던 기관원이었다. 그는 이제는 숨쉬기가 고통스러운 듯 가끔 가다 깊게 한숨을 토해 놓았다. 그러기를 서너 번 했을까, 그러나 곧 다음 순간 그의 가슴은 더 이상 부풀어 오르지 않았다. 그는 결국 이 구명정에서 불안감과 절망감에 침몰되어 간 것이었다. 나머지 기관원들은 그를 멀뚱멀뚱한 시선으로 내려다보고 있을 뿐 어떤 행동도 취하지 않았다. 결코 눈물을 흘리거나 비감을 지어내지는 않고 바라만 볼 뿐이었다. 어쩌면 그는 우리보다 더 행복한 사람인지도 몰랐다. 그는 그래도 그의 동료들이 보는 데에서 죽어갔지만 아, 아 나머지 나와 두 기관원들은 어떻게 될 것인가. 그리고 이 갈증, 이 배고픔, 이 불안은······

그의 죽음을 보자 갑자기 졸음이 왔다. 그것은 견딜 수 없을 만큼 나를 괴롭혔지만 결코 잠을 자서는 안 될 것 같은 예감이 들었다. 자꾸 흐려지는 의식과 함께 나는 견딜 수 없다고 여겼다. 그리고 정신을 잃었다.

내가 다시 깼던 것은 스산한 기운의 밤이 지나고 또다시 뜨거운 태양이 내 온몸을 견딜 수 없이 괴롭히는 가운데였다. 나는 내 온몸이 열기로 뜨거워졌다는 것을 생각하고 이것이 죽어가는 것이라고 생각했다. 갑자기 격렬하게 목이 말라 왔다. 의식은 꿈결을 헤매고 있는 것 같았고 내 육신은 이미 내 정신의 지배를 받지 않은지 오래였다.

나는 얼마나 더 까무러쳐 있었는지 몰랐다. 의식의 깨임이 죽기보다 싫은 고통 속을 몇 번이고 깨어났다가는 또다시 까무러치고 그런 현실과 죽음

사이를 오갔다. 내 온정신은 혼란스러웠고 내 의식이 간간 깨어날 때마다 죽어가고 있다는 생각과 뜨거운 햇볕에 눌려 경련을 일으키는 살점들이 눈에 보이는 것 같았다. 그 흔한 기름배조차 이 근방을 지나치지 않았던 것은 신은 이미 우리를 버렸던 것이었음에 틀림없었다.

얼마나 그렇게 또 시간이 흘렀는지 몰랐다. 나는 그냥 둥둥 떠가고 있었다. 이제는 의식이 가물가물해 아무것도 느끼지 못했다. 의식이 간간 살아날 때마다 나는 죽어가고 있는 것이라는 생각만이 들었고 그나마 이젠 그런 의식의 깨임을 느낄 수조차 없게 되었다. 그리고 그 이후의 기억은 더 이상 없었다.

내가 다시 깨어났던 것은 바늘 끝으로 누군가 나를 향해 콕콕 찌르고 있다는 느낌을 받고부터였다. 순간 나는 흰 백지가 내 앞을 가리는 것 같은 느낌이 들었다. 그리고 갑자기 버쩍 소리가 날 정도로 정신이 확연하게 깨이는 것을 느꼈다.

눈을 떴다. 내 눈앞에 온통 희미한 물줄기가 얼룩거렸다. 아무것도 보이지 않았다. 아무것도 감지할 수가 없었다. 그냥 나는 이제껏 그래왔던 것처럼 구명정에다 내 온 몸을 맡긴 채 물결이 치는 대로 내버려 두었다. 철석거리는 소리가 내 앞으로 밀려 왔다간 사라지고 또다시 왔다간 사라져 갔다. 파도, 파도, 파도, 끝없이 파도뿐인 망망대해가 다시 내 눈앞을 가로막았다가는 다시 부서졌다. 나는 혼자였다. 나는 혼자 그 망망대해를 표류하고 있었다. 문득 외로움을 느꼈다.

그러나 그런 느낌은 곧 또 다른 느낌들로 메워져 버렸다. 아, 허약한 나 자신, 나 자신은 이렇게 늘 비굴하고 신의 농락 속에서 벗어날 수가 없는 것일까? 언제나 이렇게 번민과 농락 속에서 살아가야만 하는 것이란 말인가?

산다고 해도 사는 것이 아니라 신에게 농락당하며 사는 것이구나.

오로지 살기 위해 발버둥쳤던 사람들, 조난에 대해 아무런 상식도 가지고 있지 못한 사람들, 모두가 한결같이 신의 창작집 속에서 가장 실패한 작품들이었다. 신의 버림을 받은 사람들이었다. 그들은 어떻게 되었을까? 나는 그런 생각을 하다가 정신을 잃었다.

편안했다. 폭신했다. 이 폭신함, 이렇게 황홀한 곳이 도대체 어디란 말인가? 나는 문득 내 곁에 누가 와서 속삭이는 소리를 들었다.

"링겔을 갈아 끼우고 호흡, 맥박을 다시 정확하게 검사하도록."

"네, 그런데 이젠 호흡과 맥박이 정상으로 되돌아오는데요."

"그래, 거 다행이군. 이건 기적이야, 기적. 난 이 친구가 살아나면 이것을 '메디컬 저널'에 기고하겠어. 이런 일들이 의학 잡지 같은 데에 많이 소개되고 있지만 이 동양인 친구의 경우는 특별하단 말이야. 이건 결코 질병 따위의 문제가 아니고 정신적인 문제거든. 이 친구 정말 운 좋았어. 하나님이 살려낸 거야."

"네, 선생님, 이 환자는 제게도 특별한 의미가 있군요."

"이 환자는 내게는 무척 소중한 환자야. 꼭 살아날 수 있으리라고 믿어."

건강한 남자와 여자의 목소리가 또르르 구슬 흐르듯 굴렀다.

내가 운이 좋다니, 내가 신의 도움을 받았다니, 언제 내가 신의 농락을 피해 본 적이 있던가?

나는 의식이 신기루같이 희미한 속에서나마 비로소 이곳이 병원이라는 것을 알았다. 병원? 그렇다면 내가 살았다는 말인가? 내가 살았구나. 내가 죽지 않고 살았구나. 나의 세포는 생명 현상을 계속하고 나의 피는 용솟음치고 있구나.

아, 나는 산 거야, 나는 산 거야, 기적이군, 기적이야. 그렇다면 나는 또

한 번 신에게 농락당한 것이란 말인가.

"선생님, 환자의 얼굴이 꽤 앳되어 보이는군요. 어느 나라 사람일까요? 동양인임에는 분명한 것 같은데……"

구슬 흐르는 듯한 소리가 다시 들려왔다.

"도대체 알 수가 없단 말이야. 그 스미스 선장이 어떻게 망망대해에서 그저 한 점으로 밖에 보이지 않을 그를 구해냈는지. 그리고 우리 선교사 병원까지 오는데 적어도 사흘 이상은 걸렸을 텐데 그때까지 이 젊은 친구가 죽지 않고 견디어 낸 것을 보면 정말 신이 하는 일은 알다가도 모르겠거든."

"그러기에 하나님은 전능의 하나님이라고 하시지 않으셨어요."

"아무리 전능이라 하지만 그래 생각 좀 해봐. 거기서 여기까지가 얼만데."

"그래도 지도상에서 보면 새끼손가락 하나 거린 걸요. 호호."

여자가 웃었다.

"저 동양인 친구는 특수한 체질을 가졌음에 틀림없어. 메어리 주사 놓을 시간이야."

"네."

나는 내 팔뚝에 날카로운 바늘이 꽂혀지는 것을 느꼈다. 그러나 그뿐 나는 그 바늘을 통해서 내 핏줄 속으로 스며드는 액체를 생각하다가 그대로 혼곤히 잠에 젖어들고 말았다.

또다시 눈을 떴다. 이제는 그저 희미하게만 떠올랐던 기억들이 보다 생생하게 떠올라와 가슴을 온통 비감으로 채웠다. 허약한 내 운명, 이렇게 내 인생은 허약하게 시작했다가 허약하게 끝나는구나. 내 운명은 이렇게 신의 농락 속에 이어지는구나.

그러나 나와 같은 배에 탔던, 공산 베트남을 벗어나기 위해 몸부림쳤던 사람들은 다 어떻게 되었을까? 그리고 마지막까지 살아남았던 그 기관원은?

이불을 덮고 있는 내 온 피부는 쓰라렸다. 이제껏 내게 일어났던 모든 악몽들이 일순간 몰려와 괴로웠다. 그러나 나는 때때로 그런 속에서도 평안함을 느끼고 있었다. 그런 평안함은 곧 내가 살아 있다는, 내 세포는 생명 현상을 계속하고 있고 내 피는 아직 식지 않았다는 끈질긴 생명의 희열감이 계속 가슴 속을 파고들었기 때문이었다.

독자 중심

아주 오래전 일입니다. 저는 한 중편소설을 읽다가 그만 절망에 빠졌습니다. 그 문장력, 그 구성력, 그 표현력 빈틈없이 써간 소설에 아, 나는 안되겠구나 나는 이런 작품을 쓰지 못해. 게다가 그는 저보다도 대여섯 살 아래였기에 절망감은 더했습니다.

그 후 저는 지인이 읽을 만한 소설 한 편을 소개해 달라길래 제가 읽은 이 신인 중편을 망설임 없이 소개해주었습니다. 이 소설을 읽으면서 제가 느꼈던 절망감과 그만큼 세련된 소설을 본 적이 없다는 말과 함께.

얼마 지나지 않아 저는 그 지인을 다시 만나게 되었습니다. 자연스럽게 우리는 그 소설에 대해서 이야기하기 시작하였습니다. 참고로 친구는 당시 대학을 갓 나와 회사원으로 있으면서 책을 한 달에 한두 권 정도 읽는 평범하고 조금은 우세한 보통의 독자였습니다. 그는 문과 출신이긴 하였지만 문학과 관련한 학과는 아니었습니다. 굳이 묻지 않았는데 그는 자신이 문학 주변인으로 있다면서 시와 소설을 재미있게 읽는다고 하였습니다.

그는 만나자마자 제 손을 덥쑥 잡고는 소개해준 중편을 꼼꼼히 읽었다면서 아직도 제가 절망하고 있느냐고 물었습니다. 그래서 저는 아예 문학에 손을 놓고 있고 한편으론 문학에 대한 관심마저 사라질 정도라고 하였습니다.

그러자 그는 자신이 그 중편을 읽고 느낀 점을 말하기 시작하였는데 제가 읽은 것과는 전혀 달랐습니다. 그는 먼저 이 중편이 울림이 없다고 하였습니다. 문학에서는 무엇보다 중요한 것이 독자의 감동인데 이 중편은 그런 울림이 없다는 것이었습니다. 둘째 그는 또 이 작품은 구성력, 문장력, 표현력이 매우 뛰어나다고 했습니다. 그래서 제가 그것에 절망한 것이 아닌가고 했습니다. 이 작품은 그런 형식적인 면에서 매우 우수한 작품이지만 과연 그런 훌륭한 면을 일반 독자들도 느낄 수 있을까 우려하였습니다. 이 작품은 심사위원이나 소설가 독자들에겐 매우 뛰어난 작품일지는 몰라도 일반 평균의 독자들에게는 감동을 불러내지 못하고 다소 문장도 일반 독자들이 볼 때는 낯설고 보편적인 것이 아니라고 하였습니다. 소설이 독자들이 읽어 낼 수 있는 수준의 감동을 끌어내야 하는데 이 작품은 일반 독자가 아니라 소설가의, 소설가를 위한, 소설가에 의한 글이라고 밖에 할 수 없다고 하면서 소설가 독자가 아닌 일반 보편적이고 평균적인 독자의 입장에서는 실패한 소설이라고 하였습니다.

저는 그에게서 이 밖에도 몇 가지 말을 더 들었는데 그는 진정 값진 소설은 독자의 텔레파시와 저자의 텔레파시가 공감하는 소설이라고 했습니다.

무엇보다 안타까운 것은 소설이 소설가들에게서만 향유되는 현상이라고 하였습니다. 이것은 매우 위험한 것으로서 소설가가 쓴 글을 소설가 독자들만이 그 소설을 읽고 그 소설을 평하고 일반 독자들은 관심을 갖지 않는다면 매우 소설이 편협해지고 위험한 사태에 빠질 것이라고 했습니다. 나중에는 전문화되어 소설의 문장이나 표현이나 모든 것이 학술화, 논문화 되거나 독자와는 동떨어진 모습으로 변할 것이라고도 하였습니다. 소설도 엄연한 소통의 한 방식일진데 이렇게 일부 집단인 소설가들에게만 통하는 소통방식은 올바른 소통이 아니라고 하였습니다. 모든 일반적인 독자들이 이해할 수 있는 대중적인 언어의 소통방식이야말로 앞으로 소설 문학이 나아가야 할 방향일 것이라고 하였습니다.

저는 그의 말에 충격을 받았습니다. 그 시대에 문학가도 아닌 일반 독자가 문학을 소통의 한 방법으로 생각하고 있었다는 것도 그렇고, 진정 올바른 문학의 소통 방법은 소설가가 아닌 보통의 일반 독자들을 기준으로 해야 한다는 그의 말이 지극히 와닿았기 때문이었습니다.

독자가 중심이 된 독자반응비평 또는 수용미학은 역사주의와 신비평 이후 자주 중심이론으로 떠오르기도 하였지만 실제적으로 그것이 우리 현장에서 도입되는 일은 거의 없었습니다.

얼마 전에 한 저명한 지역 문학 인사가 문학이 정부에서 인정받지 못하고 일반 독자에게서도 외면당해 정책에서도 후순위로 밀린다며 정부를 비판하는 것을 들은 적이 있었습니다.

이것은 매우 잘못된 지적입니다. 작가가 좀 더 독자를 넓히고 문학의 저변을 확대하려면 선언적인 면만 가지고는 부족합니다. 이것은 시나 소설을 읽지 않는다고 독자를 비난하는 것과 같습니다. 작품을 읽지 않는다는 것에 앞서 먼저 문학을 독자 중심으로 바꿀 필요가 있습니다. 독자 중심은 문학의 민주주의와도 매우 밀접한 관련이 있는 것입니다. 대통령 후보는 표를 얻기 위해 모든 것을 투표자 중심으로 바꾸고 있습니다. 그래야 표를 얻을 수 있기 때문입니다. 텔레비전 프로그램의 생명은 시청자의 만족에 달려있습니다. 세상이 소비자 중심, 수요자 중심, 학습자 중심으로 바뀌는데 문학만은 아직 독자 중심이라는 말을 듣기 어렵습니다. 반드시 그런 것은 아니겠지만 문학사회학적으로 보았을 때도 많이 읽히는 책들이 바로 고전이라고 할 수 있습니다.

문학을 독자 중심으로 바꾸기 위해서는 우리는 독자에 대한 연구를 보다 많이 할 필요가 있고 그들에게 맞는 문장, 그들에게 맞는 감동, 그들에게 맞는 표현력, 그들에게 맞는 내용 등을 고민해야 할 필요가 있습니다. 그런데 우리는 이 모든 것을 생각 않고 오로지 작가 중심으로만 생각하고 있습니다. 물론 문학 체계상 독자 중심이 문학의 전부는 아닙니다. 다만 문학이 소통이라면 독자와 저자 간의 소통이 이루어질 수 있게 그에 맞게 적절한 연구를 할 필요는 있는 것입니다.

만일 이런 주장이 마음에 들지 않으면 우리는 문학 위기설이니, 독자들이 책을 읽지 않는다느니, 정부가 문학을 경시한다느니 하는 말을 결코 해서는 안됩니다. 이것은 마치 아무런 노력도 하지 않고 표를 달라고 하는 정치인이나 학생들이 성적이 나쁜 이유를 아이들의 탓으로 돌리는 교사나 물건이 팔리지 않는 이유를 소비자들 수준 탓으로 돌리는 행위와 다를 것 없습니다. 사실 문학의 본령은 무엇보다 자신이 쓴 글이 많은 독자들에게 울림을 주는 것이 아니겠습니까. 아무리 소설가들끼리 또는 평론가가 우수한 작품이라 한들 그 작품을 보통의 일반인들이 감동을 느끼지 못한다면 그처럼 슬픈 일이 어디 있겠습니까. 문학의 본령이 작가는 작품을 쓰고 독자는 그것을 읽고 감동을 느끼는 것에 있다면 우리는 보다 독자 연구를 게을리 해서는 안될 것입니다(저 자신도 제대로 못하면서 감히 후기에 올렸습니다. 이렇게 써놓고 저는 또 '그럼 너는?' 하면서 얼마나 저 자신을 학대해야 할지 모르겠습니다. 후기에 별달리 쓸 것이 없어서 그냥 질러 보았습니다).

베트남 탈출의 기록

초판1쇄 인쇄 2022년 12월 26일
초판1쇄 발행 2022년 12월 28일

저 자 차호일
발행인 박지연
발행처 도서출판 도화
등 록 2013년 11월 19일 제2013-000124호
주 소 서울시 송파구 중대로34길 9-3
전 화 02) 3012-1030
팩 스 02) 3012-1031

전자우편 dohwa1030@daum.net
인 쇄 유진보라

ISBN | 979-11-92828-06-0 *03810
정가 13,000원

도화道化, fool**는**
고정적인 질서에 대한 익살맞은 비판자,
고정화된 사고의 틀을 해체한다는 뜻입니다.